BERND SCHROEDER
VERSUNKENES LAND

BERND SCHROEDER

VERSUNKENES LAND

EIN ROMAN

Erste Lesung in der ehemaligen Heimat.

Freising 21/9/93

KIEPENHEUER
& WITSCH

Umschlaggestaltung: Rudolf Linn, Köln
nach einer Idee von Bernd Schroeder
Satz: Kalle Giese Grafik, Overath
Druck und Bindearbeiten: Pustet, Regensburg
ISBN 3-462-02287-3

I

»Komm Kuttenbrunzer, komm rein, kriegst du was zum Beißen!« ruft die Bäuerin auf die Dorfstraße hinaus und schließt das Fenster wieder. Sie ist eine kleine, stämmige Frau mit einem gütigen, runden Gesicht und grauen, fast ölig-strähnigen Haaren, die hinten zu einer Kugel zusammengebunden und mit einem Kamm festgehalten sind. Sie hat noch drei Zähne, an denen sie, wenn sie nachdenkt, ausgiebig saugt. Keiner kennt ihr wahres Alter oder kann es schätzen. Sie hat vor langer Zeit aufgehört, älter zu werden.
Sie geht zum Buffet, holt eine Tasse, macht einen Zichorienkaffee, schüttet mit einem Schöpflöffel aus einer Kanne Milch dazu, schneidet von einem Zopf ein Stück ab und stellt das alles auf den langen Küchentisch. Sie geht in die Speisekammer, holt zwei rohe Eier und legt sie zu Zopf und Kaffee.
Dann kommt er zur Küchentür herein, der Bettelpater Bruder Alois, ein fast glatzköpfiger, schwerer, rosiggesichtiger Mann, dem ein ganzer Haufen Einfalt aus dem schweinsäugigen Gesicht herausschaut.

»Gelobt sei Jesus Christus, Frau Großmutter.«
»In Ewigkeit, amen, hock dich hin, armer Teufel, und iß!«
Ächzend setzt er sich hin, schwitzt, reibt sich mit einem dikken Finger zwischen Hals und Kragen die Haut rot, atmet schwer, zieht sich den unteren Teil der viel zu warmen, braunen Kutte fast bis zu den Knien hoch, so daß man seine nackten, unbehaarten weißen Beine sieht, die wie das Fleisch eines alten Suppenhuhns aussehen und in braunen Ledersandalen stecken. Die Füße sind dunkel vom Straßenstaub. Er kratzt sich hier und dort, zieht die Nase hoch und legt dann die Hände derart über dem stattlichen Bauch zusammen, daß man nicht weiß, betet er, oder ist es der Ausdruck wohliger Behäbigkeit.
Er wirkt wie ein ständig gewachsener, aber niemals erwachsen gewordener Säugling. Die beiden Enden des über dem Bauch verknoteten Kälberstricks baumeln zwischen seinen blanken Beinen. Die auf der Brust speckige, bekleckerte Kutte verrät etwas davon, daß es die Hauptbeschäftigung dieses Menschen ist, wahllos Speisen in sich hineinzustopfen.
Da sitzt sie, Gottes reichlich mißlungene Kreatur, die er als letztes Glied in die Kette seiner irdischen Stellvertreter gestellt hat.
Die Großmutter setzt sich ihm gegenüber an den Tisch, schaut zu, wie er sich gierig über den Zopf hermacht, und sie denkt, was für ein unglückseliger, armer Kerl der doch ist. Er starrt vor Dreck, stinkt, daß sie nacher mächtig lüften wird müssen. Sie lassen sie extra so gehen, denkt sie, damit sie recht armselig aussehen und man Mitleid mit ihnen hat. Es sind die Einfältigsten, die Dümmsten, die sie über die Dör-

fer schicken. Und sie haben viele von denen, die einmal die letzten Söhne von Bauern waren, nicht richtig am Körper und im Kopf, Rauschkinder, von betrunkenen Männern gezeugt, die sich den Verstand schon weggesoffen hatten, oft schon bei der Geburt nicht ganz dicht und dennoch von einer mitleidigen Mutter am Leben erhalten. Sie kann sich an einen erinnern aus einem Nachbardorf, einen jungen Mann, der blödsinnig geworden ist, nachdem er fast eine halbe Stunde in der Jauchegrube gelegen war. Den haben sie dann nicht einmal beim Militär genommen. Sein Vater hat damals gesagt, entweder erschlag ich ihn gleich, oder sie nehmen ihn im Kloster. Dort ist er dann sogar noch Bruder Hühnerfütterer geworden.
Erst neulich hat es der Bauer zum mittellosen Wirts-Hubert gesagt, dem Knecht, der von nichts anderem mehr redet als davon, daß er sich nicht sterben traut, weil er kein Grab hat: »Geh ins Kloster, Hühner füttern, das kannst du, und wenn du stirbst, graben sie dich auf dem Klosterfriedhof ein. Da beten sie dir so viele Messen, die kannst du als normal Gestorbener gar nicht bezahlen. Aber als Bruder Hühnerfütterer bist du im Kloster schon fast ein Studierter. Für den gehn die anderen betteln.«
Aber der Wirts-Hubert meint, daß er fürs Kloster nun einmal nicht geeignet ist, weil ers mit der Beterei schon ums Verrecken nicht hat.
Es sind arme Kerle, die, denkt die Großmutter. Haben vom Leben nichts gekriegt, nichts im Kopf, keinen Verstand, keinen Hof, keine Frau, nichts. Aber der Herrgott hat auch für die eine Verwendung, denn die Güte des Herrn ist, wenns drauf ankommt, überall, denkt die Großmutter, und sie

schaut zu, wie der vom Sonntag übriggebliebene Zopf im unermeßlichen Schlund dieses ärmsten Wurmes in Gottes Zoo verschwindet.
Er hat fertiggegessen und pickt jetzt mit seinem Ringfinger, den er mit Spucke feucht gemacht hat, die letzten Krümel von der Tischplatte auf, ehe er sich über eines der Eier hermacht. Mit gespreizten Fingern nimmt er es, reibt es, genüßlich die Rundungen genießend, pröckelt mit dem Nagel des kleinen Fingers, den er sich extra dafür hat wachsen lassen, ein Loch in die Spitze und saugt mit geschlossenen Augen, als sei es die Mutterbrust, den Inhalt heraus. Ein Teil des Eies rinnt ihm aus dem Mund, sucht sich seinen Weg über das Kinn und tropft auf die Kuttenbrust zum übrigen. Desgleichen verfährt er, ohne die Großmutter überhaupt noch wahrzunehmen, mit dem zweiten Ei. Dann will er ein Bäuerchen machen, das ihm allerdings aufgrund seines Körpervolumens zum stattlichen Rülpser gerät, was die Großmutter nicht weiter stört, ist das doch das Zeichen dafür, daß man nun zum geschäftlichen Teil dieses heiligmäßigen Besuches übergehen kann.
Des Allmächtigen letztes Aufgebot zieht denn auch ein kleines, schmieriges Heftchen aus der Kutte und einen kurzen Stummel von Bleistift, in dessen Ende es alle erdenklichen Tücken des Alphabets genagt hat.
Mit halboffenem Mund und dem unseligsten Lächeln, das der Herr seinem Auserwählten mit auf den steinigen Weg gegeben hat, schaut er erwartungsvoll die Großmutter an. Der ist auch diese gottverlassene Endstation im Reiche des Allmächtigen gut genug, dort ihre Bittschriften abzugeben.

»Also, Bruder Alois, Gott hab dich selig, betest du als erstes ein Vaterunser und ein Gegrüßetseistdumaria für unseren Hans in Rußland, daß er aus dem ewigen Eis wieder heimfindet zu uns.«
Der Auserwählte schreibt es auf, einen Buchstaben nach dem anderen mit schräggelegtem Kopf hinmalend, wie ein Schulkind ein »l« auf die erste Schiefertafel malt: »Hans«.
Herr, du mein Jesus und alle deine Gebenedeiten, denkt die Großmutter manchmal, wenn er im Beten nicht schneller ist als im Schreiben, dann kommt er nicht nach mit den Fürbitten.
Herr, es ist vollbracht, will sein folgender Seufzer sagen.
»Und für unsere arme Hedwig selig erbittest du einen Ewigen Frieden und daß ihr das Fegefeuer erspart bleibt.«
Der Erkorene schreibt.
»Und bittest den Herrn inständig, daß unser Franz wieder heimkommt, der Hundskerl, der vermaledeite.«
Gottes kleinste Funzel schreibt und schwitzt.
»Und für meine Eltern selig und meine drei Brüder und meine drei Söhne und alle anderen verstorbenen Anverwandten machst du eine Fürbitte beim heiligen Sankt Sebastian und bei der Heiligen Mutter Gottes, Trösterin der Betrübten.
»Eine Fürbitte für alle miteinander?«
»Jaja, eine tuts.«
Der Begnadetste schreibt.
»Und für den Jean-Pierre, unseren Franzos, betest du einen Vaterunser.«
Da winkt er ab, mit dem überlegenen Lächeln dessen, der die Falle erkannt hat. Nein, übertölpeln läßt er sich nicht.

Die Großmutter ist ungehalten.
»Er ist doch eh schon fast wie ein Deutscher.«
Nein, den schreibt er nicht auf. Wieder winkt er ab, als begegne ihm gerade der Leibhaftige.
»Kriegst auch noch eine Wegzehr mit.«
Nun denn, das ist ein Wort, also schreibt er einmal hin, »Franzos«, macht dann den Finger feucht und verwischt das Bleigeschriebene so, daß es auch sein Herr und Gebieter, wenn er ihm mit seinem allgegenwärtigen Blick über die Schulter schaut, nicht lesen kann.
Die Großmutter gibt ihm noch ein Stück Stollen und ein Ei und wickelt es in ein Blatt von der Kirchenzeitung ein. Gottes kleinster Diener erhebt sich ächzend, steht einen Moment starr und abwesend da, bis in seinem Gehirn die Meldung eingetroffen ist, »wir stehen und können gehen«.
»Und vergiß mir keinen. Und bescheiß mich nicht.«
Er geht zur Tür, nimmt sich ein paar Tropfen Weihwasser aus dem dort befestigten Schälchen mit auf den Weg und dreht sich noch einmal zur Großmutter um.
»Vergelts Gott und Gelobt sei Jesus Christus.«
»In Ewigkeit, Amen, und wasch dich einmal, stinkst wie ein Saubär.«
Da geht es hin, das schlichte Geschöpf, Sinnbild dessen, daß auch im Unbedarftesten Sein Wille geschieht, und hinterläßt eine Wolke von Gestank.
Die Großmutter öffnet das Fenster und sieht den Goliath-Dreiradler vom Gärtner-Max in den Hof fahren. Da kommen sie mit der Frau Schindler und dem Kind. Sie seufzt und geht in den Gang hinaus. An der Treppe nach oben schreit sie, »Herr Schindler, dein Nachwuchs!«

Dann geht sie zur Haustür und sieht gerade noch den Schindler-Fritz und ihren Enkel, den Karl, die Friedhofstaffeln hinauf verschwinden.

»Magst du kein Schwesterl?«
»Nein.«
Sie sitzen auf der Friedhofsmauer und lassen die Beine baumeln. Der Fritz findet noch einen Kaugummi in der Hose, die ihm die Frau Schindler aus einer alten Soldatenuniform genäht hat. Er teilt ihn mit dem Karl. Sie schauen zum haushoch kreuzangenagelten Herrn Jesus hinauf, der von der Kirchenmauer herunter mit seinen traurigen, taubendreckverschissenen Augen mal hierhin, mal dorthin schaut; mal über die Protzengräber der Großbauern hinweg zum Dorf, zum Kapellenberg, zu den Hügeln, die sich bis ins Hopfengebiet hinüberziehen, mal über die Häuslergräber zum Transformatorenhaus, zur Straße mit den Lindenbäumen, zur Autobahn, zum Hügel, der hinunterführt ins Moos.
Das kleine Reserl, das ein paar Jahre jünger ist als er, wollte es dem Karl nicht glauben, daß der Kreuzangenagelte mal dahin und mal dorthin schaut. Da hat er es einmal gefragt, das Reserl, was es denn meint, wo er hinschaut.
»Zur Autobahn«, hat es gesagt.
Sie sind hinaufgegangen, und das Reserl hat sich voller Ehrfurcht in den Kies gekniet und gebetet, denn er hat an dem Tag nicht zur Autobahn hinaufgeschaut. Seither geht das Reserl ohne den Karl oder seine Mutter, die Lisa, überhaupt nicht mehr zum Friedhof hinauf.
»Ich mag nicht heimgehn«, sagt der Fritz, »ich geh zur Autobahn hinauf. Ich mag das nicht sehen, wenn es kommt.« Sie

gehen über den Friedhof zum Transformatorenhäuschen und kommen an einem Bettelpater vorbei.
»Gelobt sei Jesus Christus«, sagen sie.
»In Ewigkeit, amen«, antwortet der.
Was der blöd aussieht, denkt der Karl. Sie gehen im Schatten der Linden, kommen an die Brücke aus roten Klinkern und klettern durchs Gebüsch den Hügel hinauf zur Autobahn. Plötzlich hat der Karl eine Idee. Freudig springt er rückwärts gehend mit seinen nackten Füßen vor dem Fritz umher.
»Weißt du was, wir bringens einfach um.«
Der Fritz sagt nichts. Sie laufen den Seitenstreifen entlang. Es ist immer so mit dem Fritz, denkt der Karl. Er braucht immer eine Zeit, bis er etwas versteht.
Die Autobahn ist aus großen Betonplatten gemacht, die mit Teer zusammengefügt sind. Die Hitze hat den Teer aufgeweicht. Das klebt an den Fußsohlen und geht den ganzen Sommer lang nicht ab, wenn man nicht Schuhe anhat wie der Fritz.
Wenn die Ami Manöver haben, finden sie viele weggeworfene Zigarettenkippen. Die Amisoldaten haben so viele Zigaretten, daß sie sie meistens nur halb rauchen und dann wegschmeißen.
»Das machen die, die den Krieg gewonnen haben, immer«, sagt der Jean-Pierre, der genaugenommen auch den Krieg gewonnen hat.
Da kriegen sie Zigaretten für einen gewonnenen Krieg, denkt der Karl, wenn man aber zu einem sagt, gib mir eine Schachtel, dann lacht der und sagt: Bringen Schwester, kriegen Zigaretten. Ich hab keine Schwester, du Amiaff, du ver-

dammter, sagt der Karl zu so einem. Aber der versteht das dann nicht. Man kann überhaupt alle Beleidigungen zu ihnen sagen, wenn man nur einfach lächelt dabei.
Sie klauben aus den eingesammelten Kippen den Tabak raus, oft beide einen ganzen Hosensack voll. Den bringen sie dem Jean-Pierre, der sich Zigaretten draus dreht.
Der Fritz hat irgendwas. Stumm geht er neben dem Karl her, den weißen Streifen am Autobahnrand entlang, den Berg hinunter, wo im Winter bei Glatteis immer die Lastwagen verunglücken.
»Warum wolltest du nicht heimgehn, wo deine Mutter mit einem Schwesterl gekommen ist?«
»Ich will kein Schwesterl«, sagt der Fritz wieder.
»Wenn wir ein Schwesterl haben, hat mein Vater gesagt, dann können wir nicht mehr bei euch oben im Haus wohnen. Dann wird es zu eng. Dann müssen wir was anderes suchen.«
»Dann sollen sie sich halt was anderes suchen. Und du bleibst da.«
»Die nehmen mich aber mit.«
»Dann versteckst du dich.«
»Die finden mich.«
»Ich weiß Verstecke, da finden sie dich nicht.«
Sie gehen weiter den Berg hinunter ins Moos. An der Mauker, einem kleinen Bach, verlassen sie die Autobahn. Auf den Wiesen grasen die Kühe des Dorfes. Keiner muß auf sie aufpassen. Man treibt sie in der Frühe hinunter, und am Abend kommen sie, wenn es Zeit ist, von selber zurück.
Die beiden fangen sich mit der Hand eine Forelle. Sie haben das von den Älteren gelernt und tun es jetzt sehr ge-

schickt. Der Karl stellt sich in den Bach und hält die Hände ganz still ins Wasser über einem Pflanzenbüschel. Der Fritz schlägt mit einem Stock aufs Wasser und treibt ihm die Forelle zu. Die irrt über den Kiesboden und sucht das Pflanzenbüschel. Da bleibt sie stehen, und der Karl faßt blitzschnell zu. Selten, daß ihm eine entkommt.
Fritz schaut immer weg, wenn Karl der Forelle die Kiemen nach hinten dreht. Er kann es auch nicht sehen, wenn die Großmutter einem Huhn den Kopf abhackt oder wenn die Hasen vom Großvater mit dem Eisenprügel eine hinter die Löffel verpaßt bekommen. Metzger kann der einmal nicht werden, denkt Karl, dem das überhaupt nichts ausmacht, weil ein Vieh nur ein Vieh ist. Einmal hatte der Fritz selbst zwei Hasen, und er hat ihnen Namen gegeben und darauf geschworen, daß sie ihn verstanden haben, wenn er sie gerufen hat. Als sie dann zu Weihnachten vom Großvater geschlachtet wurden, hat er Rotz und Wasser geheult. Sie hießen Peter und Paul.
Sie machen sich ein Feuer und braten die Forelle. Danach drehen sie sich eine Zigarette. Bei dem Versuch, sie wie der Jean-Pierre von einem Mundwinkel in den anderen wandern zu lassen, verschlucken sie sich. Später schneiden sie sich mit einem Messer in die Finger, lassen das Blut zur Brüderschaft zusammenfließen und schwören sich, daß sie das Schwesterl vom Fritz umbringen und daß das aber nie auch nur ein einziger Mensch erfahren wird.
»Es muß ein Unfall sein«, sagt der Karl.
Sie überlegen, was es für Unfälle gibt. Das Schwesterl könnte in einen Brunnen oder in die Jauchegrube fallen, vom Heuboden hinunterstürzen, von einem Pferd zertrampelt

oder von der Häckselmaschine zerkleinert werden. Auch an Rattengift denken sie. Man könnte das Schwesterl, meint der Karl, dem Lehrer unter das Rad vom Auto legen. Wenn er dann nach der Schule wegfährt zu seiner blöden Familie in den Nachbarort hinüber, dann überfährt er es.

»Dann verhaften sie ihn, und er kommt ins Zuchthaus. Das wär doch gut. Dann wär das Schwesterl weg und der Lehrer.« Karl hat auch davon gehört, daß Schweine einen unbeaufsichtigten Säugling mit Haut und Haar gefressen haben. Er gibt das dem Fritz zu bedenken. Es fallen ihnen jedenfalls so viele mögliche Unfälle ein, daß sie sich im Moment nicht entscheiden können.

Von Karls Vorschlag, das Schwesterl einem Amisoldaten für eine Schachtel Zigaretten zu geben, hält der Fritz nichts.

»Das ist kein Unfall«, sagt er.

Die Sonne steht jetzt ganz tief hinter dem Birkenwald. Die Torfstecher drüben am Kanal sehen aus wie die schwarzen Scherenschnitte, die Frau Schindler manchmal von den Bauern auf dem Feld macht.

Es ist Melkzeit, und die Kühe wissen das. Langsam sammeln sie sich auf der Straße, die aus dem Moos ins Unterdorf führt. Sie haben ihre Euter voll, sie wollen in den Stall, und sie kennen sich aus. Wie schwere Schiffe wabern die alten Kühe auf das Dorf zu. Zwischen ihnen die aufgeregten Kälber, balgend, raufend, von ihren Müttern immer wieder einmal zur Ruhe gebracht. Es werden weniger, als sie an den ersten Höfen vorbeikommen. Jede Kuh weiß, wo sie zu Hause ist, wo sie hingehört. Sogar die Kälber, wenn sie erst ein paar Tage alt sind, finden ihren Stall.

»Die Viecher«, sagt die Großmutter, »die sind viel gescheiter als die Männer im Dorf. Die hocken im Wirtsgarten, wissen nicht, wann es Zeit zum Heimgehen ist, und finden dann oft nicht einmal den Weg.«

Mit den Kühen kommen die beiden heim. Maria, Karls Mutter, und die Großmutter melken. Jean-Pierre, dem sie den Tabak geben, und der Großvater misten aus.

»Geht hinauf, Buben, die Frau Schindler ist wieder da, ein Schwesterl hast du, Fritz«, sagt die Großmutter.

Beklommen gehen die beiden die Stiege zum Dachgeschoß hinauf, wo die Schindlers die zwei kleinen Zimmer zur Straße hinaus bewohnen. Fritz will den Karl vorausschicken. Er soll es doch erst einmal anschauen. Karl aber zieht den Fritz an der Hand mit hinein.

Herr Schindler sitzt am Tisch und raucht. Er raucht immer. Seine Frau liegt blaß auf dem Bett. Man kann leider nicht sehen, ob der Bauch von ihr weg ist, denkt der Karl, der sich an der Tür aufhält. In einer Holzkiste vor dem Bett liegt das neue Kind. Der Fritz traut sich nicht, es anzuschauen.

»Schau, Fritz, deine kleine Schwester«, sagt Frau Schindler, und ihre Stimme ist schwach. Jetzt schaut sich Fritz das Schwesterl an. Ganz kurz nur schaut er in die Kiste hinein und winkt dem Karl. Auch der wirft einen Blick darauf.

Es beeindruckt sie beide nicht. Es sieht zerknittert und rot aus und hat nichts von einem Menschen. Wenn ein Roß ein Junges gekriegt hat, in der Frühe um sechs, dann läuft das zwei Stunden später schon auf der Wiese herum und ist ein fertiges Pferd, denkt der Karl. Aber das da in der Holzkiste drin, ob das einmal was Rechtes wird?

Als sie später draußen vor dem Haus sitzen und Maria ihren

Kopf an die Schulter vom Jean-Pierre lehnt, der eine Zigarette raucht von dem Tabak, den sie ihm auf der Autobahn gesammelt haben, gibt es für den Karl überhaupt keinen Grund, daß dieses Wesen da oben eines Tages nicht irgendeinen Unfall haben sollte.
Es heißt Angelika, und Karl würde es ohne weiteres für eine Schachtel Zigaretten einem Ami geben.

Als Frau Schindler nach ein paar Tagen am Feierabend unten in der Küche sitzt, immer noch blaß, das Baby auf dem Schoß, einen Kaffee trinkend, sieht die Großmutter die Gelegenheit als günstig an, ein paar ernste Worte zu reden. Dem Großvater, der seine Füße in einer Schüssel mit warmem Wasser einweicht und die Kirchenzeitung liest, paßt das überhaupt nicht.
»Laß es gut sein«, sagt er ein über das andere Mal, doch das verliert sich, wie nicht gesagt. Hier in ihrer Küche redet sie und sagt sie, was sie will. Draußen auf dem Hof, im Stall, auf dem Feld tut sie, was er befiehlt. Hier drin hört sie ihm nicht einmal zu.
»Da soll aber jetzt der Herr Schindler schon aufpassen, daß nicht noch eins daherkommt. Weil, schau, wo wollt ihr denn hin damit? Und wenn der Franz einmal heimkommt, oder gar der Hans, dann brauchen wir die Kammern.«
»Es werden ja wieder bessere Zeiten kommen«, meint die Frau Schindler beinahe schüchtern. Und ihr Mann werde auch wieder besser verdienen, daß man sich was eigenes bauen könne, oder man ziehe eventuell auch in die Stadt, was sie persönlich ohnehin vorzöge, da die Stadt mehr ihrer Natur entspreche. Und aus ihrer Familie, von ihrer Mut-

ter, werde sie einmal erben, jedenfalls könne es nur besser werden.

»Aber jetzt langts euch doch kaum zum Fressen, noch dazu wo dein Mann in der Stadt keine Arbeit gekriegt hat, weil er ein Nazi war.«

»Alle waren Nazi.«

»Wir nicht, Frau Schindler, merk dir das. Keiner war ein Nazi. Nur der Maurer Sepp, weil er Ortsgruppenführer war. Und den haben die Ami eingesperrt, und dein Mann läuft frei herum.«

»Mein Mann war in Afrika, da hat es keine Nazi gegeben. Das ist alles gelogen. Dann war er im Krieg, wie deine Söhne auch. Und daß er nicht gefallen ist, da kann er nichts dafür.«

»Aber meine Söhne haben sie nach Rußland geschickt. Und warum? Weil die keinem ein Heil Hitler gesagt haben. Weil sie zum Ortsgruppenführer gesagt haben, Sepp, hast dus vergessen, daß man Grüß Gott sagt bei uns. Solche haben sie nach Rußland geschickt, daß sie nicht mehr zurückkommen. Deinen Mann nicht, Frau Schindler. Und den jüngsten, den Franz, wollten sie auch noch schicken, so jung wie er war. Und hätte er sich nicht extra dafür, daß er nicht in den Krieg muß, den Daumen abgehackt, dann wär er auch dort geblieben. Dann könnten sie ihn auch aufs Kriegerdenkmal draufschreiben in Goldbuchstaben, wie die anderen drei. Ich sags dir, Frau Schindler, schau aufs Kriegerdenkmal drauf. Da stehen sie hintereinander hingeschrieben, drei vom Sattler, vier vom Seidel, zwei vom Berger, vier vom Lindermeier, zwei vom Schuster und und und. Vom Maurer keiner. Eben weil der Sepp Ortsgruppenführer war. Aber alle anderen. Und dein Mann lebt. Und mein

Hans ist noch nicht einmal für tot gemeldet und irrt irgendwo herum im russischen Eis. Alle Männer weg. Meine Schwiegertochter muß sich einen Franzosen nehmen, weil keine Männer mehr da sind, die einer Frau ein Mann sind. Nichts gegen den Jean-Pierre, nein, es ist ein Glück, daß er so ist, wie er ist. Aber es ist eine Schande.«
»Sie haben ja nur die gemeldet, wo sie die Leichen gefunden haben«, sagt der Großvater, »da liegen viele Tote im Eis, und unser Hans wird auch dort liegen, ein paar Kilometer von Stalingrad weg, im Eis, im Schnee, und tot wird er sein. Und es wird grade recht sein so, und jetzt laßt es gut sein.«
»Der Hans lebt, das spür ich ganz genau. Mir hat der Herrgott bei jedem ein Zeichen gegeben, wenn er gefallen ist. Da ist die Postlerin mit dem Brief die Straße rauf, da hab ich schon gewußt, wens erwischt hat. Aber der Hans lebt.«
»Der Russe läßt keinen leben. Ich kenne den Russen.« Die Frau Schindler will von ihren Nöten und Ängsten und ihrer ganzen erbärmlichen Situation ablenken und mit dem Russen einen Feind zur Sprache bringen, auf dem man gemeinsam herumhacken kann. Doch die Großmutter macht da nicht mit.
»Das habens vom Franzos auch gesagt, und jetzt schau dir den Jean-Pierre an, Frau Schindler, was der für ein sauberes Mannsbild ist.«
Frau Schindler schweigt, schaut ihr Kind an und denkt mit Traurigkeit an ihren Mann, der jetzt irgendwo über die Dörfer wandert. Die Großmutter macht ein paar niedliche Fingerbewegungen an das Kind hin, ehe sie sich mit Strickzeug auf die Ofenbank setzt, der Großvater trocknet sich die Füße ab, und von draußen hört man Jean-Pierre und Maria

singen. Ein schöner Feierabend, den die Großmutter mit einer Feststellung abrundet:
»Es ist halt einmal so, Frau Schindler, daß du immer nur Flüchtlingskinder kriegst, auch wenn sie da bei uns auf die Welt kommen.«

2

Ein junger Mann sitzt im Zug. Draußen fliegt das vorbei, was sie in der Schule »die Kornkammer« des Landes genannt haben. Die Getreidefelder sind abgeerntet. Flüchtlingsfrauen gehen vor den pflügenden Bauern her und klauben Strohreste zusammen, an denen noch Ähren sind. Wie Krähen huschen sie über die Felder und picken auf, was sie finden. In einigen Feldern sitzen Bauern auf Hockern, Mistgabeln oder Prügel in der Hand, um zu überwachen, daß die Flüchtlingsfrauen nicht die Felder verlassen, die man ihnen überlassen hat, um Kartoffeln oder Rüben zu stehlen. Dort ist schon einer mit einem Traktor. Stolz sitzt er drauf. Die anderen pflügen mit Pferden oder Ochsen. Irgendwann, denkt der junge Mann, wird jeder einen Traktor haben.

»Die Zeit«, hat der Herr Ingenieur immer gesagt, »ist nicht aufzuhalten.«

Seine ist aufgehalten worden. Er ist seit einem halben Jahr tot. Er ist einfach umgefallen und war tot. Ein schöner Tod, denkt der junge Mann, wenn man oft sieht, wie sich einer mit dem Sterben plagt. Aber mit Fünfzig schon, wie der Herr Ingenieur? Der hat noch so viel vorgehabt, wollte noch so viel erfinden und bauen, hat so viele Dinge im Kopf gehabt. Im Kopf und in Heften mit Zeichnungen. Auf Zettel hingekritzelte Ideen, Skizzen und Berechnungen. Er hat sie hier in der Tasche dabei, die Hefte, die Zettel. Er faßt danach, vergewissert sich, daß sie noch da sind.

»Nimm das verdammte Zeug mit«, hat die Frau des Ingenieurs gesagt, nachdem er tot war. »Wer soll das verstehen, wenn einer was damit anfangen kann, dann bist es du.« Irgendwelche Zeichnungen von irgendwelchen Spinnereien, nutzloses Zeug, eine ewige Zeitverschwendung ein ganzes elendes, nur fünfzigjähriges Leben lang. Nein, das wollte sie nicht noch aufheben, nicht noch dauernd an die Sachen erinnert werden, von denen er tagaus, tagein geredet hat. Sie wußte schon nicht, wo sie mit den ganzen Apparaturen hin sollte, mit den tausend nie fertiggebauten Dingen, weil das Geld immer wieder ausgegangen war.

Die arme Frau, denkt der junge Mann, während draußen, schon im leichten Herbstnebel liegend, die Dörfer, die Einödhöfe im Moos vorbeifliegen. Von was lebt die jetzt? Es hat ja vorher schon zum Leben kaum gereicht mit den drei Kindern vom Ingenieur, der jeden Pfennig, den er mal verdient hat, in seine Erfindungen gesteckt hat, die nie was gebracht haben, kein Geld, keinen Ruhm.

Eine ganze Schulklasse sammelt in einem Kartoffelfeld Kartoffelkäfer. Wenn man da was erfinden könnte, gegen Kartoffelkäfer und Disteln und überhaupt alles das Unkraut, denkt der junge Mann.

Er denkt an seine Schulzeit, denkt an die Lehrer, die sie hatten, an die Rassenlehre und die Hitlerjugend und wie er immer in die Felder ist und sich versteckt hat, damit er die militärischen Übungen nicht mitmachen mußte.
Er betrachtet die beiden bunten Vögel in dem viel zu engen Käfig. Sie schauen ihn traurig an. Sie sehen die Landschaft vorbeisausen und können nicht mitfliegen. Ob die denken? Ob die jetzt Sehnsucht danach haben, da draußen zu fliegen? Er hat diese Sehnsucht immer gehabt. Mitfliegen, weit wegfliegen, sich über das Dorf erheben, über die Felder, den Wald, die Flüsse, das weite Moos. Jedenfalls machen sie große, ängstliche Augen, und wahrscheinlich verstehen sie nichts. Er hat sie zum letzten Weihnachten der Fanni geschenkt.
Ach, die Fanni, denkt er und spielt verloren mit den Drahtstäben des Käfigs, als wäre es eine Gitarre.
Eine traurige Melodie ist das, die Melodie von der Fanni.
Immer wieder haben sie gestritten. Sie hatte so einen eigenen Kopf. Sie wollte nicht so wie er. Und er wollte aber doch alles immer nur richtig machen. Sie war nie zu berechnen. Mal zog sie ihn an sich, konnte nicht genug von ihm kriegen, wollte ihn zerdrücken und auffressen, dann wieder war er ihr völlig egal. Sie fragte nicht nach ihm und ließ ihn geradezu erfrieren.
»Die Fanni«, sagten andere, »ist eine Verrückte. Die hat sie nicht alle beieinander. Laß sie«, sagten sie, »mit der wirst du nicht fertig, für die bist du zu gut, die braucht einen, der sie ab und zu einmal durchprügelt.«
Aber das wollte er nicht hören. Wenn es gut mit ihnen war, dann ließ ihn die Fanni spüren, wie sie ihn liebte. Dann sag-

te sie ihm, daß sie niemals ohne ihn leben wollte, daß er sie nie verlassen dürfe. Sie flehte um seine Liebe.
Und wenn es schlecht mit ihnen war, tobte sie, schrie sie, warf sie Dinge nach ihm, sagte sie, daß sie ihn niemals mehr sehen wollte, daß sie besser ohne ihn leben könnte. Sie warf ihm seine Liebe vor die Füße und trampelte wütend darauf herum.
Die Fahrt ist lang. Immer noch und überall die seltsamen Krähen auf den Feldern. Er ist müde. Er schläft.

Und er hört die Blasmusik, oben auf dem Tanzboden beim Wirt. Maitanz. Am Nachmittag hatten sie den Maibaum aufgestellt. Er ist ganz oben in der Spitze gesessen und hat die Fahne locker gemacht. Dann ist er runtergestiegen, und sie haben ihm einen Maßkrug gegeben. Er hat getrunken, hat sich den Mund abgewischt, fröhlich und übermütig die Leute angeschaut, die Frauen, die Kinder, die feingemachten jungen Mädchen. Und er hat sie gesehen, die Fanni. Sie stand da und hat ihn angelacht.
Jetzt tanzt er mit ihr. Sie schmiegt sich an ihn und riecht so gut, daß er nicht weiß, ist er betrunken vom Bier dieses ganzen Tages oder von ihrem Geruch? Wenn doch dieser Tanz jetzt nie mehr aufhören würde. Jetzt nicht stehenbleiben und die Hände sinken lassen müssen und nicht wissen, was sagt man, was fragt man sie? Fragt man sie, wie sie heißt, wo sie herkommt, warum sie hier auf dem Dorf ist beim Maitanz? Die Musik hört zu spielen auf, sie bleiben stehen, und er läßt nicht die Hände sinken, und er fragt sie nichts. Er hält sie umschlungen, küßt sie und sie ihn. So stehen sie da. Alle Paare sind schon an die Tische gegangen. Ganz alleine

stehen sie auf dem Tanzboden. Schon geht ein Raunen durch die Leute, die jungen Burschen lachen und grölen lauthals, die Musiker wundern sich, spielen einen Tusch und noch einen und noch einen. Da wachen die beiden auf, lassen voneinander, sind für einen Moment verwirrt, halten sich aber immer noch an den Händen. Was jetzt tun, wo es nur noch neidische Blicke und unverhohlene Neugier gibt? Er entscheidet blitzschnell. Er rennt los, zieht sie mit sich zum Ausgang, die steile kleine Treppe hinunter, zum Hinterausgang in den Wirtshof, an den Pissoirs vorbei, wo die Männer lärmen, hinüber zum Stadel, unter das Dach, wo das Holz gestapelt ist.

Erschöpft lehnen sie sich an, umschlingen sich wieder.

»Wer bist du?«

»Die Fanni.«

Wie dünn sie ist, denkt er.

»Ich bin nur auf Besuch.«

»Bei wem?«

»Mein Vater arbeitet drüben in der Ziegelei. Wir sind aus dem Bayerischen Wald. Ich wohne in Regensburg. Ich muß jetzt rein.«

»Nein, bleib da. Die finden uns nicht. Wir verstecken uns.«

»Das geht nicht, wirklich.«

»Sehen wir uns wieder?«

»Wir können uns morgen sehen. Um drei an dem Jägerstand oben bei der Kapelle. Ich muß gehen. Mein Vater, meine Brüder, wenn dich die erwischen!«

Ganz ängstlich und atemlos ist sie.

Da sind sie schon, die Arbeiter drüben von der Ziegelei, die sie die Messerstecher nennen. Die Raufhansel, die überall in der Gegend Streit und Schlägereien anfangen, die immer im Rudel kommen, die in die Wirtshäuser gehn, was zum Essen bestellen und ihre stehenden Messer neben den Teller in die Tischplatte hauen. Die, mit denen sich keiner einläßt, mit denen keiner redet, von denen keiner was wissen will, denen jeder hier in den Dörfern aus dem Weg geht, die wie die Zigeuner sind, schlimmer als Bettler, weil sie nicht betteln. Weil sie einen Stolz haben. Nein, mit denen sich anlegen, denkt er, das hat keinen Sinn. Er rennt ins Dunkle. Er kennt sich hier besser aus. Sie lassen ihn, lachen laut und schreien ihm Flüche und höhnische Beschimpfungen hinterher.

Er kehrt an diesem Abend nicht mehr auf den Tanzboden zurück. Er geht auf der Dorfstraße heim, in seine Kammer hinauf und legt sich ins Bett und findet keinen Schlaf. Er denkt an die Fanni, an ihre dunklen Augen, an ihr Lachen, ihre schwarzen Haare, den dünnen Körper. Mehr kennt er ja nicht von ihr. Er riecht an seiner Hand, die durch ihre Haare gestrichen hat. Ihm ist, als rieche sie nach ihr.

Er wird sie wiedersehn. Wie wird das sein, wenn er nüchtern ist und am hellichten Tag?

Man kann ihm nicht nachsagen, daß er schüchtern ist. Er ist der Treibauf der Tanzböden rundherum in den Dörfern. Er, der tanzt wie der Teufel, er mit seinen verrückten Ideen, mit den Faschingsverkleidungen und den selbstgebauten Maschinen. Mit einem Tandem, an dem er monatelang herumgebastelt hat, ist er zum Faschingsball gekommen und ist wie ein Artist vom Zirkus darauf herumgefahren. Und alle

haben sie gerätselt, wer da hinten draufsitzt und mit ihm mitradelt. Es war niemand. Eine Strohpuppe als Frau verkleidet, sonst nichts. Er ist geschickt. Alle Figuren auf dem Maibaum hat er geschnitzt. Er schreinert Möbel, obwohl er kein Schreiner ist, und einen Heugreifer für die Scheune hat er sich selber gebaut.
Er liegt da und schaut an die Decke. Von der Wirtschaft herüber hört man die Blasmusik. Was macht sie jetzt? Sind das wirklich nur ihr Vater und ihre Brüder? Oder ist da einer bei den Messerstechern dabei, der zu ihr gehört, mit dem sie was hat? Tanzt sie jetzt mit einem anderen und schaut den genau so lieb an wie ihn, legt sie jetzt um einen anderen ihre Arme? Denkt sie an ihn wie er an sie? Er hat Sehnsucht nach dem Tanzboden, nach der Musik, nach der Umarmung von ihr, nach den wenigen Küssen, die sie getauscht haben. Wird sie wirklich kommen morgen?
Er vergleicht sie mit den Mädchen hier und in den anderen Dörfern rundum. Er kennt viele, war immer ein Draufgänger, hat nichts ausgelassen. Da war kaum eine, die nicht nach ihm geschaut hätte. Und sogar die Verheirateten schauten nach ihm, drückten sich näher an ihn beim Tanz als an ihre Männer, ließen ihn spüren, hier bin ich, du kannst mich haben, greif nur zu, trau dich. Und er war zu jedem Abenteuer bereit. Er stieg in die Kammerfenster der Frauen, deren Männer im Krieg waren. Er ließ sich von denen was zeigen, die wußten, was sie von einem Mann wollen. Und er wiederum zeigte es denen, die nicht unbedingt darauf aus waren, einmal unschuldig in eine Ehe zu gehen. Er hat nie einer was versprochen und hat keine enttäuscht. Wenn eine ihn festhalten wollte, war er weg. Er ist nie wie al-

le die anderen zur Lisa ins Heu gegangen, vor ihm drei, nach ihm drei, im Dunkel des Stadels, und sie weiß nicht einmal mehr, wer welcher ist, liegt einfach nur da mit geöffneten Beinen, stößt nur einen allzu Betrunkenen mit einem Fußtritt beiseite. So wollte er es nicht.

Er träumte immer von irgendeinem ganz anderen Leben. In Amerika vielleicht. Er las alles, was er über Amerika fand. Bücher aus der Pfarrbibliothek. Von den Eisenbahnarbeitern, von den Wolkenkratzern in New York, von den Mississippidampfern, von den Indianern und den Cowboys, von Rinderzüchtern und von den Holzfällern oben im Norden. Das mußte ein Leben sein, voller Abenteuer.

Er hätte so gerne studiert, gelernt, wie man Autos baut oder Brücken oder Kirchen oder die großen Wolkenkratzer. Oder er wäre gerne auf einem Schiff über die Meere gefahren. Irgendein anderes Leben. Raus aus dem Dorf, wo einen jeder kennt. Wo man jeden kennt, fast alles von jedem weiß, keinem aus dem Weg gehen, nichts für sich behalten kann. Weg von hier. Wenigstens in der Stadt leben. Ingenieur bei BMW sein und mit einer wunderschönen Frau und Kindern in so einem Haus wohnen wie drüben die Besitzer von der Ziegelei. Und ein Auto haben und in andere Länder damit fahren, in die Heimat vom Jean-Pierre zum Beispiel, oder an den Tegernsee.

Aber er hat nichts gelernt. Bauer, sonst nichts. Und wenn der Hans nicht aus Rußland zurückkommt, muß er den Hof übernehmen.

Der Herr Schindler hat manchmal von Afrika erzählt, von den Negern und ihren Hütten auf den Kaffeeplantagen, und er hat ihm Fotos gezeigt, wo ihn die Neger in einer Sänf-

te zu seinem schneeweißen Haus getragen und einen Schirm über ihn gehalten haben, wenn die Sonne geschienen hat. Und es sind Fotos dabei, wo der Herr Schindler in einem weißen Anzug neben einem Leoparden steht, den er geschossen hat, ein Bein auf die Beute gestellt, wie ein Krieger, der seinen letzten Triumph über den erlegten Feind genießt. Wenigstens Bauer in einem Land sein, wo es Neger gibt und wilde Tiere und keinen Winter.
Und wieder denkt Franz an die Fanni. Und er stellt sich in einer Reihe alle die Frauen und Mädchen vor, mit denen er zusammengelegen hat. Ihren Geruch, ihre Brüste, ihre Leidenschaft und ihre Angst davor, erwischt zu werden mit ihm. Sie verblassen alle, und wie in einer weißen Wolke schwebt sie über allen. Sie hat kleine Brüste, das hat er gespürt, heute, auf dem Tanzboden.
Immer noch spielt die Musik. Er könnte seine Ziehharmonika vom Schrank holen und mitspielen. Ein paar Besoffene lärmen über die Dorfstraße. Sie werden drüben beim Seiler die Lisa aus dem Haus zerren, und sie wird sich für sie wieder einmal ins Heu legen, und einer nach dem anderen wird über sie drübersteigen. Er will es sich nicht vorstellen, und gottseidank schläft er ein.

Vom Bremsen des Zuges wacht er auf. Er schaut auf den Bahnsteig hinaus. Die Kreisstadt. Man sieht den Dom oben auf dem Berg. Lehrberg, Wehrberg, Nährberg, die drei Berge dieser sonst flachen kleinen Stadt. Der Dom und die Schulen auf dem einen Berg, die Kasernen auf dem anderen, Brauerei, Molkerei und Landwirtschaftliche Versuchsanstalt auf dem dritten der Berge. Er ist oft hierhergefahren,

mittwochs, wenn der Bus fuhr. Oder mit dem Zug. Auch mit dem Fahrrad. Immer ging er in die große Eisenwarenhandlung, das Paradies für einen wie ihn. Schubladen mit Nägeln, Wagnerstiften, Rundkopfschrauben, Nieten, Schloßschrauben, Scharnieren, Drähten, Wetzsteinen, Sensen, Dengelhämmern, Werkzeugen für alles, bis unter die Decke. Alles, was der Handwerker braucht. Ein halbes Dutzend emsiger Blaukittel, die jede Schraube in jeder Schublade persönlich kannten und sofort zur Hand hatten. Er war immer wie betrunken, wie einer, der ein paar Stunden in einer Wirtschaft war, wenn er aus diesem Laden kam.
Dann die Turnerfeste, die Aufmärsche, die Paraden, die Reden, die ihm immer angst machten, die immer ein bißchen nach Krieg, nach Schlachtfeld, nach Front rochen.
Er muß an die Judenläden denken, die plötzlich nicht mehr da waren, das Kaufhaus Langbein, wo eines Tages die Scheiben eingeschlagen waren und alle Waren gestohlen.
Zuletzt ist er mit dem Herrn Schindler hier gewesen. Oben am Nährberg. Ins Deutsche Tropeninstitut ist der Herr Schindler gegangen. Um eine Stelle hat er angefragt, denn Tropen, das hatte er gelernt. Lange mußte er auf ihn warten. Dann kam er, der Herr Schindler, klein und traurig sah der Mann aus, der der Größte im Ort ist. Auf der Rückfahrt im Bus sprachen sie kein Wort.
»Sie haben schon genug Leute«, sagte er am Abend unten in der Küche am Tisch, »sie sind komplett.«
»Sie nehmen dort keinen, der ein Nazi war«, sagte die Großmutter, »das haben sie im Radio drin gesagt.«
Der Herr Schindler und seine Frau schwiegen. Und alle wußten, daß das die Wahrheit war.

Die beiden Vögel in dem Käfig sind unruhig geworden. Er beruhigt sie. Er schaut rauf ins Gepäcknetz. Seine Ziehharmonika ist noch da. Sein Bündel mit den Papieren vom Herrn Ingenieur und seinen paar anderen Sachen auch. Das Abteil war bisher ganz leer. Jetzt lärmen Amisoldaten herein, mit Whisky- und Colaflaschen, die die Runde machen. Er mag die Amisoldaten nicht. Sie machen ihm wieder die Angst, die ihm damals schon die deutschen Soldaten gemacht haben. Bei denen sind ein paar Neger dabei. Sonst sind es dieselben kurzgeschorenen Soldatenköpfe. Sie bieten ihm ihre Flaschen an. Er lehnt ab. Sie schauen nach den Vögeln. Ob die bei denen daheim frei herumfliegen? Nein, das sind afrikanische Vögel, und die da sind amerikanische Neger. Ob da ein Unterschied ist? Er kennt keinen afrikanischen Neger. Neger, denkt er, wird Neger sein, wie die weißen Amisoldaten genau so hier aus den Dörfern sein könnten. Sie fordern ihn auf, auf der Ziehharmonika zu spielen. Er sagt, daß sie kaputt ist und daß er sie für jemanden transportiert, daß er selber gar nicht spielen kann. Sie lassen ihn in Ruhe, reden in ihrer Sprache, die er nicht versteht. Er schließt wieder die Augen. Der Zug rattert weiter, hinaus ins Moos.

Er ist schon oben am Jägerstand, ist hinaufgeklettert und hält Ausschau. Da fährt sie auf einem Fahrrad über die Feldwege, holprig und ungeschickt. Ein kleiner bunter Punkt, der wackelig tanzend näher kommt. Sein Herz klopft. So aufgeregt war er noch nie, wenn er ein Mädchen getroffen hat, heimlich, irgendwo im Wald oder im Heu. Immer hat er sich in solchen Momenten überlegen gefühlt, hat gewußt,

was in der nächsten Stunde passieren wird, hat es steuern können. Jetzt schnürt es ihm schier die Kehle zu. Ob das die Liebe ist? Hat er bisher nie geliebt? Was ist jetzt so anders? Was war denn gestern auf dem Tanzboden so anders als sonst, wenn er sich beim Tanzen in eine verschaut hat, die ihm in seine dunklen Augen blitzte, »ich mag dich«?
Sie klettert herauf, setzt sich neben ihn, legt ihren Arm um ihn, schaut ihn lange an, lächelt. Er auch. Sie küßt ihn, schaut ihn wieder an.
»Du gefällst mir.«
»Du mir auch.«
»Wie heißt du überhaupt?«
»Franz.«
»Du bist anders.«
»Wie anders.«
»Das weiß ich noch nicht, aber irgendwie schon.«
Zwischen vielen sachte tastenden, suchenden Zärtlichkeiten sagen sie sich solche Sachen. So war noch keine mit ihm. So selbstverständlich. So sicher. So einfach und klar heraus, als würden sie sich schon wer weiß wie lange kennen, als wären sie schon lange vertraut miteinander.
Dann erzählt sie von sich. Ihr Vater arbeitet drüben in der Ziegelei hinter der Autobahn, weil es bei ihnen im Dorf keine Arbeit gibt. Alle Männer sind die Woche über weg, arbeiten in Fabriken. Sie ist in Regensburg, arbeitet als Kellnerin in einer Bahnhofswirtschaft. Sie hat ein möbliertes Zimmer oben über der Wirtschaft. Da hört sie nachts die Züge. Wenn sie aufwacht davon, dann weiß sie immer, wieviel Uhr es ist. Sie kennt alle Züge. Am Wochenende, wenn ihre Brüder und der Vater heimkommen und sie nicht arbeiten muß,

fährt sie auch nach Hause. Sie war noch nie hier, hat vorher die Ziegelei nie gesehen.
»Die Leute mögen die Arbeiter hier nicht«, sagt sie.
»Die mögen uns auch nicht.«
»Die können doch nichts dafür, daß es bei uns keine Arbeit gibt.«
»Es ist eine Scheißarbeit«, sagt er, »die mag bei uns keiner machen.«
»So ist es immer«, sagt sie, und sie küßt ihn wieder heftig. Er wird mutig, er drückt sie an sich, sucht mit seinen Händen ihren Körper ab. Sie läßt es zu, genießt es. Ja, sie hat kleine Brüstchen. Nicht einmal eine Handvoll. Wie süß sie ist. Wie gut sie riecht zwischen dem Hals und den Schulterblättern. Er knöpft die oberen Knöpfe ihres Kleides auf. Er zittert etwas dabei. Sie schließt die Augen, damit er nicht sieht, daß sie das sieht. Er streichelt sie, erforscht ihren Körper. Plötzlich lacht er.
»Du hast Schräubchen, wie wenn ein Mäuserl ein Fäusterl macht.« Da müssen sie beide lachen.
Plötzlich ist sie furchtbar erschrocken.
»Was hast du mit deinem Daumen gemacht?«
»Abgehackt.«
»Wie ist das passiert?«
»Ich bin in den Schuppen gegangen, hab ein Beil genommen, hab die Hand auf den Hackstock gelegt, hab gezielt und hab ihn abgehackt.«
Sie schaut ihn ungläubig an.
»Aber warum?«
»Sie haben uns beim Wirt im Hof gemustert. Alle, die aus der Schule waren. Ich war sechzehn. Da war schon vier Jahre

Krieg. Meine Brüder waren schon gefallen. Sie wollten uns noch in den Krieg schicken. Aber nur die Gesunden von den ganz jungen Burschen. Da hab ich mir gedacht, du mußt dir den Daumen abhacken, dann nehmen sie dich nicht. Ich bin in ein Krankenhaus gekommen. Wie ich wieder draußen war, haben sie keinen mehr geschickt. Ich hab Glück gehabt.«
Sie streicht liebevoll über die Narbe. Sie ist ganz ernst, erschrocken von der Geschichte. Er streichelt sie mit der schrundigen Narbe. Es schaudert sie.
»Schau, man braucht den Daumen überhaupt nicht.«
»Wo hast du dann den Daumen hingetan?«
»Auf den Misthaufen, da haben ihn die Hühner gefressen.«

Später klettern sie hinunter. Es ist in dieser Zeit nicht leicht, ein ruhiges Plätzchen im Wald zu finden. Überall grasen die Flüchtlinge den Boden nach jedem Stückchen Holz ab, das man noch verheizen kann. Und Bauernburschen sitzen mit Gewehren im Gebüsch, damit sie ihnen nicht die Bäume abschneiden.
Die beiden verstecken die Fahrräder im Unterholz, suchen sich einen von der Maisonne beschienenen Fleck, legen sich hin, lieben sich. Es ist für sie nicht das erste Mal. Das merkt er schnell. Sie weiß, was sie will. Und sie hilft ihm, sich Zeit zu lassen.
»Wir werden uns nicht mehr sehn.«
»Warum?«
»Ich muß morgen in der Frühe mit dem Bus weg. Ob ich mal wiederkomm, das weiß ich nicht. Mein Vater hört bald mit der Arbeit hier auf.«
»Ich muß dich aber wiedersehn.«

»Dann mußt du nach Regensburg kommen.«
»Ja.«
Schweigend schieben sie die Räder nebeneinander her. Er möchte fragen, aber er traut sich nicht. Ob sie einen Freund hat. Ob sie bei dem das gelernt hat, was sie weiß. Auch sie hätte Fragen. Warum er so anders als die auf den Dörfern ist, so neugierig auf das, was sie denkt, was sie sich zusammenträumt. Ihre Brüder zum Beispiel, die sind nicht so, das weiß sie ganz genau. Auch sie möchte ihn wiedersehn.

Am nächsten Morgen, es ist Mittwoch, sitzt sie im Bus. Sie ist traurig und aufgewühlt. Sie hat die ganze Nacht nicht geschlafen, hat sich hinübergedacht über die Felder, über die nahe rauschende Autobahn zu ihm. Die nächste Haltestelle ist sein Dorf. Sie sieht schon von weitem den Maibaum. Da oben, wo jetzt die Fahne flattert, hat sie ihn zum ersten Mal gesehen. Einer der vielen Burschen, die den Maibaum aufgestellt haben. Nichts Besonderes. Auch bei ihr daheim tun sie das. Er aber war ein Beherzter, ein Lustiger, wie er affenartig heruntergeklettert ist. Dann das Gesicht, das strahlende, vom eigenen Mut besessene Gesicht.
Der Bus fährt an den Bäumen am Ortseingang und am Transformatorenhaus vorbei in den Ort. Vor der Wirtschaft hält er. Sie schaut zu den Frauen hinaus, die da warten, mit Einkaufstaschen und Körben, schnatternd, noch die letzten Aufträge entgegennehmend von denen, die keine Zeit haben, in die Stadt zu fahren.
Da steht er! Das Herz schlägt ihr höher. Er hat seine Ziehharmonika über den Rücken gehängt und ein Bündel. Hinter den Frauen, als letzter, steigt er ein, kommt zu ihr, die

ganz hinten sitzt, küßt sie auf den Mund, setzt sich neben sie, strahlt sie an. Sie ist sprachlos vor Aufregung. Er winkt einem kleinen Jungen.
»Der Karl«, sagt er, »mein Neffe.«
Sie schaut sich im Bus um, der jetzt das Dorf verläßt, ins Moos hinunter fährt. Die Frauen schwatzen, keiner kümmert sich um sie.
»Wo fährst du hin?«
»Wo du hinfährst.«

Als drei Tage vergangen waren, schickte er eine Postkarte nach Hause.
»Liebe Mutter, lieber Vater, mir geht es gut. Ich muß hier bleiben. Ich suche mir eine Arbeit. Macht euch keine Sorgen. Grüße an den Karl, die Maria und den Jean-Pierre. Euer Sohn Franz«
Auf der Karte war vorne drauf eine Brücke über die Donau abgebildet. Darunter stand: »Regensburg / Donau«.
Es wurden über zwei Jahre daraus. An Weihnachten schrieb er Postkarten. Sonst hörte man nichts von ihm.
»Er war der einzige Sohn, den sie mir nicht für den Krieg weggenommen haben«, sagte die Großmutter, »und jetzt hab ich ihn doch verloren. Wegen irgendeiner Schickse.« Mehr sagte sie dazu nicht. Und wenn sie jemand nach ihm fragte, schwieg sie einfach.

Es war alles so ganz selbstverständlich. Er fuhr mit der Fanni nach Regensburg, sie stellte ihn ihren Wirtsleuten als ihren zukünftigen Mann vor, denen war es recht, weil er sich sehr schnell an allen Ecken und Enden nützlich machte, ohne jemals Geld für etwas zu wollen, und er lebte mit der Fanni oben in ihrer Kammer und lernte die Züge kennen und voneinander unterscheiden. Er fand eine Arbeit beim Ingenieur Grünwachtel, dem »Herrn Ingenieur«, dem verrückten Erfinder, der einen wie ihn brauchen konnte, der alles verstand, ohne es gelernt zu haben, alles bauen konnte, wenn man ihm erklärte, wie es auszusehen hat und wofür es gebraucht wird. Er schaute nicht auf die Uhr, zählte nicht die Stunden, und wenn einmal gar kein Geld da war für den Lohn, dann eben nicht. Er hatte selbst Ideen, erfand kleine Sachen, wußte oft, wie man etwas besser machen konnte, als der Herr Ingenieur es sich vorgestellt hatte. Und wenn der Herr Ingenieur zu einem Fabrikanten ging, um eine neue Erfindung zur Produktion vorzuschlagen, dann sagte er immer, »das ist der Franz, mein Assistent.« Das freute ihn und machte ihn stolz.

Fanni und er liebten sich zuerst sehr. Abends saß er unten in der Wirtschaft, und sie genoß es, daß er da war, daß er sie vor all den Männern beschützte, die auf Durchreise waren, ein Abenteuer suchten und zudringlich werden wollten. Allein durch seine Anwesenheit gab er ihr Sicherheit und Schutz. Sie war stolz auf ihn. Das tat ihnen beiden gut. Zum ersten Weihnachten schenkte er ihr zwei bunte Vögel, und er baute einen Weihnachtsbaum mit vielen elektrischen Lichtern, den man mit einer Kurbel drehen konnte wie ein Karussell, wozu »Stille Nacht, heilige Nacht« aus einer Spieluhr erklang.

Aber manchmal stritten sie wie aus heiterem Himmel. Über Kleinigkeiten, die ihnen oft Stunden oder Tage später gar nicht mehr einfielen. Dann wurde ihnen die Kammer zu eng, und da sie beide ein hitziges Temperament hatten, flogen die Fetzen. Dann aber lagen sie sich wieder in den Armen, wollten gurrende Täubchen sein, pickten einander im Gefieder, fielen gierig übereinander her, wollten nicht wahrhaben, daß sie sich wenige Augenblicke vorher gestritten hatten. Das hielt sich über zwei Jahre die Waage.

Als der Herr Ingenieur gestorben war, hatte Franz von einem Tag auf den anderen keine Arbeit mehr. Den Kopf voller Ideen und Träume, saß er schon am Morgen in der Wirtschaft, untätig und unzufrieden. Er ging ihr auf die Nerven. Sie stritten, sie sprachen tagelang nicht miteinander, lagen in dem engen Bett, vermieden jede Berührung und redeten nicht und dachten sich weit voneinander weg.

Dann ging sie und blieb drei Tage verschwunden. Er suchte sie überall, fuhr in den Bayerischen Wald zu ihren Eltern, doch die wußten auch nicht, wo sie war. So selbstverständlich, wie sie gegangen war, kam sie zurück, sagte, sie sei die Tage und die Nächte bei einem Mann im Hotel gewesen. Sie liebe den Mann und werde demnächst mit ihm weggehen, nach Amerika oder nach Kanada vermutlich. Er faßte es nicht. Er fragte nach, schrie dann, tobte, schlug sie, zertrümmerte die wenige Einrichtung der Kammer, trank sich voll, zerrte sie mitten in der Nacht aus dem Bett und prügelte sie die Treppe hinunter, auf den Bahnsteig hinaus, wo sie zitternd zusammenbrach.

»So geht es nicht weiter«, sagte der Wirt, es müsse was geschehen. Seine Kellnerin wollte er behalten, also warf er den Franz hinaus, mitten in der Nacht. Er schlief im Wartesaal des Bahnhofs, ging ganz früh am Morgen auf den Bahnsteig,

warf kleine Steinchen, die er zwischen den Schienen aufhob, an ihr Fenster. Sie aber rührte sich nicht. Der Fünfuhrzwölf nach Nürnberg fuhr in den Bahnhof. Laut wurde die Post verladen. Er wußte genau, daß sie davon immer aufwachte. Sie mußte auch jetzt wach sein. Wieder warf er Steinchen, größere jetzt, rief ihren Namen, immer wieder, als der Zug den Bahnhof schon verlassen hatte und es ruhig war. Nichts. Wieder kroch er in den Wartesaal wie ein streunender Hund, um es zwei Stunden später noch einmal zu versuchen.
Sie machte das Fenster auf und schaute hinaus. Und er stand stumm unten, ein Häufchen Elend.
»Geh, geh, geh, geh mir aus den Augen, hau ab!« schrie sie und warf ihm hintereinander seine Sachen hinunter. Die Menschen auf den Bahnsteigen, die auf ihre Züge warteten, staunten, waren verwundert, lachten, hatten so früh am tristen Morgen schon ihren Spaß. Einige halfen ihm, seine Sachen zusammenzusammeln. Dann stand sie da oben plötzlich mit der Ziehharmonika.
»Nein!« schrie er. Sie schleuderte sie aus dem Fenster. Mit Mühe, stolpernd, konnte er sie auffangen, fiel rückwärts in die Gleise, spürte einen stechenden Schmerz im Hinterkopf, aber hatte sie heil in den Armen.
Sie schloß das Fenster.
Es war wieder Stille. Die Menschen stiegen in einen Zug, und er stand alleine auf dem Bahnsteig, wie ein Fremder, ein mit dem Zug Angekommener, der nicht weiß, wohin, einer, den keiner mehr abholen will.
Du lieber Herrgott, das konnte doch nicht das Ende sein! Was tun? Er mußte doch mit ihr reden. Sie konnte ihn doch nicht einfach hier so stehen lassen.

Der Wirt kam aus dem Haus, hatte den Käfig mit den beiden Vögeln in der Hand, kam zu ihm, klopfte ihm freundschaftlich, aber bestimmt auf die Schulter.
»Sie will nicht mehr. Da ist nichts zu machen. Die hat ihren eigenen Kopf. Da können wir nichts dagegen tun, du und ich. Nimm den Siebenuhrfünfundvierzig und fahr heim. Glaub mir, es ist besser so. Ich will hier kein Theater. Also sei gescheit und fahr.«
Er stand da wie ein Tauber, auf den man einredet, der aber nichts versteht. Der Wirt hängte ihm die Ziehharmonika um, steckte ihm seine Sachen in das Bündel, sammelte die herumflatternden Blätter der Pläne des Herrn Ingenieurs zusammen, tat sie ihm ebenfalls in den Sack, hängte ihm den um, gab ihm den Käfig mit den aufgeschreckten Vögeln in die Hand, klopfte ihm noch einmal auf die Schulter.
»Machs gut. Bist ein guter Bub. Die ist nichts für dich, vergiß sie, sei gescheit. Fahr heim. Such dir eine andere, eine, die dir pariert.«
Wie betäubt schlich Franz auf den gegenüberliegenden Bahnsteig und stieg in den Zug. Abfahrt Regensburg, sieben Uhr fünfundvierzig.

Jetzt kommen die Dörfer, deren Straßen, Wirtshäuser und Tanzböden er kennt. Und hier und dort kennt er einen Heustadel oder das Schlafzimmer einer Frau, deren Mann jetzt aus dem Krieg zurückgekommen ist und seine ehelichen Pflichten verlangt. Die eine oder andere wird vielleicht auch allein geblieben sein, der Mann gefallen oder vermißt. Seine Schwägerin Maria, die den Hans geheiratet hatte, der in Rußland vermißt ist, hat sich einfach den Jean-Pierre als

Geliebten dabehalten, den französischen Kriegsgefangenen, der ihnen zugeteilt war. Ja, der Jean-Pierre. Hoffentlich ist er noch da. Er ist für den kleinen Karl wie ein Vater, vielleicht sogar mehr, denkt Franz, und er freut sich auf ihn. Ob der Jean-Pierre gar keine Sehnsucht hat, wieder in seine Heimat zu gehn, hat er da nicht auch seine Menschen, die auf ihn warten, eine Mutter, wie seine, die sagt, ich spürs, daß mein Sohn noch lebt?
Wie wird sein eigenes Leben jetzt aussehen? Wird er den Hof übernehmen, wenn der Hans nicht mehr kommt?
»Aus Rußland kommt keiner mehr«, hat der Wirt von der Eisenbahnwirtschaft einmal gesagt.
Ja, er wird Bauer sein. Aber was für einer! Moderne Geräte wird er bauen, die er beim Erfinder gesehen hat. Ein Förderband, mit dem man den Mist direkt aus dem Stall in die Grube befördert, ohne Schubkarren, ohne eigene Kraft. Musik für die Kühe wird er machen, damit sie mehr Milch geben. Einer aus Kanada hat ihm das erzählt. Vom Landfunk werden sie kommen und seinen Hof vorstellen. Der modernste Bauer wird er werden. Er wird sich nicht so plagen wie die Alten. Und er wird die letzte Erfindung vom Herrn Ingenieur bauen. Er weiß ganz genau, wie es geht. Er hat die Pläne. Und den Rest hat er im Kopf.
Wird er eine Frau finden? Und Kinder haben? Eigene Kinder, die ihm ähnlich sind? Hoferben? Man muß halt über die Dörfer schaun. Eine, die Bäuerin sein mag, muß es sein. Eine, die auch arbeiten will. Denn Arbeit wird immer noch genug sein, auch auf dem modernsten Hof. Er wird schon eine finden. Da war ja die eine oder die andere. Aber werden ihm die noch gefallen, nach der Fanni? Wird er die Fanni je-

mals vergessen können? Die Tage und die Nächte mit ihr, ihre Liebe, ihre Zärtlichkeiten? Bei dem Gedanken wird ihm wieder ganz klein. Tränen schießen ihm in die Augen.
Jetzt fährt der Zug in den Bahnhof, er muß aussteigen. Er packt seine Sachen zusammen. Die Vögel, die friedlich geschlafen haben, werden wach und flattern langmächtig herum. Er zieht seine Jacke aus und legt sie über den Käfig. Wenn sie nichts sehen, beruhigen sie sich. Jetzt muß er noch sechs Kilometer zu Fuß durchs Moos, dann ist er daheim. Die Amisoldaten lärmen noch immer. Sie haben den Whisky ausgesoffen, jetzt schütteln sie die Coca-Cola-Flaschen und spritzen die braune Brühe im Abteil herum. Sie hängen die Köpfe zum Fenster hinaus und pfeifen hinter zwei Frauen her. Er steigt aus und macht sich auf den Weg.

Warum, fragt er sich, ist die Fanni nie schwanger geworden, obwohl sie überhaupt nie aufgepaßt haben? Er muß lachen darüber, daß ihm das jetzt einfällt. Es erfüllt ihn mit schönen Gedanken an sie, die ihn jetzt schon vergessen lassen, was passiert ist gestern und heute und in der Nacht.
Er verläßt die Landstraße, geht die etwas erhöhten, dammartigen Wege durchs Moos, zum Baggersee hinüber, der in seiner Kindheit beim Bau der Autobahn entstanden ist. Erinnerungen fassen nach ihm, Dinge kommen ihm plötzlich in den Kopf, an die er seit Jahren nicht mehr gedacht hat. Das, was er für zwei Jahre verlassen hat, was er so oft in seinen Träumen von einem anderen Leben geopfert hat, greift so mächtig nach ihm, daß er laufen möchte, rennen, um schneller drüben zu sein, im Dorf, auf dem Hof in der Küche, am Tisch, wo sie jetzt gerade essen müßten.

Der Baggersee ist mächtig von Büschen umwachsen. Blank liegt das Wasser da und scheint ihm unergründlich wie eh und je. Er war hier oft schwimmen. Das hatte er von ein paar Autobahnarbeitern gelernt. Später hat er den See gemieden, denn er hatte eine schlimme Erinnerung an ihn. Er starrt aufs Wasser, und das Bild ersteht, wie er mit dem Korbinian, seinem Freund, der schon am ersten Kriegstag gefallen ist, hier im Gebüsch gesessen hat, das damals noch nicht so hoch und dicht war.
Plötzlich war von der Autobahn drüben dieser Wehrmachts-Jeep mit den beiden Uniformierten gekommen. Sie stiegen aus und zerrten vom Rücksitz einen an den Händen gefesselten, fast nackten Mann, einen Fremden. Sie befahlen ihm mit rüden Worten, vorwärts zu gehen. Und als er am Ufer dort drüben stand, wo es etwa zwei Meter steil abfällt, erschossen sie ihn von hinten. Während der leblose Körper langsam versank und nur einen sich verflüssigenden Blutkreisel hinterließ, rauchten und tranken und scherzten sie. Und der Korbinian und er saßen regungslos da, von Angst gelähmt. Und sie trauten sich erst aus ihrem Versteck, als der Jeep schon auf der Autobahn verschwunden war.
Er geht weiter, und er muß daran denken, daß er das Bild dieser beiden Uniformierten in ihrem Jeep mit dem Hakenkreuz vor Augen hatte, als er in den Schuppen ging, um sich den Daumen abzuhacken.
Jetzt durchquert er die Autobahnunterführung, an der Mauker entlang, diesem kleinen Flüßchen, in dem sie als Kinder mit der Hand Forellen gefangen haben. Er sieht die Kühe des Dorfes auf den Wiesen und hört das Elfuhrläuten von der Kirche herüber. Freude erfaßt ihn.

Wie immer, weil sie neben ihrer Arbeit in der Küche nie die Dorfstraße unbeobachtet läßt und weil sie schon immer eine innere Unruhe hatte, eine Ahnung vom Kommen eines Menschen, den niemand erwartet hat, sieht ihn die Großmutter als erste. Da ist er wieder, ihr letzter Sohn, den ihr nicht der Krieg, sondern die Friedenszeiten genommen haben, über zwei Jahre lang.
»Der Franz«, sagt sie und hört dabei aber nicht auf, dem Großvater, der Maria, dem Jean-Pierre und dem Karl Suppe auf den Teller zu schöpfen.
»Was ist mit dem Franz?«
»Er ist wieder da, dem Herrn sei Dank.«
Der Karl schiebt seinen Teller weg und rennt hinaus. Da kommt der Franz zum Hoftor herein, wie ein Heimkehrer sieht er aus, nur nicht so dünn und so müde.
»He, Karl, bist aber gewachsen!«
Er legt einen Arm um den Buben und gibt ihm den Käfig mit den müde drinsitzenden bunten Vögeln.
»Tu sie in den Schuppen. Es ist eine Überraschung für deine Großmutter.«
Karl rennt zum Schuppen. Hinten beim Fenster zum Obstgarten, wo die beiden Flügelklaviere stehen, verstaubt und voller Hühnerdreck, stellt er die Vögel hin. Einen Moment schaut er sie sich an. Sie sehen traurig aus, denkt er. Sie haben große, dunkle Augen, sitzen aneinandergepreßt, als wollte sich der eine vom anderen beschützen lassen.
Franz steht einen Moment vor dem Haus, schaut sich um, erfaßt mit einem Rundblick, was sich geändert hat, sieht, daß dieser Hof ihn braucht, und geht ins Haus.
Als Karl aus dem Schuppen kommt, sitzt Franz bereits am

Tisch und löffelt seine Suppe, als sei er nie weggewesen. Und der Großvater erzählt, welche Kuh gekalbt, welche man verkauft oder neu erworben hat, was an Schweinen und anderem Vieh da ist, wie die Ernten der beiden Jahre waren, was sie wo und auf welchem Acker angebaut haben. Und Franz hört zu, nickt, fragt das eine oder andere, redet aber nicht über sich und die Zeit, die er weg war. Kein Wort erzählt er. Die Fragen liegen allen auf der Zunge, doch keiner macht den Anfang. Statt dessen erzählt jetzt die Großmutter, wer gestorben ist und wer geboren wurde, wer geheiratet hat und wer aus dem Krieg heimgekommen ist.

»Und der Hans?«

Hat er das arglos gefragt? War da irgendein Lauern, eine ängstliche Neugier in der Art, wie er gefragt hat? Die Pause, die entsteht, ehe die Großmutter antwortet, ist länger als normal.

»Nichts. Aber ich spürs, daß er lebt.«

»Und du gehst nicht mehr nach Frankreich?«

»Nein, der bleibt da«, sagt Maria und legt einen Arm um ihren Jean-Pierre.

»Jetzt geht mir von da überhaupt keiner mehr weg. Aus mit der ganzen Herumzigeunerei«, sagt die Großmutter.

»Schau, Mutter, die hab ich dir mitgebracht«, sagt Franz zur Großmutter. Sie schaut kurz in den Käfig hinein.

»Geh, die armen Viecher.«

»Das sind ganz seltene, aus Afrika. Ich hab die Namen vergessen. Ist der Herr Schindler nicht da? Der kennt sie bestimmt.«

»Der ist nicht da«, sagt die Großmutter.

So weit, daß der Herr Schindler die beiden Vögel sieht, kommt es nicht. Als Franz hinaufgeht, um seine Kammer wieder in Besitz zu nehmen, stellt die Großmutter den Käfig hinaus in den Garten und öffnet die Tür des Käfigs, damit sie davonfliegen können. Sie weiß nicht, daß man ihnen die Flügel gestutzt hat, so daß sie gerade einmal ein paar klägliche Hüpfer tun können in eine von der Großmutter gut gemeinte Freiheit, von der sie gar nichts wissen und auch nichts mehr erfahren.
Die Katzen lassen nur ein paar bunte Federn übrig, mit denen Fritz und Karl später Indianer spielen.

3

Sie ist Witwe, die Wirtin. Eine junge Witwe. Ein paar Monate vor Kriegsanfang hat sie aus dem Hopfengebiet hier herübergeheiratet. Ihre Eltern haben auch eine Gastwirtschaft, und sie wollte gerne Wirtin werden. Es war eine große Hochzeit. Der Anton, ihr Bräutigam, wollte das, er war weit auf den Dörfern herum bekannt und beliebt. Neben ihr, der kleinen rundlichen Frau, ein schöner, stattlicher Mann, Metzger und Viehhändler, Gastwirt und Schützenkönig, Hochzeitslader und Musikant. Aber zum Soldaten, so scheint es, kein Talent. Eine Woche nach der Hochzeit mußte er zum Militär. Noch ehe der Krieg überhaupt losging, sie war mit der Tochter im dritten Monat, hat ihn bei einer militärischen Übung eine Handgranate zerrissen.
»Im Kampf fürs Vaterland als deutscher Held gestorben«, stand auf dem Schreiben, das sie bekam. Da wußte sie schon vor allen anderen, die immer noch daran zweifelten, daß es Krieg geben würde.
Tapfer hat sie durchgehalten alle die Jahre seither. Die Tochter hat sie gekriegt, einen Metzger angestellt, die Landwirt-

schaft geführt und das Wirtshaus. Auch in der schweren Zeit hielt sie zusammen, was ihr der Anton hinterlassen hatte. Und sogar als ein paar junge Hitzköpfe meinten, sie müßten ihren Naziunfug und ihre Hitlerei in die Gaststube hereintragen, widerstand sie denen tapfer und stutzte sie zurecht.

»Hier wird der Herrgott gegrüßt und der Heiland und die Heilige Mutter Gottes, in Dreifaltigkeitsnamen. Und wer da ist, der wird gegrüßt. Aber ein Hitler nicht. Oder seht ihr einen Hitler da herinnen?«

Eine fleißige, angesehene, beliebte Frau war sie. Und standhaft hat sie sich nicht nur den Stürmen des Lebens entgegengestellt, sondern auch dem Ansinnen mancher Männer widerstanden, die sich gerne in dieses wohlgeordnete Nest gesetzt hätten. Nicht, daß das nicht auch schwer gewesen wäre, in der Nacht, wenn sich die Männer trunken vom Bier in die vorgewärmten Betten ihrer Frauen legten, alleine hinauf in die kalte Kammer in ein einsames Bett zu steigen, mit diesem jungen Körper, den schon so lange kein Mann mehr berührt hat, der nur eine Woche lang begehrt worden ist. Es kam einfach nicht der Richtige, nicht der, der dem Gedenken an ihren Anton etwas entgegensetzen oder ihrem Körper etwas hätte bieten können, was sie sich nicht mit schönen Erinnerungen selber guttun konnte.

Doch das sah eines Tages anders aus.

Er saß in der Gaststube, am frühen Abend, als die Bauern noch in den Ställen waren, ehe sie in die Wirtschaft gehen konnten. Eine schlanke, große Gestalt, die Haare nach hinten gekämmt, ein braungegerbtes Gesicht mit einem

Schnauzbart. Ein Herr, sagte sie sich. Er bestellte ein Bier. »Jawohl, der Herr«, sagte sie und: »bitteschön, der Herr.« Sie legte dabei etwas mehr Glanz in ihre Stimme als es bei den Bauern bedurfte, und sie ertappte sich dabei, wie sie sich etwas beschwingter durch den Raum trug, und ihn, wie er das mit Wohlgefallen wahrnahm. Sie spürte, da war eine Partie eröffnet, da waren die ersten Züge getan.

Aber wer war er? Wo kam er her? Was hatte ihn hierher verschlagen? War er einer von den Flüchtlingen, die in allen Ortschaften aufgenommen werden mußten? So sah er nicht aus. Danach roch er nicht. Auf ihren Geruch hat sie sich noch immer verlassen können. Die Flüchtlinge hatten typische Sudeterer- und Schlesierköpfe, und sie rochen nach dem, was ihre Frauen zu Hause kochten, Knoblauch und Kohl. Schon, wie er sein Bier bestellt hat, war er ganz anders als die. Die, wenn sie überhaupt in die Wirtschaft kamen, setzten sich geduckt in die Ecke, und man hatte das Gefühl, die wollen was umsonst. Und man behielt ein Auge auf allem, was nicht festgenagelt war, denn man wußte ja nicht, ob es nachher nicht weg war. Die schauten einem nicht ins Gesicht, die gaben einem das Gefühl, daß man schuld daran war, daß sie ihre Heimat hatten verlassen müssen.

Der Herr war ganz anders, das sah sie sofort, und als er mit einer tiefen Stimme und einem norddeutschen Tonfall fast fröhlich fragte, »und was bietet heute die Küche, Frau Wirtin?«, da hatte er schon ein ganz großes Stückchen ihres Herzens gewonnen. Sie zählte ihm auf, was sie hatte, und am liebsten hätte sie hinterhergeschoben, »und die Frau Wirtin können Sie auch noch haben, der Herr.«

Er aß und trank, und als die Bauern kamen, setzte er sich ohne Umschweife zu ihnen und redete mit ihnen und sie mit ihm, was etwas heißen wollte, denn normalerweise schaut man sich hier einen Fremden lange mißtrauisch an, bis man entscheidet, ob er auf eine Frage überhaupt eine Antwort verdient. Sie merkten sofort, daß er etwas von der Landwirtschaft verstand, denn, wie er sagte, hatte er das, was sie sozusagen mit der Muttermilch aufgesogen haben, in jungen Jahren auf einer Hochschule studiert.
Er hielt mit den Bauern im Trinken mit, sprach vom Maisanbau, der auf Dauer den Boden ruiniere, und dem Fruchtwechsel, den man hier noch, so seine Beobachtungen auf den Feldern, stärker betreiben müsse. Er kannte ihre Felder, wußte, wie bei dem einen oder anderen das Getreide stand, wo zuviel Unkraut wucherte, wo einer schon im dritten Jahr Zuckerrüben anbaute. Er sprach von Spritzmitteln gegen Disteln und pries eine besonders wenig gegen Unkraut anfällige Kleegrasmischung, die er erfunden hätte und sich anschicken würde, hierzulande einzuführen. Sie hörten ihm gerne zu, schlossen nicht aus, daß man miteinander ins Geschäft kommen könnte, wollten das wohl überlegen, waren bereit, mit ihm ein neues Kapitel deutscher Landwirtschaft aufzuschlagen, jetzt, nach dem verdammten Krieg.
Später erzählte er vom Krieg, den er im Westen und im Osten erlebt hatte, mit komplizierten Aufträgen und sozialer Verantwortung für Frauen und Kinder der Frontsoldaten, und wohlweislich war er immer geschickt ein Stück weit hinter der Front tätig gewesen.
Noch später erzählte er von Afrika, wo er vor dem Krieg

zehn Jahre lang gewesen war, von Großwildsafari und Kaffeeanbau, Zinnschürfung und Kannibalismus. Vom Neger wußte er zu berichten, der zum Dienen und für die einfachen Dinge des Lebens geschaffen wäre, der es aber mit dem eigenen Kopf niemals so weit bringen könnte wie der Weiße. Das wäre das eigentliche Rassenproblem, sagte er. Mehrfach hätte er mittels einer Schnur den Satz des Pythagoras praktisch umgesetzt. Vier Meter hier, drei Meter im Winkel dazu und fünf Meter diagonal, um den rechten Winkel zu bekommen. Kein Schwarzer hätte das je begriffen. Da lachten die Bauern in ihre Biere hinein.

Und ehe sie alle aufbrachen, er auch, gab er ihnen noch eine Geschichte mit auf den Weg, die sehr wohl dazu angetan war, die Vorstellungskraft des einen oder anderen noch daheim im Bett, neben der schlafwarmen Frau, auf die Probe zu stellen. Immer, so erzählte er, wenn er einen viele Stunden entfernten Eingeborenenstamm besucht hatte, mit deren Häuptlingen er ausnahmslos befreundet war, hatte er nach langen Gesprächen und ausgiebigem Opiumrauchen in seinem Bett die jüngste, geschlechtsfähige Tochter des Häuptlings als Gastgeschenk vorgefunden.

Die Wirtin, als einzige Frau im Raum, hörte dem Herrn fasziniert zu und genoß die Bestätigung ihres allerersten Eindrucks, daß es mit diesem Herrn etwas Besonderes auf sich hätte.

Dann ging er, redete draußen noch das eine oder andere mit den angeregten Bauern, nicht ohne sich von der »Frau Wirtin« besonders herzlich und mit einem tiefen Blick in ihre schönen runden blauen Augen verabschiedet zu haben.

Die Wirtin schloß ab, reinigte den Bierhahn, löschte das

Licht, vergewisserte sich, daß die Kleine in ihrem Zimmer schon friedlich schlief, und stieg in ihre Kammer hinauf, die direkt neben dem Tanzboden lag.
Sie lag noch lange wach in dieser Nacht, voll sehnsüchtiger Gedanken an einen abenteuergebräunten Herrn, der ihr Bild vom Anton zu trüben vermochte. Der dumme Kerl aber auch, der nicht einmal mit einer Handgranate umgehen hat können, während andere Männer Leoparden und Elefanten und Krokodile erschossen hatten. Und mit dem Gedanken daran, wie gerne sie einmal eine dieser Häuptlingstöchter gewesen wäre, schlief sie ein.
Daß man ein solches »Gastgeschenk« mit einem Fußtritt nach draußen zu befördern hatte, wenn der Morgen graute, damit einen kein Weißer mit einer Schwarzen im Bett sah, das hat die Wirtin nicht mehr mitbekommen. Das hat der Herr erzählt, als sie ihm gerade in der Küche liebevoll ein Wurstbrot machte, als Wegzehr auf seinen einstündigen Fußmarsch in ein benachbartes Dorf, wo er mit Frau und Kindern seit Kriegsende wohnte.
Jetzt kam er öfter. Er machte der Wirtin Komplimente, brachte ihr kleine Tütchen mit Blumensamen für den Hausgarten, saß und trank und aß und diskutierte mit den Bauern, die ihn »Herr« nannten und »du« zu ihm sagten.
»Du, Herr Schindler, du kennst doch meine Hauswiesen hinten. Meinst du, da kann ich jetzt in diesem Jahr direkt eine Luzerne hineinsäen?« Oder:
»Was tätest jetzt du an meiner Stelle tun, Herr Schindler. Weil, es ist so, daß sich meine Walburga unten herum total operieren hat lassen, und jetzt will sies halt ums Verrecken nicht mehr?« Oder:

»Glaubst jetzt du als Protestant auch an ein Fegefeuer?«
Er wußte immer eine Antwort, mit der sie etwas anfangen konnten. Er wußte gerne guten Rat. Und er brachte im Rucksack Kleesamen und Grassamen mit, schüttete die verschiedenen Sorten vor den Augen der Bauern auf den Tisch, griff mit den Händen hinein, mischte, ließ den Samen genüßlich durch die Finger rieseln und stellte so jene wundersame Kleegrasmischung her, von der er ihnen schon berichtet hatte. Er füllte sie in kleine Tüten ab, verteilte großzügige Proben, und bald belieferte er alle Bauern mit Saatgut, Pflanzenzwiebeln und verschiedensten Giften gegen allerlei Schädlinge.
Den Bauern entging es nicht, daß ihre Wirtin auf den Herrn ein besonderes Auge hatte, daß sie mehr Freundlichkeit und Fröhlichkeit aufbot, wenn er anwesend war, als sie das sonst für nötig hielt. Aber es machte ihnen nichts aus. Sie gönnten es ihr und verstanden es, denn auch sie hatten etwas davon, wenn sie eine gutgelaunte Wirtin antrafen.
Der Herr hatte ein feines Gespür dafür, wann es an der Zeit war, einmal nicht mit dem letzten Bauern aufzustehen und die Wirtschaft zu verlassen, sondern sitzen zu bleiben, die Wirtin zu bitten, sich zu ihm zu setzen, noch ein Bier zu trinken und sie nach dem Befinden der Seele und des Herzens zu fragen. Vom Körper sprach er nicht, doch sie begriff sehr gut, daß der auch gemeint war.
Da klappte sie sich auf. Sie klagte etwas und fand Trost, sie pries ihre Tapferkeit und bekam Anerkennung. Sie stellte ihre körperlichen Reize aus und spürte erfreut seine Neugier. Sie nahm ihn schließlich mit in ihr Bett hinauf und fand einen prächtigen Liebhaber in ihm.

Und weil es sie beide glücklich machte und ihnen guttat, machten sie es zur Regel. Sie liebte das tagelange Warten auf ihn mehr, als sie es gemocht hätte, wenn er immer dagewesen wäre. Sie wollte keinen Mann mehr im Hause haben, der irgendwann unweigerlich das Sagen hätte haben wollen. Sie wollte auch ihr Bett da oben in der Kammer nicht täglich mit einem nach Rauch und zuviel Bier riechenden Mann teilen, der schnarcht und sie, zur Schlaflosigkeit verurteilt, an den Bettrand drängt. Sie genoß es, ihren Körper, der unter seinen Händen wieder zum Leben erwacht war, bequem in ihrem Bett auszubreiten, wenn sie alleine war. Sie bewahrten sich die Leidenschaft dieser heimlichen Liebe, die irgendwann nur noch sie beide für heimlich hielten, über lange Jahre. Sie nannte ihn, wie ihn die Bauern nannten, und es konnte vorkommen, daß sie im Morgengrauen, wenn er aufbrechen wollte, zu ihm sagte, »das war gerade so schön, mach das doch noch mal, Herr Schindler.«

4

Franz geht über die Felder. Stolz durchmißt er sein Reich, nimmt es Schritt für Schritt wieder in Besitz.
»Ich bin ein alter Mann«, sagt der Vater, »das Schicksal hat es so gewollt, daß du übrigbleibst, also ist es dein Hof.«
An ein Wiederkommen des Hans glaube er nicht, das sei eines von den Hirngespinsten der Alten, was wohl vom zu vielen Beten komme, wo man sich irgendwann einbilden müsse, daß es was hilft. Er habe ja versucht, es amtlich zu machen. Auf die Behörde in die Stadt sei er gegangen, und zum Pfarrer auch, zum Alten, als man das Kriegerdenkmal gebaut habe, um den Hans zu den drei anderen, dem Jakob, dem Sebastian und dem Josef, in Goldschrift dazuschreiben zu lassen. Aber der Tod sei nun, einmal nicht bewiesen, habe der Pfarrer gesagt. Sei es nun, wie es sei, man habe den Krieg irgendwie überstanden, und jetzt müsse die Zeit weitergehen, und er sehe, daß der Franz modern und eben in die neue Zeit hinein denke, und das könne für einen Bauern nicht schlecht sein. Und Leute habe er auch an der Hand, die Maria und den Jean-Pierre, wenn der nun tatsächlich

auch dableibe, und der Karl wachse ja auch her. Und arbeiten wolle er, der Vater, ja weiß Gott noch.
Sie stehen am Kapellenberg oben, von wo sie über den Hausacker hinunter zum Friedhof, zur Straße mit den Lindenbäumen und in den Hof schauen können. Franz ist gerührt. Zum ersten und einzigen Mal in seinem Leben nimmt er die Hand seines Vaters, diese rissige, rauhe Hand, hält sie fest und sagt:
»Ich dank dir recht schön, Vater. Es ist gewiß nicht leicht für dich, wo es vier vor mir gegeben hat. Und wenns auch der Wille von der Mutter ist, dann bin ich zufrieden.«
»Die hat die Küche zum Übergeben, und damit ist es ja noch Zeit, bis du eine Bäuerin hast.«
Sie stehen nebeneinander und sind von Gefühlen überwältigt, denen sie nur trotzen können, indem sie breitbeinig dastehen und schweigen und über ihr Land schauen. So stellt sich schnell Stolz ein und verdrängt alle im Vergleich dazu kleineren Gefühle.
Menschen wie der Vater, die wenig reden und um ihre Gedanken keine Wortgirlanden flechten, äußern die wichtigen, sie bis ins Innerste beschäftigenden Dinge wie nebenbei, leise, flüsternd, wie die Sünden, verschämt im Beichtstuhl.
»Und versprich mir, daß du für jeden Nachwuchs einen Baum setzt. Es ist einmal so der Brauch bei uns in der Familie.«
»Ja freilich«, sagt der Franz, und er schaut zu den Bäumen hinüber. Es sind viele, und es gelänge ihm nicht, sie einzeln den Familienmitgliedern, von denen er weiß, zuzuordnen. Er kann sich schon vorstellen, was die übrigen bedeuten. Er lächelt und schweigt.

Die Großmutter sitzt am Tisch und stopft die Socken der Männer. Außer ihr ist nur noch der Karl da, der sich angesichts seiner Hausaufgaben allerlei Tötungsarten für den Lehrer ausdenkt. Er könnte, fällt ihm gerade ein, von giftigen Pfeilen getroffen werden, eine Tötungsart, die dem Karl übrigens auch für die Angelika oben, das Schindlersche Kind, geeignet erscheint.

Draußen auf der Stiege hören sie Schritte, schwere Schritte, wie wenn einer etwas wegschleppt. Es geht die Haustür. Die Großmutter schaut auf die Straße hinaus, dann macht sie das Fenster auf.

»Ja, Frau Schindler, wo willst du denn hin?«

»Weg, nichts wie weg!«

»Jetzt fährt doch gar kein Bus.«

»Das ist mir egal, dann stelle ich mich eben wie ein Flittchen an die Straße.«

»Geh, Frau Schindler, jetzt kommst einmal in die Küche rein, hockst dich hin, trinkst einen Kaffee, und dann schaun wir mal.«

Dann ist sie in der Tür gestanden mit ihrem Koffer und dem Kind auf dem Arm, die Frau Schindler, wie eine dürre Geiß.

»Eine dürre Geiß«, so nennt sie die Großmutter immer.

So dürr ist sie eigentlich gar nicht, denkt der Karl. Doch, sie ist schon dürr. So knochig an den Armen und den Knien und vielleicht auch an den Hüften. Aber sie hat schon auch einen Busen. Zwei ganz schön runde Kugeln, wie an ein vertrocknetes Zwetschgenweiberl hingepappt. Man möchte meinen, daß sie sie jeden Augenblick verlieren könnte, hätte sie sie nicht immer fest an sich dran geschnürt. Und auf dieser Statur sitzt ein armseliger Kopf. Ein ovales Gesicht, eingerahmt von wie angeklebten, glatten, feinen Haaren, die nicht einmal den Eindruck einer dünnen Wollmütze machen, so unvollkommen hüllen sie den Kopf ein und hängen in fettigen Fransen in die Stirn. Neben einer strengen, geraden Nase liegen zwei eulenartige Augen und hervorgehobene Backenknochen, auf denen die Tränensäcke von all ihrem Kummer sitzen.

Sie sieht ihrem Bruder ähnlich, der manchmal mit seinem alten Dreiradler kommt, und ihrer Mutter, die einmal da war. Sie stammen alle miteinander aus dem Osten und sind dort, wie sie oft sagen, ganz wichtige Leute gewesen.

»Das sind Leute«, hat die Großmutter einmal gesagt, »die sterben im Stehen.«

Sie sieht immer traurig aus, die Frau Schindler, und sie hat immer feuchte Augen, als wenn sie gerade geweint hätte, als wenn sie immer einen Vorwurf an alle ins Gesicht geschrieben hätte und sagen möchte, schaut mich an, mich armes Weib, das von edler Herkunft und hier auf dem Misthaufen gelandet ist.

Die anderen Flüchtlingsweiber sind nicht so. Die kommen aus dem Sudetendeutschen und wissen, was arbeiten heißt. Die zaubern, kaum haben sie die Ärmel hochgekrempelt und in die Hände gespuckt, einen ganzen Krautgarten ins Moos hinter ihre Baracken. Die Frau Schindler aber geht umher und leidet sichtbar.

Jetzt sitzt sie am Tisch und trinkt einen von der Großmutter gemachten Kaffee. Neben ihr auf der Bank quengelt das Kind, hat ständig eine Rotznase und interessiert sich lebhaft für seinen potentiellen Mörder. Dem ist es so eklig, daß

er mit seinem Lesebuch wieder zum Tisch hinübergeht. »So hab ich mir mein Leben nicht vorgestellt. Dafür haben mich meine Eltern nicht erzogen und auf die besten Schulen gehen lassen. Dafür habe ich nicht Klavier spielen gelernt, daß ich jetzt auf dem Dorf sitze und darauf angewiesen bin, daß meine Kinder beim Bauern essen dürfen, weil wir nicht einmal das Geld haben, sie anständig zu ernähren. Seit Jahren sitzen wir hier und haben es zu nichts gebracht.«
»Geh zu, Frau Schindler, wie ihr hergekommen seid, ich weiß es noch wie heute, wie ihr bei der Küchentür dort gestanden seid, da hat es in eine Pappendeckelschachtel gepaßt, was ihr gehabt habt. Und jetzt, wo du davonlaufen willst, brauchst du schon einen ganzen Koffer nur allein für dein Zeug.«
Drohend steht der Koffer jetzt mitten in der Küche. Und sie schimpft, daß sie dieses Leben nicht mehr weiter mitmacht, weil sie nämlich von Haus aus für ein besseres Leben bestimmt gewesen ist, weil sie Dienstboten gehabt haben und zwanzig Zimmer und ein Auto mit einem Chauffeur und am Sonntag und in den Ferien ein Schiff auf einem See. Und jede Menge Klaviere. Sie war nämlich von Geburt her adelig. Eine »von«. Ihre Brüder sind heute schon wieder hohe Tiere in der Regierung, und wenn wir wieder ein Militär kriegen, sagt sie, dann seien sie die ersten Offiziere.
»Jesusundmaria, der Herr bewahre uns vor schon wieder einer Soldaterei«, sagt die Großmutter.
Jedenfalls sagt die Frau Schindler, daß man ein solches Leben wie das jetzige, das man von ihr verlangt, nicht aushalten kann, wenn man aufgewachsen ist wie sie.

»Ja warum gehst du dann da nicht wieder hin, Frau Schindler«, sagt der Karl und schaut von seinen Hausaufgaben hoch.
»Das hat alles der Russe.«
Die Schwester von der Frau Schindler stehe sich viel besser als sie, sagt sie. Die habe einen Architekten geheiratet, und sie wohnten in einer schönen großen Altbauwohnung in der Stadt. Über zweihundert Quadratmeter und zwei Toiletten.
»Warum zwei?« fragt die Großmutter, »sind die so viele Leute?«
»Nein, die sind zu viert. Aber die haben eben einen gewissen Luxus.«
Und da will sie jetzt mit ihrem Koffer und dem Kind hingehen, weil man dort einen Luxus und ein Zimmer für sie hat und weil ihre Schwester sie versteht und immer sagt, du darfst auf dem Dorf nicht leben bleiben, das ist nicht deine Welt. Und scheiden will sie sich lassen und die Tochter mitnehmen und den Fritz dalassen, was die Großmutter richtig findet, weil der, sagt sie, ist eh wie unser Bub. Aber eigentlich gefällt es der Großmutter nicht, daß der Herr Schindler, »so ein feiner Mann«, einfach so verlassen wird.
»Er war ein feiner Mann, als ich ihn kennenlernte. Ein Freund meiner Offiziersbrüder, gerade aus den Kolonien gekommen. Ein Mann mit Manieren, eine Erscheinung sozusagen. Berlin, Kolonialistenbälle, Empfänge, alles, was Namen hatte, einmal sogar der Führer persönlich. Diplomatisches Corps. Eine elegante Welt, in der er sich bewegen konnte. Und ich war in ihn verliebt.« Sie verdreht die Augen. Dann weint sie plötzlich laut.

»Und jetzt latscht er über die Dörfer und trägt alberne Samentütchen im Rucksack durch die Gegend!«
»Ja und«, sagt die Großmutter, »der tut wenigstens was. Andere hocken da und stehlen dem Herrgott den Tag.«
»Wenn wenigstens Geld dabei reinkäme.«
»Wenn er ihnen einen Samen verkauft, dann wird ja doch ein Geld reinkommen.«
»Ach, er verkauft ihnen für zehn Mark Samen und lädt sie für zwanzig Mark zum Bier ein, so ist das. Und er scharwenzelt um dicke, ordinäre Wirtinnen herum und kriecht zu denen ins Bett! Und am frühen Morgen kommt er nach Hause und denkt, ich weiß von nichts, und lügt sich Sachen zurecht. Und ich rieche es ganz genau, daß er von einer anderen Frau kommt.«
Sie weint wieder, schaut dann erschrocken den Karl an.
»Aha«, sagt die Großmutter, »da weht der Wind her.«
»Soll man vor einem solchen Mann noch Respekt haben?«
»Ich kenn keine Frau, Frau Schindler, die vor ihrem Mann einen Respekt hat. Wo kämen wir denn da hin? Respekt!«
»Meine Schwester und meine Schwägerinnen und –«
»Das wird halt dann in der Stadt drin anders sein.«
»Ich will aufschauen können zu meinem Mann.«
»Groß ist er ja.«
Dann macht die Großmutter der Frau Schindler noch einen Kaffee, setzt sich neben sie auf die Ofenbank und sagt: »Wenn ich auf das geschaut hätte, wo meiner überall umeinandergegockelt hat, da hätte ich mich gleich aufhängen können. Die Männer sind so. Was ist das schon, wenn er zu der Wirtin geht? Die ist eine, die will ihn nicht behalten. Al-

so kommt er eh immer wieder heim. Und sei doch froh, Frau Schindler, wenn er sich das, was er braucht, woanders holt. Zum Hirn kann ers ja nicht hinausschwitzen. So kriegst du nicht dauernd ein Kind, und deine Ruhe hast du auch.«
Frau Schindler wischt sich die Tränen ab. Dann nimmt sie ihren Koffer voller Sorgen und ihr Kind voller Rotz und geht wieder die Stiege zu ihren Kammern hinauf.

»Die arme Frau Schindler«, sagt die Großmutter am Abend, als alle um den Tisch herum sitzen, »der Russ spielt jetzt auf ihren Klavieren. Ob der Russ überhaupt Klavier spielen kann?«
Das weiß keiner.
»Ich habe heute dem Franz den Hof übergeben, er ist jetzt der Bauer«, sagt der Großvater, als habe das irgend etwas mit der Frau Schindler und ihren Klavieren und dem Russen zu tun. Für einen Moment herrscht eisiges Schweigen, das die Großmutter dann durchbricht.
»Noch ist der Hans nicht für tot erklärt.«
»Ich habs so bestimmt und aus! Da kann kommen was will und wer will, er ist heimgekommen, der Franz, und jetzt ist er der Bauer und schafft an.«
Karl schaut den Großvater mit großen Augen an. So hat der noch nie geredet, nicht hier drin, in ihrer Küche. Alle scheinen dasselbe zu denken wie der Karl. Alle sind erstaunt. Jean-Pierre und Maria schauen sich an, und vor allem die Großmutter schweigt, wagt kein Wort des Widerspruchs. Aber sie kaut und saugt innerlich aufgewühlt an ihren drei Zähnen.

Und als sei das jetzt eine Gelegenheit, nach jahrelangem Kampf, setzt der Großvater noch etwas drauf:
»Und jetzt muß ein Traktor her.«
Jetzt scheint die Großmutter zu denken, daß er wahnsinnig geworden ist. Sie sagt aber nichts, sie bekreuzigt sich nur.

Als der Karl ein paar Tage später mit dem Fritz aus der Schule heimkommt, sieht er, wie ein paar Nachbarn zusammen mit Franz, Jean-Pierre und dem Großvater die beiden Steinwayflügel auf den Pferdewagen laden. Er trennt sich ungern von diesen fremdartigen Ungetümen, die, seit er denken kann, im Dunkel des Geräteschuppens stehen. Die Großmutter hat sie den Städtern in den schlechten Zeiten gegen Butter und Eier getauscht. Immer hat der Karl den schwarzen Glanz ihres Holzes bewundert und sich manchmal aus Staub und Hühnerdreck kleine Spiegel herauspoliert. Die Frau Schindler hat einmal drauf spielen wollen, aber sie hat gesagt, daß man durch die Kälte und die Wärme und das alles praktisch nicht mehr drauf spielen kann. Da der Großvater nun beschlossen hat, daß sie dem zu erwartenden Traktor Platz machen und ihn auch finanzieren sollen, weil sie ja eh hier keinen Nutzen mehr haben, will auch der Karl ihnen keine Träne mehr nachweinen.
Als der Pferdewagen zum Hoftor auf die Straße hinausfährt, sieht es aus, als wollte der Großvater mit einer Riesenfledermaus, die von Jean-Pierre und Franz geritten wird, an einem Faschingszug teilnehmen.
Maria legt ihren Arm um den Karl, und beide winken sie den Wegfahrenden. An der Haustür steht die Großmutter und schaut ihnen unbewegt hinterher.

Jetzt fährt der Bauer zum dritten Mal in seinem Leben in die Großstadt, denkt sie. Das erste Mal hat er dort eine Kuh für dreizehn Billionen Reichsmark verkauft, in einer Gastwirtschaft eine warme Suppe für zwei Billionen gegessen und ihr für den Rest des Geldes einen Samtkragen auf ihr Sonntagskostüm mitgebracht. Das zweite Mal ist er auf ein Amt gegangen, um seinen ältesten Sohn für tot erklären zu lassen, was sie aber nicht gestattet haben, weil sie sagten, ohne Zeugen sei einer nicht als Toter erwiesen.
Hoffentlich, denkt sie, geht es diesmal in der Stadt besser. Den Samtkragen hat sie nie getragen.
Die Gedanken an den Traktor machen der Großmutter angst. Sie hält nicht viel von den Erfindungen und Veränderungen, die der Franz einführt. Sie seufzt und nimmt den Besen und macht den Schuppen für den Traktor sauber. Es ist bis jetzt so gegangen, denkt sie, dann wird es auch weiter so gehen. Die Arbeit wird mit der Maschine nicht weniger, das steht schon mal fest. Aber sie wollen nun einmal ihren Willen haben, die Männer. Da sind sie alle gleich, einer wie der andere. Nur der Hans, der ihr in den Nächten erscheint, mit ausgemergelten Händen nach ihr greift, nach ihr ruft und sie bittet, ihn zu erretten, scheint ihr anders zu sein. Er war so jung, so frisch verheiratet, so glücklich, als er ging. Sie hat sein fröhliches Lachen in Erinnerung, mit dem er auf den Lastwagen zu den anderen stieg. Und sie weiß eines gewiß, solange sie nicht seinen Leichnam gesehen hat oder eine amtliche Nachricht von seinem Tod, lebt dieses Lachen in ihr. Und vielleicht, denkt sie, auch darüber hinaus.

Die Neuzeit soll festlichen Einzug halten. Das Dorf wird geschmückt wie zur Fronleichnamsprozession, und das Hoftor sieht aus, als würde der Herr Jesus persönlich samt seinem Esel von der Kirchendecke heruntersteigen wollen, um hereinzureiten und von allen mit Palmzweigen begrüßt zu werden. Die Frauen flechten lange Girlanden. Die Kinder sitzen auf dem Boden, schneiden Fichtenzweige zurecht und reichen sie den Frauen. Die Männer zimmern Willkommensschilder und einen kleinen Altar, von dem aus der Pfarrer den Traktor segnen soll. Alle sind sehr aufgeregt, voller Vorfreude, schnattern durcheinander, stellen Spekulationen an, loben den Großvater und den Franz und auch den Jean-Pierre.

Das gefällt dem Karl, denn der Jean-Pierre ist für ihn, was für andere ein Vater ist. Aber er ist viel mehr. Er ist, heißt es, als Kriegsgefangener gekommen und als Geliebter der Mutter geblieben. Und der Karl nennt ihn Onkel, weil es üblich ist, daß man solche Onkel nennt, um die einen alle beneiden, die nichts als einen Vater haben, wie der Fritz zum Beispiel. So gesehen will der Karl nicht, daß sich irgend etwas ändert. Er will die roten Backen sehen, die der Geliebte seiner Mutter zuweilen macht, und er will in den Sommernächten vom Hof in seine Kammer herauf ihr glockenhelles Lachen hören. Und er will hören, wie der Jean-Pierre in seiner fremden Sprache redet, wenn jemand ihn auffordert, Hanspeter, sag mal das oder das oder das. Er sagt ihnen, was sie hören wollen, und es klingt wie Musik. Sie sagen Hanspeter zu ihm, weil er gesagt hat, daß Jean-Pierre auf deutsch Hanspeter heißt. Und französisch reden können sie ja nicht. Der Karl will ihn immer Jean-Pierre nennen. Das ist einfach et-

was Besonderes. Einen Hanspeter gibt es überall, fast in jedem Dorf, und in der Schule sogar zwei. Aber Jean-Pierre, das klingt wie von woanders her, wie Sankt Bonifaz oder Papst Pius oder so.
Manchmal singt der Jean-Pierre auch. Und er kann auf das, was der Franz auf der Ziehharmonika spielt, in der Sprache singen, die bei ihm daheim geredet wird. Das sind für den Karl die schönsten Momente. Da sitzt er zwischen dem Jean-Pierre und Maria und drückt sich ganz nahe an sie, riecht die Creme Mouson, die er ihr manchmal beim Kramer holen muß, wenn sie sich am Abend nach der Stallarbeit wäscht, und er schließt die Augen und bittet den Herrn inständig, daß sich doch nichts ändern möge. Schon gar nicht will er, daß jener Mann aus Rußland zurückkehrt, von dem die Großmutter sagt, daß er sein Vater sei.

Der Wirt hat heute extra ein Schwein geschlachtet, und es gibt frische Würste. Der Bürgermeister sticht ein Faß Bier an, die jungen Frauen singen, die Männer klatschen dazu, und jemand läuft auf die Straße und ruft: »Sie kommen!«
Und alle rennen zum Hoftor.
Da ist er.
Franz und Jean-Pierre sitzen auf ihm, weil sich der Großvater noch davor fürchtete und es vorzog, die Pferde nach Hause zu führen. Lachend und winkend fahren sie durch das girlandengeschmückte Hoftor, von allen begleitet. Dagegen kann der Herr Jesus auf dem Esel oben an der Kirchendecke nicht bestehen. Die Mutigen unter den Kindern klettern auf den noch fahrenden Traktor hinauf, halten sich

am Jean-Pierre oder am Franz fest und jagen ihren Eltern einen Schrecken ein.
Jetzt steht er, tuckert noch kurz und schweigt. Grasgrün ist er wie ein Frosch und hat freundliche runde Augen. Er heißt Lanz, sagt der Franz und springt herunter. Jetzt segnet ihn der Pfarrer mit Weihwasser.
Alle wollen ihn anfassen, drauf sitzen, im Hof eine Runde drehen. Jean-Pierre, der was davon versteht, erklärt ihnen, vor allem auch den neugierigen kleinen Kindern, wie man ihn zum Sprechen bringt. Man macht in einem kleinen Auge ein Feuer an, indem man einen Schlüssel umdreht. Da wird ihm warm, und er beginnt kurz darauf zu sprechen. Dabei zittert er am ganzen Leib.
Der Karl und der Fritz stehen da, staunen, können nicht genug davon kriegen, wieder und wieder hinaufzuklettern, den Schlüssel umzudrehen, das Beben und Zittern zu hören und im ganzen Körper zu spüren, einen Gang einzulegen, vorwärts, rückwärts und im Kreis zu fahren. Und dem Karl wird klar, daß es jetzt neben dem Onkel Jean-Pierre noch ein Wesen gibt, das er liebt, den Traktor Lanz. Die Mutter, die Großmutter, der Großvater, der Franz und auch der Fritz und das Reserl, die sind wie die Hühner, die Katzen, die Schweine, denkt der Karl. Würde man einen von ihnen schlachten, es würde ihm für den Moment etwas leid tun, aber er würde ihn schnell vergessen, wie die Tante Hedwig, die auf dem Friedhof oben liegt und von der er schon gar nicht mehr weiß, wie sie ausgesehen hat.

5

Sie haben am Abend noch lange an dem kleinen Tisch in der engen Küche gesessen, der Mann und die Frau. Sie haben eine gute Flasche Wein getrunken und sich viele schöne zärtliche Dinge gesagt. Sie hat von der Halbtagsstelle in der Buchhandlung erzählt, die sie am Montag beginnen wird, wo sie die Kleine mitnehmen kann, solange sie noch nicht zur Schule geht. Dann wird es sowieso einfacher werden. Sie haben sich an den Händen gefaßt, und er hat es Gnade genannt und sie Glück, was sie seit fast sechs Jahren verbindet. Es war ihnen ganz heiter und lustig zumute, wie nicht immer. Sie haben sich geküßt, sind aufgestanden, haben die Gläser nicht mehr weggeräumt, sind ins Schlafzimmer gegangen, haben noch einen Augenblick vor dem Kinderbett gestanden.
»Du mußt zum Arzt gehen, wenn es mit dem Fieber schlimmer wird«, hat er geflüstert.
»Ja«, hat sie gesagt, »komm, jetzt warte ich schon zu lange auf dich.« Sie sind in dem großen Bett zueinander gekrochen. Sie haben sich geliebt, zärtlich und heftig, und er hat ihr gesagt, daß ihr Körper der schönste ist.

»Du kennst doch keinen anderen« hat sie geflüstert, und sie haben gekichert, und »wie die Äffchen«, wie sie das nennt, er an ihren Rücken gekuschelt, sind sie selig eingeschlafen.

Jetzt klingelt der Wecker. Schnell, damit die Kleine nicht aufwacht, das hat er sich so angewöhnt, schaltet er ihn aus. Er räkelt sich, blinzelt zum Fenster hinüber. Da ist vom Tag noch nichts zu sehen, obwohl es doch fast Sommer ist. Sie liegt neben ihm, er schaut sie an, beugt sich über sie. Sie liegt halbnackt da. Wohliger Geruch aus Schlaf und Liebe steigt aus ihrem Körper hoch. Er kriecht zu ihr, umfaßt sie, küßt ihren warmen Hals, will sich nicht trennen. Sie dreht sich im Halbschlaf zu ihm, drängt sich an ihn, will ihn über sich ziehen. Sein Widerstand ist schnell gebrochen. Kurz und heftig lieben sie sich. Sie ist kaum aufgewacht dabei.

Er steht auf, deckt sie zu, schaut nach der Kleinen, die friedlich am Daumen nuckelt und schläft. Er macht kein Licht, geht in den Flur, ins kleine, enge Badezimmer, schaut sich im Spiegel an, lächelt einem glücklichen Gesicht zu, putzt sich die Zähne, wäscht sich. Duschen kann er nicht. Über der Wanne hängt Wäsche auf einem Ständer. Kindersachen, Unterwäsche von ihr, Handtücher und zwei Unterhosen von ihm. Er schlägt sich, als er breitbeinig in die Knie geht, um sich auch zwischen den Beinen zu waschen, den Arm am Waschbecken an. Ein kurzer heftiger Schmerz.

Kurz darauf sitzt er, weißes Hemd, dunkle Hose, das Jackett über den Stuhl, ihren Stuhl, gehängt, am Tisch. Er bekreuzigt sich, faltet die Hände, spricht ein kurzes Gebet, trinkt dann schwarzen Kaffee, den er sich aufgegossen hat, ißt ein Stück Zwieback mit Marmelade. Er schaut hinaus. Kaum

eines der vielen Fenster in den alten, in der »großen Zeit« erbauten Häusern gegenüber ist beleuchtet. So früh steht hier am Sonntag keiner auf. Sie genießen ihren verdienten Schlaf. Über den Dächern, direkt hinter den Zwiebeltürmen der Liebfrauenkirche geht die Sonne auf.
Plötzlich steht sie in der Tür. Sie hat einen Bademantel an, kommt zu ihm, setzt sich auf ihren Stuhl, fröstelt. Er streicht durch ihre wirren blonden Haare. Sie nimmt ein Gummiband und bindet sie hinten zusammen. Sie gießt sich auch einen Kaffee ein. Liebevoll stößt sie mit ihrer Tasse an die seine, wie man sich flüchtig zuprostet, ehe sie trinkt. Dann sucht sie seine Hand, legt ihre viel kleinere hinein, macht eine Faust, die er mit seiner großen, schwarzbehaarten, ihr so vertrauten Hand umspannt.
»Kommst du heute abend?«
»Ja, aber spät. Eine Versammlung, da wird es immer später, du weißt ja.«
»Ja. Wenn du nur kommst. Ich brauche dich. Überall.« Sie lächelt.
»Ich muß los.«
Er steht auf, zieht sein Jackett an. Liebevoll, stolz und noch etwas schlaftrunken schaut sie an ihm hoch. Er ist fertig zum Gehen. Sie steht auf, begleitet ihn an die Tür. Er umarmt sie, sie küssen sich.
»Leg dich noch mal in die Falle.«
»Da kannst du sicher sein.«
Er geht ins Treppenhaus hinaus, das nach Bohnerwachs riecht. Sie schaut ihm nach, bis er um die Treppenbiegung verschwunden ist. Sie schließt die Tür.
Er kommt aus dem großen Mietshaus auf die Straße hinaus.

Es ist jetzt fast hell. Gerade erlöschen die Straßenlaternen. Es ist sehr still hier. Ein paar verlorene Autos, ein Taxi, das Nachtschwärmer nach Hause bringt, frühaufgestandene Spaziergänger mit kleinen Hunden. Es riecht nach den Kohleöfen in den Häusern, der leichte Wind weht den Geruch auf die Straßen. Dieser Geruch, das ist für ihn Stadt.
Er geht zu seinem Volkswagen, der am Straßenrand geparkt steht, schließt auf, steigt ein, fährt los. In wenigen Minuten ist er auf der Autobahn. Auch die ist kaum befahren. Vor ihm fährt einige Zeit ein italienischer Lastwagen, auf den buntes Gemüse gemalt ist. Auf der Gegenfahrbahn kommen amerikanische Militärfahrzeuge vom Nachtmanöver nach Hause.
Er denkt an sie, und das macht ihm wohl ums Herz. Wie tapfer sie ist. Er hätte gerne noch ein Kind mit ihr. Aber er will es nicht sagen. Es wäre zuviel für sie. Gerade, wenn sie jetzt diese Stelle hat, wo es mit der Kleinen so praktisch ist. Das müßte sie ja alles wieder aufgeben. Nein, das ist egoistisch von ihm gedacht. Das darf er nicht. Er wird nichts sagen. Es wird sich vielleicht ohnehin ergeben. Überhaupt, sie lassen es ja seit einiger Zeit drauf ankommen.
»Ich werde nicht schwanger, wenn ich es nicht will«, hat sie mal gesagt. Seither war das kein Thema mehr.
Man wird sehen. Sie haben ja noch Zeit. Wenn er erst einmal in die Stadt versetzt sein wird, in zwei drei Jahren, dann wird man sehen. Einen Antrag hat er schon gestellt und auch die eine oder andere Beziehung für sein Anliegen benutzt. Aber die Mühlen mahlen langsam, sehr langsam. Man brauche, heißt es, gerade die jungen Kollegen auf den Dörfern. Er hat sich nicht darum gerissen. Er stammt aus der Stadt. Er wird nie ein Dorfmensch werden. Daß da drei-

hundert Menschen alles voneinander wissen, das ist ihm eine unangenehme Vorstellung.
Bei einer Abfahrt verläßt er die Autobahn. Der Arm schmerzt etwas.
Jetzt fährt er eine steinige Straße durch eine Moorgegend. Bauern treiben die Kühe auf die Weide. Einer mäht. Torfstecher sind bei der Arbeit. Das sind Akkordarbeiter, die interessiert es nicht, daß Sonntag ist.
Er kommt ins Unterdorf. Die Baracken der Flüchtlinge liegen friedlich da. Wäsche weht im leichten Wind. Ein Hund bellt. Als er ins Oberdorf kommt, ist er plötzlich von der Kuhherde umgeben, die gerade von zwei Burschen ins Moos hinuntergetrieben wird. Er winkt mit kleiner Geste den Burschen zu, die erwidern den Gruß. Auf der breiteren Oberdorfstraße überholt er frühe Kirchgänger. Vor dem Haus gegenüber dem Kriegerdenkmal, wo die Kirchgänger von der Dorfstraße abbiegen, fährt er in einen Innenhof. Er stellt das Auto ab, steigt aus. Peinliche Ordnung herrscht hier. In einem Gatter picken ein paar Hühner. Holz ist sauber an einen Schuppen gestapelt, der durch einen Kräuter- und Gemüsegarten vom stattlichen, weißgetünchten Haus getrennt ist.
Er geht die Stufen zum Hintereingang hinauf, kommt in einen großen Flur, sieht die Kathi in der Küche stehen und Kaffee kochen.
»Guten Morgen Kathi!«
»Gelobt sei Jesus Christus, Herr Hochwürden«, sagt die Kathi, und in ihrer Stimme liegen Vorwurf, Enttäuschung und Eifersucht, wie seit Jahren.

6

Jean-Pierre ist ein Abenteurer durch Zufall. Dieser Zufall heißt Krieg. Hätte man ihn nicht eingezogen, wäre er nicht in der Normandie den Deutschen in die Hände gefallen, hätten sie ihn nicht zur Erntehilfe in den Süden ihres Landes verfrachtet, wäre er nicht ausgerechnet hier gelandet, wo man ihm keinen Augenblick das Gefühl gab, Kriegsgefangener zu sein, wo man einfach froh war über die Hilfe auf dem Feld, er hätte wohl sein Leben lang nicht sein Dorf am Meer verlassen. Nie hat es bei ihm den Gedanken gegeben, nach Deutschland zu gehen, sowenig wie die Männer, die hier im Dorf fehlen, freiwillig nach Frankreich, Italien, Norwegen oder Rußland gehen wollten, wo zu viele von ihnen auch noch ihre letzte Ruhe gefunden haben. Er hat ja Glück gehabt. Der Krieg hat ihn mit seiner eisernen Faust nur leicht gestreift. Ohne auch nur einen einzigen Schuß abgegeben zu haben, hatte er sich ergeben. Sie waren zu viele, und sie waren nette Kerle, warum hätte er auf sie schießen sollen? Und hatte er es nicht gut getroffen? Überall war Krieg, und ihn fuhr man quer durchs Land zu Leuten, denen es eine

Gewohnheit war, dem, der gut arbeitet, gut zu essen und zu trinken und eine Schlafstatt zu geben, ob der jetzt ein Franzose war oder nicht, ob der ihre Sprache sprach oder nicht, ob der gar ein Feind war oder nicht. Was war das, ein Feind? Ihr Feind war dieser Hitler, der ihnen die Söhne nahm. Ihnen, denen die Jahreszeiten die Arbeit diktierten, konnte er keine Arbeit versprechen. Die Autobahn bauten nicht sie. Dazu kamen Arbeiter aus den Städten, und sie, die Bauern, mußten um Haus und Hof und Hab und Gut und ihre Töchter fürchten. Als die Autobahn entstand, kauften sich die Bauern Vorhängeschlösser. Als der Krieg kam, räumten sie sie weg, um sie nach dem Krieg gegen die Herumzigeunernden wieder hervorzuholen.
»Die ruhigste Zeit auf dem Dorf ist der Krieg«, sagte die Großmutter einmal. Da sind die Männer mit ihrer großmächtigen Wichtigtuerei weg, und die ganz jungen und die ganz alten Männer ordnen sich den Frauen unter. Da hat man als Frau sein breites Bett und keinen betrunkenen Schnarcher neben sich. Und sie kann sich erinnern, wie eines Tages alle Weiber des Ortes nach der sonntäglichen Messe in die Wirtschaft gingen und Bier tranken, weil die Wirtin gesagt hatte, ihr könnt doch nicht nur, weil Krieg ist, euren Wirt verrecken lassen.
Als Jean-Pierre ein Kind war, stand er oft am Meer und träumte sich in fremde Länder, die da hinten liegen mußten, wo dieses Meer zu Ende war. Aber immer, wenn er sich irgendwohin geträumt hatte, packte ihn ein solches Heimweh, daß er völlig erleichtert war, wenn er spürte, daß er den festen Boden seiner Heimat unter den Füßen hatte und mit wenigen Schritten im schützenden Zuhause war. Freunde

waren als Matrosen aufs Meer gegangen. Ihn hatte das nie gereizt. Ferne gab es bei ihm nur in den Träumen. Er hatte sich nie vorstellen können, die Heimat zu verlassen.
Und jetzt? Warum ist er immer noch hier, tausend Kilometer von zu Hause weg? Innerhalb von zwei Tagen könnte er zu den Seinen fahren. Warum tut er es nicht? Ist es nur die Liebe zu Maria? Könnte er sie nicht mitnehmen? Sie und den Karl? Hat er keine Sehnsucht, kein Heimweh? Ist er ein Hiesiger geworden? Fragen, die man ihm hier nicht mehr stellt, denn man hat immer nur ein Achselzucken als Antwort bekommen. Er weiß es tatsächlich selbst nicht. Und er will sich auch keine Gedanken darum machen. Das Leben hat ihm gezeigt, daß man auch an fremdem Ort sein Glück finden kann. Diese Erkenntnis hat ihn zum Spieler gemacht. Warum, so fragt er sich, sollte das im Leben eines Menschen nur einmal passieren? Könnte er nicht genau so in Afrika leben und sich dort zu Hause fühlen wie der Herr Schindler es über zehn Jahre getan hat? Vielleicht kann man überhaupt überall zu Hause sein. Vielleicht wollte das Schicksal ihm zeigen, daß er zum Weltenbummler bestimmt sei.
Nur manchmal, in unruhigen Nächten, wenn draußen Sturm tobt und Maria, die da so gegen alle dörflich-katholische Moral neben ihm liegt, den Schlaf der Gerechten schläft, hört er das Rauschen des Meeres, denkt er an die flachen Häuser aus Natursteinen, an den kalten, strengen Wind, der vom Meer her übers Land fegt, an den weiten Blick und die fernen Schiffe mit ihren tausend Geheimnissen. Und er denkt an ein paar Menschen, die er liebt oder geliebt hat. Am nächsten Morgen scheint es ihm dann aber,

als seien mit der Sprache, die er kaum mehr spricht, auch die Lieben, die ihm einmal alles bedeutet haben, von einer Art Nebel seinem Blick entzogen.
Das Grübeln ist eigentlich seine Sache nicht. Also sagt er sich ganz schnell nach solchen Nächten, daß das Leben noch lang ist und die Heimat warten kann. Nach Hause kommen kann man immer. Er hat Seeleute gesehen, die als alte Männer heimgekehrt sind und nach ein paar Tagen dazugehörten, als seien sie nie weggewesen. Die Heimat kann warten. Jetzt ist, wer weiß wie lange und wer weiß was kommt, sein Platz hier. Denn darüber besteht kein Zweifel: Er liebt sie, die Maria, den Franz, den Karl, die Großmutter, den Großvater, wenn, denkt er manchmal insgeheim, ein Mann wie ich überhaupt lieben kann, treu sein kann, was ja wohl eigentlich zur Liebe gehört.
Er ist mit seinem Leben hier zufrieden. Er würde gar nichts daran ändern wollen. Aber was wäre, denkt er manchmal, wenn Marias Mann, der Hans, aus Rußland zurückkäme?

»Da ist ein Brief für die Maria, was Amtliches«, ruft die Postlerin schon am Hoftor. Die Großmutter und Maria putzen gerade vor dem Haus. Mit zitternden Händen nimmt Maria den Brief. Tränen schießen ihr in die Augen, denn sie ahnt, was drin steht. Sie läuft ins Haus, die Stiege hinauf, in die Kammer, wo sie mit dem Jean-Piere lebt. Doch zunächst ist sie mit der Nachricht allein. Die Männer sind auf dem Feld, und Karl ist in der Schule. Wissend schauen sich die Großmutter und die Postlerin an. Beim Kölbel sei auch so ein Brief gekommen, sagt die Postlerin. Der Kölbel-Ludwig komme auch aus Rußland heim. Auch dort seien Tränen geflossen, aber Tränen der Freude, wolle sie einmal sagen. Die Großmutter, selbst aufgewühlt, will das, was sie ja bisher nur ahnt, nicht weiter mit der Postlerin erörtern. Sie geht ins Haus, setzt sich auf die Ofenbank, nimmt ihren Rosenkranz und betet, ohne sich genau zu entscheiden, wofür eigentlich, denn sie will für alle ja nur das Gute. Doch das vom Herrn dem Allmächtigen zu verlangen, weiß sie, ist eigentlich unmöglich.

»Der kann jederzeit kommen. Der Brief ist schon einige Zeit unterwegs. Du mußt gehn«, sagt Maria tränenblind zum Jean-Pierre, der vom Feld heimgekommen ist und die Großmutter am hellichten Tag Rosenkranz beten hat sehen und sofort wußte, was los ist. Er nimmt die Maria in seine Arme, drückt sie an sich, schaut über ihren Kopf hinweg durchs Fenster in den Hof hinaus, wo der Karl gerade in der Scheune verschwindet.

Ja, es sei wohl richtig, daß er gehe. Niemandem sei das zuzumuten. Ihr nicht, dem Hans nicht, den Eltern nicht, daß er hierbleibe. Aber man werde sich wiedersehen. Das Leben sei noch lang. Er könnte sich als Knecht bei einem anderen Bauern verdingen, denkt er, vielleicht in einem Nachbarort. Aber was wäre das? Alle würden reden. Sie müßten sich heimlich sehen. Nein, das weiß er bestimmt, daß sie, die Maria, das nicht könnte. Da ist eine Trennung für immer das Beste. Es war eine schöne Zeit, man hat sich geliebt, war glücklich, ist ein Stück des Lebens miteinander gegangen. Er wird sich auf den Weg machen. Nach Hause? Wer weiß, was unterwegs passiert. Die Heimat kann warten.

Er ist sich sicher, daß er sie zum letzten Mal in den Armen

hält, zum letzten Mal küßt, daß er sie und die anderen nie wiedersehen wird. Es wird ein anderes Leben geben oder das alte, aber dieses hier nicht mehr. Aber wenn es sie tröstet, warum soll er ihr nicht sagen, daß man sich wiedersehen wird.

Sie und die anderen halten seinen schnellen, klaren Entschluß, zu gehen, für Verständnis, Rücksichtnahme, jedenfalls ein edles Verhalten. Sie trennen sich schwer von ihm, denn sie haben ihn über die Jahre liebgewonnen. Er gehörte dazu, und die Großmutter hat das Gefühl, daß man ihr den einen, heißersehnten Sohn zurückgibt und den anderen entreißt. Das ist aber auch die niemals befriedigende Sache mit Gott dem Herrn, daß er ihr immer ein Opfer abverlangt, wenn er einmal ein Flehen und Bitten von ihr erhört.

Da steht er mit seinem kleinen Bündel und trägt nicht mehr weg, als er hergetragen hat. Der Großvater, die Großmutter, der Franz, die Maria, die Schindlers stehen bei ihm, im Hof, vor dem Haus. Sie sind verlegen, unsicher, sie wissen nicht, was sie sagen sollen, sie haben alle miteinander keine Übung in derartigen Abschieden. Da ist der Herr Schindler, der ja die Welt und ihre Entfernungen kennt, die einem oft größer erscheinen, als sie sind, die Rettung. Man wird eines Tages ein Auto haben, alle werden sich hineinsetzen und zum Jean-Pierre ans Meer fahren. Sie werden dort Urlaub machen, alle miteinander, und werden sehen, ob es ihnen dort gefällt. Und im Zweifelsfall werde man den Jean-Pierre, wenn man zu der Erkenntnis gelangt sei, daß er gut auf das Meer verzichten könne, mitnehmen hierher. Die verdammte völkertrennende Vergangenheit sei vorbei, eine rosige Zukunft liege vor ihnen allen, man müsse nur etwas Geduld haben.

Er glaubt selbst nichts davon, der Herr Schindler, dem die Sorgen um seine Familie, seine unzufriedene Frau, seine heimliche Liebschaft, die Zukunft der Kinder und das Wissen um die eigene Unfähigkeit in Geschäften schon die Haare lichten. Aber er hat Trösten und Abschiednehmen gelernt, und wäre ihm nicht dieser verdammte Krieg dazwischengekommen, dem er wenigstens eine Familiengründung abzutrotzen sich in den Kopf gesetzt hatte, dann wäre sein Leben ein Kommen und Gehen, ein Hier und Dort, ein Aus-den-Augen-aus-dem-Sinn gewesen.
Jetzt hilft er ihnen allen rhetorisch über diesen unvermeidlichen Abschied hinweg, und eigentlich, das schießt ihm wie ein giftiger Pfeil durch den Kopf, würde er mit ihm, der da gehen muß, auf der Stelle tauschen wollen.
Fernweh packt ihn, während er sich das ungeschickte Abschiednehmen anschaut. Er habe drüben im Nachbarort ein paar Bauern aufzusuchen, sagt er, da hätten sie ja ein Stück des Wegs gemeinsam, er werde ihn begleiten.
»Wo ist der Karl?« fragt jemand.
»Ich weiß, wo er ist«, sagt Jean-Pierre, und er geht zur Scheune hinüber.

Er ist von der Schule heimgekommen, der Karl, ist wie immer in die Küche gegangen, hat den Großvater und die Großmutter und den Franz da sitzen sehen, hat gemerkt, daß irgend etwas nicht stimmt, hat nach der Mutter und dem Jean-Pierre gefragt, hat keine vernünftigen Antworten bekommen, ist zur Kammer hinaufgegangen, hat sie weinen und ihn beschwichtigend auf sie einreden hören, ist hinausgelaufen, hat das Reserl getroffen, das ihm sagte, es sei eine Nachricht gekommen, daß sein Vater heimkomme. Er wollte dann nur noch allein sein, ist in den Schuppen gelaufen, die Leiter hinaufgestiegen, ganz oben hinten in sein vertrautes Versteck gekrochen, hat zitternd dagesessen und überlegt, wie er diesem seinem kleinen Leben, das er ohne den Jean-Pierre nicht leben wollte, ein Ende machen könnte.

Wie kann man als Kind die Erwachsenen zwingen, das zu tun, was man will? fragte er sich. Reden hilft gar nichts. Sie lügen einen an und tun doch, was sie wollen. Sie sind immer im Recht, sie wissen alles besser, und sie denken immer nur an sich. Erst wenn der tot ist, den sie belogen haben, dann denken sie nach, dann bereuen sie, dann sagen sie, ach hätten wir es doch anders gemacht. Sie geben ihm keine Antworten, weil sie glauben, daß er die Zusammenhänge nicht versteht. Als wüßte er nicht, daß der Jean-Pierre gehen muß, wenn dieser Rußlandvermißte nach Hause kommt, den die Großmutter nicht aufhört herbeizubeten. Sie nehmen einen erst ernst, wenn man tot vor ihnen liegt. Wenn er sich da oben an der Heugreiferführung nach vorne hangelt und dann hinunterfallen läßt, ist er tot, dann haben sies. Dann bereuen sie. Aber, denkt er, was habe ich dann davon? Nichts, weil ich tot bin. Wenn mich der Jean-Pierre so liebt wie ich ihn, dann geht er nicht weg, denkt er. Wenn ich tot bin, dann kann er ja gehen. Das ist also keine Lösung. Aber was sonst? Kreuzangenagelter an der Kirchenmauer, taubenverschissener Sohn Gottes, sag du doch was! Habe ich dich nicht immer wieder gebeten, daß du den Vater in Rußland behältst? Warum hast du die Gebete der Großmutter mehr erhört als die meinen? Ist es für dich auch wichtiger,

was die Erwachsenen sagen? Ich hasse dich, Kreuzangenagelter!
»Karl! Karl, wo bist du!?«
Das ist die Stimme vom Jean-Pierre. Langsam kriecht der Karl nach vorne, sieht ihn unten stehen, mit dem Bündel, und weiß, der geht jetzt weg, der verläßt ihn und die Mutter und die anderen.
»He, Karl!«
Langsam steigt der Karl hinunter, springt das letzte Stück und fällt heulend direkt in die Arme vom Jean-Pierre. Der hält ihn fest. Er müsse jetzt für eine Zeit verreisen, aber er komme bald wieder, ganz bestimmt, möglicherweise kämen er und die Mutter aber auch zu ihm. Da gehe man dann zusammen ans Meer. Er redet ruhig auf den Buben ein, und der denkt darüber nach, warum die Erwachsenen glauben, man erkenne nicht schon an der Stimme, mit der sie reden, daß sie lügen, nicht die Wahrheit sagen, sich davor drücken, klar und einfach zu sagen: Ich gehe für immer weg, ich verlasse dich, fertig. Auf keinen ist Verlaß, nicht einmal auf den Jean-Pierre und den kreuzangenagelten Herrn Jesus.
Der Karl entzieht sich dem Jean-Pierre und läuft weg, zur Hintertür der Scheune hinaus, durch den Obstgarten, die Staffeln zum Friedhof hinauf. Von dort sieht er das Verabschiedungszeremoniell. Brav hält der Fritz still, als ihm Jean-Pierre über den Kopf streichelt. Dafür haßt ihn der Karl in diesem Moment. Dann sieht er den Herrn Schindler mit dem Jean-Pierre über die Friedhofstaffeln hinaufgehen, zum Transformatorenhäuschen, zur Autobahn. Er schaut ihnen hinterher, bis sie am Horizont verschwunden sind. Er

liegt auf der Kirchenmauer und schaut in den Himmel, und die Tränen fließen ihm über die Backen. Die Wolken beginnen, ein Schiff zu bilden. Karl steigt auf das Schiff, begrüßt den Kapitän, zeigt ihm die Richtung, in die er fahren will, die weit weg führt von hier, weit übers Meer, dahin, wo diese himmelhohen Häuser sind, von denen der Franz immer erzählt.

Die Turmuhr schlägt eine volle Stunde. Karl wacht auf und kann im letzten Moment noch von dem Schiff herabspringen, das im Begriffe ist, sich in weiche Wolkenschleier aufzulösen.

Er ist von der Mauer heruntergefallen und liegt im Kies. Großmächtig hängt der Herr Jesus Christus über ihm und lacht. Doch, er sieht es ganz genau, der lacht. Er lacht ihn aus, verhöhnt ihn.

»Was lachst du da, Kreuzangenagelter? Du kannst doch alles machen. Warum hast dus nicht gemacht, daß der Jean-Pierre dableiben kann? Willst du dich lustig machen über mich?«

Er bückt sich, hebt eine Handvoll Kieselsteine auf und schmeißt sie nach ihm. Und noch eine und noch eine und noch eine.

Jetzt schreit, weint und wimmert der Kreuzangenagelte. Er hört es ganz genau. Er geht näher hin zu ihm, obwohl er etwas Angst hat. Er schaut ihn an, an ihm hoch, ist mit den Wunden an den Füßen auf Augenhöhe. »Ohjesusundmaria«, sagt ein feines Stimmchen. Da! Der blutet. Aus seinen Wunden, da wo sie ihm die Nägel hineingeschlagen haben, fließt Blut. Karl wirft sich auf den Boden und umfaßt die Füße. Er bittet ihn um Verzeihung. Er fällt nach hinten, liegt flach auf dem Kiesboden, schaut zu ihm hinauf. Er schlägt die Hände vors Gesicht. Seine Nase tut ihm weh. Der hat nach ihm geschlagen! Ja, der kreuzangenagelte Herr Jesus hat ihn geschlagen. Immer noch bedeckt er sein Gesicht, um ihn nicht ansehen zu müssen, um seinem strafenden Blick nicht ausgesetzt zu sein. Er wird ihn strafen! Er weiß nicht mehr, was geschieht, ihm wird schwarz vor Augen.

»Karl, was ist mit dir?« hört er wieder die feine Stimme. Er wacht auf und schaut seine Hand an. Sie ist mit Blut beschmiert. Er faßt nach seiner Nase. Er wischt sich das Blut mit dem Ärmel ab, zieht die Nase hoch. Rotz und Blut und Tränen vermischen sich. Er schaut sich verwirrt um. Spricht der jetzt mit ihm?
Da steht das Reserl vor ihm. Wie lange ist es schon da?
»Karl, was ist passiert?«
»Reserl, der Herr Jesus hat den Jean-Pierre aus dem Dorf gejagt. Was hast du gesehen, Reserl?«
»Du hast Steine nach ihm geworfen.«
»Umgotteswillen, Reserl, verrat mich nicht! Das hast du nicht gesehen. Das darfst du niemand sagen, Reserl, hörst du?! Dafür straft mich der Herr sowieso noch mit mindestens hundert Vaterunsern. Aber wenn dus wem sagst, straft er mich zweimal. Hast du gesehen, daß dem Herrn Jesus seine Wunden geblutet haben?«
»Nein.«
»Da schau.«
Er nimmt die Hand vom Reserl und führt sie an die Wunde des Herrn Jesus. Das Reserl zittert vor Angst und Ehrfurcht. Es schaut seine Hand an und schreit. An der Hand ist Blut.

Andächtig und furchtsam schaut es am Herrn Jesus hinauf.
»Der kreuzangenagelte Herr Jesus hat geblutet! Ein Wunder!«
Das Reserl hat plötzlich einen ganz irren Blick. Es schaut am Karl vorbei.
»Reserl«, sagt er, »verrat niemand was. Sag nichts, was du gesehen hast, versprich mirs.«
Das Reserl verspricht es ihm.
Es hat übrigens die dünnen Haare ganz oben drauf auf dem Kopf zu einer Rolle zusammengebunden, das Reserl.

7

Wenn der Karl den Kopf ganz in den Nacken legt, kann er das Kirchendeckengemälde sehen. Auf der einen Hälfte der halbkugeligen Kuppel reitet der Herr Jesus auf dem Esel und hat Palmzweige in der Hand. Seine Jünger sehen blöd aus, denkt der Karl. Mehr interessiert ihn das, was genau über ihm ist, die Steinigung des heiligen Stephanus, dem die Kirche auch geweiht ist. Der Heilige steht da und schaut die spöttisch an, die mit haßverzerrten Gesichtern Steine nach ihm werfen. Einer aber hat es dem Karl angetan. Er ist ein Jüngling, sitzt auf einem Kissen, lässig an einen Baum gelehnt, und schaut eher gelangweilt der Steinigung zu. Da der Maler für diesen Zaungast nicht mehr genug Platz gehabt hat, hat er das eine Bein vom Knie weg aus Gips gemacht und über den Rand des Kuppelgemäldes baumeln lassen. Da hängt es nun, ragt heraus, wie eine zu lange Bratwurst über den Teller, und Karl kann sich nicht satt sehen daran. Und was der für dreckige Füße hat, denkt er.
Karl sitzt in der zweiten Reihe, vorne, wo die Kinder sitzen, vor den Weibern, hinter denen dann, nahe am Ausgang, da-

mit sie jederzeit in die Wirtschaft gehen können, die Männer stehen.
Er sitzt neben dem Fritz, der eigentlich gar nicht in die Kirche gehen müßte, weil die Schindlers von Haus aus protestantisch sind. Aber der Fritz geht freiwillig in die Messe, weil ihm das gefällt, sagt er. Zur Kommunion hat er nicht gehen dürfen. Da war er traurig und hat zu seinen Eltern gesagt, daß er katholisch werden will. Aber in der Familie von der Frau Schindler, sagt sie, ist das unmöglich. Da könnte sie sich mit dem Fritz bei allen ihren Verwandten nicht mehr sehen lassen. Dem Herrn Schindler wär es egal gewesen. Wenn einer gestorben ist, dann darf er auch nicht wie die anderen Kinder ein Kreuz hinter dem Sarg hertragen, der Fritz, denn wenn das ein nichtchristkatholischer Heide macht, dann findet die arme Seele von dem Gestorbenen nicht ihre ewige Ruhe.
Der Herr Pfarrer hat gesagt, daß es ihm gleich ist, weil die Protestanten auch Gotteskinder sind. Aber da hat der Mesner gesagt, dann macht er nicht mehr den Mesner, wenn Heidenkinder in der Prozession mitgehen. Genug, daß sie in die Kirche dürfen. Das hats beim alten Herrn Hochwürden nicht gegeben. Obwohl es da ja auch gar keine Nichtchristkatholischen gegeben hat.
Dem alten Pfarrer, der dann gestorben ist, hat man als Kind, wenn man ihn auf der Straße gesehen hat, die Hand küssen und einen Knicks machen und sagen müssen »Gelobt sei Jesus Christus«, worauf er dann »In Ewigkeit, amen« gesagt hat. Dem Karl war das ekelhaft, weil der so gottserbärmlich nach Schweiß gestunken hat, daß er ganz froh war, wie der neue Pfarrer das abgeschafft hat, obwohl es ihm bei dem wiederum gar nichts ausmachen würde.

Vor dem Karl sitzt das Reserl, und es hat heute die Hände so ehrfürchtig gefaltet und hält sie so hoch und inbrünstig zum Altar hinauf, als wär es gerade heute dazu berufen, für seine unselige Mutter, die Lisa, das Seelenheil zu erbeten. Denn seit gestern ist etwas Heiligmäßiges um das Reserl.

Gestern, am Abend, die Kühe waren schon gemolken, Maria hat sich am Waschtrog gerade die Füße gewaschen und ist in Unterwäsche dagestanden, die Großmutter hat dem Franz die Pickel auf dem Rücken ausgedrückt, und man hat im Radio das Schlagerwunschkonzert gehört, da ist die Lisa mit dem Reserl rübergekommen. Ganz aufgeregt war sie.

»Stellts euch das vor«, hat sie gesagt, »das Reserl hat ein Wunder gesehen!«

»Ah, ist sein Vater aufgetaucht?« hat der Franz gesagt. Maria hat gelacht, und ihre Brüste haben gewackelt dabei. Der Karl hat sie groß angeschaut, denn das war das erste Mal, daß sie gelacht hat, seit der Jean-Pierre weg ist.

»Was wär jetzt das dann für ein Wunder?« hat die Großmutter gefragt.

»Der kreuzangenagelte Herr Jesus an der Kirchenmauer ist ihr mit seinen blutenden Wunden als lebendig erschienen und hat zu ihr gesagt, daß sie für ihn beten soll.«

Die Lisa bringt es kaum raus ohne ein Weinen, so gerührt ist sie davon. Solche Sachen, das ist was für die Großmutter.

»Reserl, lügst nicht?«

»Nein.«

»Was hast denn wollen auf dem Friedhof droben?«

»Blumen hab ich gebrockt für der Hedwig sein Grab.«

»Weißt nicht, daß man nicht raufgehen soll als Kind allein?«
»Doch.«
»Und warum bist dann doch hinauf?«
»Ich habs vergessen gehabt.«
»Und du glaubst, daß unser Herr Jesus Christus ausgerechnet einem ungehorsamen kleinen Mädel leibhaftig erscheint?«
»Ja.«
»Und du warst ganz allein, und keiner hat dich gesehn?«
Karl hat das Reserl so durchdringend angeschaut und drohend seine Fäuste zusammengeballt, daß es glauben hat müssen, daß es auf der Stelle tot umfällt, wenn es von ihm was sagt.
»Ich war ganz allein.«
»Reserl, Reserl, lüg uns nicht an. Du weißt, wie unsere Hedwig umgekommen ist, weil sie gefrevelt hat.«
»Es ist alles wahr, wie ichs sag.«
Und dann hat sie erzählt, wie sie die Blumen aufs Grab gelegt hat und wen hat weinen hören, wie sie geschaut hat, und es war der Kreuzangenagelte, wie sie dann hingegangen ist und ihn gefragt hat, was mit ihm ist und warum er weint. Und daß er gesagt hat, daß ihn die Wunden von der Kreuzigung so schmerzen und daß sie, das Reserl, seine Schmerzen stillen kann, wenn sie jeden Tag für ihn betet, und daß sie ihm das versprochen hat.
»Hat er dir einen Auftrag gegeben?«
»Was?«
»Sollst du was verkünden?«
»Ja.«
»Was?«
»Es sollen alle Menschen mehr Christus unsern Herrn ver-

ehren und von der Gottlosigkeit lassen, weil es sonst wieder einen Krieg gibt, hat er gesagt.«
»Hat er deutsch geredet oder lateinisch?«
»Ich kann ja bloß deutsch verstehn.«
»Also hat er deutsch geredet?«
»Ja.«
»Oder bairisch?«
»Ja.«
»Ja was jetzt, deutsch oder bairisch?«
»So wie der Herr Pfarrer in der Predigt in der Kirch.«
»Und daß er geblutet hat, das weißt du gewiß?«
»Ja. Leg deinen Finger in meine Wunde, hat er gesagt. Dann hab ich es getan und danach war der Finger voll Blut. Da!«
Dann hat sie allen den Blutfleck auf ihrem Finger gezeigt. Da sind sie fast andächtig dagesessen, und es ist ein leichter Schauder im Raum gewesen. Franz ist in seine Kammer gegangen und hat Ziehharmonika gespielt. Maria hat sich die Zehennägel geschnitten, und die Großmutter hat für alle Fälle einmal ein Stück Rosenkranz gebetet. Der Großvater ist schon vorher hinausgegangen, in die Wirtschaft. Beim Schindler oben haben sie laut gestritten, und dann wurde eine Tür zugeschlagen.
»Jetzt geht er wieder«, hat die Großmutter gesagt, und es war ein Triumph in ihrer Stimme. Dann ist der Fritz runtergekommen und hat sich mit einem Schulbuch auf die Ofenbank gesetzt.
»Bub, les nicht soviel, das ist nicht gut für den Kopf«, hat die Großmutter gesagt, und dann hat sie wieder das Reserl angeschaut, weil das fast so einen heiligmäßigen Blick gehabt hat, daß es der Karl dauernd anschauen hat müssen.

»Sollst du wieder hingehn?«
»Ja. Aber nicht allein.«
»Mit wem?«
»Mit der Mamma.«
»Geh, und das ist wahr?«
»Auf der Stell tot umfallen soll ich, wenns nicht wahr ist.«
Die Großmutter hat lange das Reserl angeschaut und dann die Lisa, die sich in den Glauben an die Geschichte vom Wunder des Reserl und eine damit verbundene eventuelle Hoffnung auf ein besseres Leben hineinverbohrt hat.
»Wissen möchte ich, warum jetzt grade einem ledigen Kind von einer ledigen Mutter unser Herr Jesus, Gottes Sohn, empfangen von der unbefleckten Jungfrau Maria, als Wunder erscheint.«

Der Pfarrer redet jetzt von der Liebe, die in jedem Menschen drin ist, die aber nicht jeder zur rechten Zeit an andere weitergibt, und daß man oft meint, daß die Liebe da ist, wo man die Dinge für in Ordnung anschaut, und daß aber in Wirklichkeit die Liebe oft da ist, wo man sie gar nicht vermutet, oder so. Jedenfalls, sagt er, der werfe den ersten Stein, der glaubt, daß er genau weiß, was die Liebe ist. Der Jean-Pierre, denkt Karl, hat es gewußt, was die Liebe ist.
Das Reserl sitzt vor ihm. Er sieht seinen mageren Hals, die Haare, die nach oben zu einer Rolle gebunden sind, den Spitzenkragen, die kleinen Ohren, die ein bißchen abstehen, und die kleinen, dünnen, kurzen Locken, die nicht mehr in das nach oben Gebundene gepaßt haben. Und der Karl liebt das Reserl in diesem Moment so, daß er sich wünscht, sie alle, die Leute im Dorf, der Pfarrer und die Kir-

chenoberen und der Bischof und der Kardinal und der Papst, müßten an die Wundererscheinung vom heiligen Reserl glauben. Und daß das Dorf ein Wallfahrtsort wird, wo jeder Bauer Heiligtümer verkauft und geweihtes Wasser von einer Quelle, die unter den Händen des Reserl eigenhändig entsprungen ist. Und heiligsprechen sollen sie das Reserl, oder wenigstens selig. Und aus der ganzen Welt sollen die Lahmen und die Siechen und die Stummen und die Tauben und die Blinden kommen. Und das Reserl soll ihnen einmal im Jahr die Wunden des kreuzangenagelten Herrn Jesus zeigen, und sie sollen sie alle bluten sehen, sogar die Blinden.
Sie sollen mit Bussen kommen, und eine Bahnlinie soll gelegt und ein Flughafen gebaut werden, damit alle aus der ganzen Welt kommen können. Der Hausacker soll ein Parkplatz für die Busse werden, und im Moos unten ist genug Platz für einen Flughafen und einen Bahnhof. Und das Wirtshaus soll ein großes Hotel werden, wo die Wallfahrer alle wohnen können. Und es sollen alle Kranken vom Wunder des Reserl geheilt werden, wenn sie nur einmal die blutenden Wunden gesehen haben. Wenn sie sichs nur recht einbilden, denkt der Karl, dann sehen sies. Wie es das Reserl ja auch gesehen hat.
Man muß sich etwas nur ganz fest einbilden, dann passiert es auch. Er bildet sich jetzt zum Beispiel auf der Stelle ein, daß der Jüngling da oben, der seinen Fuß heraushängen hat, mit den Zehen wackelt. Und in dem Moment wackelt er auch.
Das Reserl ist noch recht klein für eine Heilige. Aber der Karl liebt das Reserl so sehr, daß er sich im Moment nichts

auf der Welt mehr wünscht, als daß es eine Heilige wird. Und sich selbst sieht er in der Zukunft als Bürgermeister dieses weltberühmten Wallfahrtsortes.

Als die Lisa schon ums Verrecken nicht von ihrem Glauben an das Wunder vom Reserl hat ablassen wollen, hat die Großmutter zu ihr gesagt:
»Dann geh halt in Gottes Namen zum Herrn Pfarrer und erzähl ihm, was das Reserl gesehn hat. Der muß es wissen, ob das ein Wunder sein kann da bei uns und mit dem Reserl. Vielleicht wirds als Wunder anerkannt, und es kommt so ein armer Teufel wie du auf die Weise auch einmal zu was.«
Wie sie dann mit dem Reserl dort gewesen war, hat ihr die Großmutter direkt aus der Nase rausziehen müssen, was der Pfarrer gesagt hat zum fast heiligmäßigen Reserl und seinem Wunder.
»Ja«, sagt die Lisa, »der hat sich alles ganz genau angehört und hat lange mit dem Reserl geredet und alles gefragt, und aufgeschrieben hat er alles mit einer Schreibmaschine und unterschreiben haben wir müssen, daß wir die Wahrheit sagen, das Reserl und ich.«
»Ja, und jetzt, was wird es damit?«
»Eine Eingabe macht der Herr Pfarrer bei der Erzdiözese, bei der Stelle, wo sie für Wunder zuständig sind. Und das kann aber dauern, sagt der Herr Pfarrer, weil jetzt nach dem Krieg so viele solche Wunder überall umeinander passieren, daß schon ein ganzes vierstöckiges Haus mit Hunderten von Beamten nur damit beschäftigt ist, daß sie kontrollieren, was echte und was keine echten Wundererscheinungen sind.«

»Also ist es wieder einmal nichts«, sagt die Großmutter. »Aber es wird alles untersucht. Und es kommen welche, die alles kontrollieren, ob es alles echt so zugegangen ist, mit dem Wunder.«
»Wenns echt so zugegangen ist, dann ist es ja kein Wunder, dann ist es ja echt.«
Die Großmutter gönnt es einfach einmal einer wie der Lisa nicht, daß sie ein heiligmäßiges Kind hat, denkt der Karl.
»Aber wenn da welche kommen, dann sollte man schon den kreuzangenagelten Herrn Jesus droben einmal neu anstreichen, daß wenigstens der nach einem Wunder ausschaut«, sagt sie.
Es ist nichts geworden mit dem heiligen Reserl. Es hat nicht sollen sein. Im Gegenteil. Mit dem Älterwerden ist beim Reserl schon grade gar nichts Heiligmäßiges mehr gewesen. Und obwohl es eine Zeitlang sogar danach ausgesehen hat, war es am Ende doch keine unbefleckte Empfängnis, als das Reserl ein Kind bekam, zu einer Zeit, wo es selber fast noch ein Kind war.

8

Der Mann, den der Brief angekündigt hat, kommt nicht wie der Lanz durch das girlandengeschmückte Hoftor und nicht wie der Herr Jesus auf einem Esel. Er nimmt den Weg von der Autobahn her, über den Hausacker. Er kommt die Friedhofstaffeln herunter, durchs Gartentor, steht plötzlich vor dem Haus und bricht zusammen. Keiner hat genau gewußt, wann er kommt, keiner hat ihn kommen sehen. Und wer ihn gesehen hätte, hätte ihn nicht erkannt.

Der Großvater ist drüben im Schuppen, Franz, Maria und Karl sind auf dem Feld. Die Großmutter ist als einzige im Haus. Eigentlich wollte sie zum Kramerladen gehen. Aber auf einmal ist ihr ganz seltsam gewesen. Sie hat sich hinsetzen müssen, ihr Herz hat geklopft, und der Schweiß ist ihr ausgebrochen. Es war wie damals, als die fliegenden Hitzen über sie gekommen sind, ganz plötzlich. Heute war sie aber auch schon den ganzen Tag unruhig. Immer hat sie zum Fenster hinausgeschaut, hat sich eingebildet, daß da einer steht, hat an den Hans gedacht, der ja jetzt irgendwann kommen sollte.

Dort draußen, wo er mit seinem fröhlichen Lachen, der Mutter und der jungen Braut winkend auf den Lastwagen gestiegen ist, dort muß er jetzt genau so von einem Lastwagen heruntersteigen, dachte sie. Ob ihm noch zum Lachen ist, ob er noch seine Braut von damals erkennen wird? Ganz verrückt ist ihr heute gewesen, den ganzen Tag.

Schatten hat sie gesehen, Erscheinungen, den Geist von der Hedwig, der Herr hab sie selig, hat sie im Ofenfeuer leiden sehen.

Das Fegefeuer, hat der alte Herr Hochwürden einmal gesagt, hat eine andere Zeit. Wenn bei uns eine Stunde vergangen ist, die wir kaum gemerkt haben, weil wir Radio gehört, gearbeitet, gegessen, im Wirtshaus gesessen, Karten gespielt, getanzt oder geschlafen haben, sind im Fegefeuer dreißig Jahre vergangen. Verstanden hat sie das nicht. Aber was versteht man schon von den Sachen, die man glauben muß?

Die arme Hedwig, denkt sie, als sie jetzt da sitzt und einen Rosenkranz betet, um ihr Herz zu beruhigen, wenn man das ausrechnen würde, dann käme man auf eine Ewigkeit, was sie schon im Fegefeuer ist. Und hat doch kaum Sünden gehabt, das arme Ding, den einen Frevel gerade einmal, den es nicht mehr beichten hat können, weil es daran gestorben ist.

Was wird da ein Mannsbild wie der Herr Schindler einmal leiden müssen, denkt sie zwischen zwei Rosenkranzkugeln hinein, der seiner Lebtag keine Beichte abgelegt hat und andauernd das Sakrament der Ehe bricht?

Ist das jetzt jedesmal eine Sünde, wenn der Herr Schindler zu der Wirtin ins Bett geht, oder ist das nur eine Sünde, weil es immer wieder nur die Wirtin ist? fragt sie sich. Und als sie

gerade dem Rosenkranz noch ein Vaterunser dranhängen will, gibt ihr der Herr, ihr Gott, eine von den Eingebungen, mit denen er ihr immer gesagt hat, daß er ihre Gebete erhört. Obwohl sie nicht weiß, warum, und obwohl sie nichts draußen zu tun hat, steht sie auf, geht zur Küchentür, bekreuzigt sich mit Weihwasser, geht durch den Gang hinaus, zur Haustür, macht sie auf und sieht ihn dort liegen, den Hans, den Sohn, den totgeglaubten, dessen Namen sie nicht auf das Kriegerdenkmal draufschreiben durften in Goldbuchstaben, wie die anderen drei. Da liegt er, wie einer, der mit den letzten Kräften noch an die ersehnte Wasserstelle gekommen ist, um kurz davor zusammenzubrechen.
Sie ruft den Großvater. Sie heben den Mann auf, schleppen ihn ins Haus und legen ihn auf den Küchendiwan.
Schweigend sitzen sie um ihn herum. Er starrt sie an, hat keine Sprache, und sie wissen nicht, was sie sagen oder tun sollen.
Dem Großvater schießen angesichts seines so elendiglich da liegenden Sohnes tausend Gedanken an seine Zeit im ersten dieser beiden verdammten Kriege durch den Kopf. Schreckliche Bilder, die er längst vergessen glaubte, die ihn jahrelang verfolgt haben, um schließlich im gnädigen Nebel der Vergangenheit fast ganz zu verschwinden. Jetzt sind sie auf einen Schlag wieder da, die schreienden, zuckenden Leiber, die zerschossenen Menschen, die um den Gnadenschuß bettelten. Da ist sie wieder, die Hölle, der er wie durch ein Wunder entkommen ist. Diese Hölle ist in das Gesicht dieses armseligen Restes Mensch geschrieben, dem keine erlösende Kugel beschieden war wie den anderen, seinen Brüdern, deren Namen stolz und golden von Heldentaten

deutscher Männer zeugen, wovon sonst? Allenfalls von der Opferbereitschaft der Mütter, sonst aber von nichts, droben auf dem Kriegerdenkmal.
Der Großvater schweigt, denn er spürt, der da ist schon in einer anderen Welt, der sucht schon seinen Platz im Reich der Toten, den erreicht nichts mehr, was auch immer man sagt.
Und ein Redner war der Großvater ohnehin nie.
Sie aber, die Großmutter, ergießt alle erdenklichen Wörter der Mutter, die sich verzehrt hat und endlich wieder Sorgen machen darf, über den heimgekehrten Sohn.
Wo er jetzt heute herkomme, wie er gekommen sei, doch nicht zu Fuß, ob sie ihn an der Autobahn abgesetzt haben, ob er Hunger oder Durst oder Schmerzen verspüre, wann er noch in Rußland gewesen, daß da gewiß alles voller Schnee gewesen sei, wie es ihm die ganzen Jahre gegangen sei, nicht gut, nehme sie an, ob er Hunger habe, er sei doch sehr dünn, ob sie ihnen nicht genug zu essen gegeben hätten, ob der Adenauer ihn persönlich geholt habe, wie viele mit ihm gekommen seien, ob auch Kameraden dabeigewesen seien, ob ihm etwas weh tue, ob er nicht sprechen könne, gewiß verstehe er sie, und gewiß erkenne er sie, sie sei nämlich seine Mutter, und der hier, der da nichts rede, wie er auch, das hätten sie schon immer gemeinsam gehabt, sie beide, der sei sein Vater, und eine Frau habe er auch, die Maria, ob er sich an die erinnere. Die sei heute in der Stadt, weil ja heute Mittwoch sei und da fahre der Bus. Aber die komme am Abend. Und sie hätten jetzt einen Traktor, mit dem sei der Franz auf dem Feld, und bei dem sei der Karl, sein Sohn, und ob der Ruß so sei, wie man sage, ob er viel arbeiten habe müssen,

ob er Durst habe, was trinken wolle, oder ob er einfach da so liegen wolle, gewiß verstehe er sie, er brauche ja auch nichts zu sagen, wenn er nur jetzt endlich daheim sei, danke sie ja schon dem Herrn, ob er beten wolle, ob er zum Herrn gebetet habe dort in Rußland, sie habe gebetet, und der Herr habe ihr Zeichen gegeben, daß er lebe, und so sei es nun auch, da habe man dem Herrn zu danken, und zweimal sei sie auf eine Wallfahrt nach Altötting gefahren, um die Heilige Jungfrau für ihn zu bitten, daß er wiederkomme, da sehe man, was es doch ausmache, ein gottesfürchtiges Leben, ob er Hunger habe, ob ihm etwas weh tue, ob sie einen Doktor holen sollten, oder den Pfarrer, ja einen Pfarrer, ob er einen Pfarrer wolle, ob er sich vorstellen könne, daß es hier weitergegangen sei, daß der Franz über zwei Jahre weggewesen sei, daß seine anderen Brüder gefallen seien, ob er sich noch an die Hochzeit erinnern könne mit der Maria, wo er am nächsten Tag in den Krieg habe gehen müssen und deswegen wohl gar nicht wisse, daß er einen Sohn habe, daß der gleichaltrig mit dem Fritz von den Schindlers sei, das seien Flüchtlinge, die oben im Haus wohnten, aber jetzt selber ein Haus bauten von ihrem, der Frau Schindler ihrem Geld, weil sie eine »von« sei, deren Klaviere der Russe habe, und ob er wisse, ob der Russe überhaupt Klavier spielen könne. Und gewiß höre er sie, und sicher verstehe er sie, er sei wohl nur zu schwach, etwas zu sagen, er solle nur nichts sagen, das sei dann doch besser für ihn, der Tag, an dem er rede, werde schon noch kommen, denn jetzt sei er bei ihr, und da werde alles gut, jetzt sei er nicht mehr in ewigem Schnee und Eis, und gewiß sehe er nur Schnee und Eis, das könne sie sich gut vorstellen, erst im letzten Winter habe man auch hier

Schnee bis an die Hüfte gehabt, sie wisse, wie das sei, und das sehe er gewiß noch, aber das würde schon alles werden, jetzt.
Und was ihr halt sonst noch so alles einfällt. Er aber antwortet nicht, er starrt vor sich hin, atmet sehr leise und scheint seine Eltern nicht zu erkennen.

»Er kommt aus Rußland«, sagt die Großmutter zum Karl, der als erster vom Feld heimkommt, »er ist dein Vater, er heißt Hans, genauso wie du, geh zu ihm, sag ihm grüß Gott.«
Doch mit diesem Fremden will der Karl nichts zu tun haben. Mit welchem Recht sollte der Mann, der aussieht wie der Tod von Altötting persönlich, so heißen wie er?
»Er hat Angst vor Fremden«, sagt die Großmutter zu seiner Entschuldigung. Doch der Mann versteht sie gar nicht, was auch immer sie sagt. Der will einfach seine Ruhe haben. Der gehört gar nicht hierher, der hat sich verirrt, wie so viele in dem Krieg und danach, denkt der Karl. Der wird wieder weiterziehen, wenn er sich ein bißchen erholt hat, wie alle die Bettler und Flüchtlinge und Zigeuner zu dieser Zeit. Und irgendwo wird er wen finden, dem er gefehlt hat, und da soll er bleiben. Hier hat er keinem gefehlt, außer vielleicht der Großmutter, die jetzt fortwährend dem Herrgott für das Auftauchen dieses Gerippes dankt.

Der Karl läuft zur Wirtschaft hinunter und wartet auf den Bus aus der Stadt, mit dem seine Mutter kommt. Sie staunt darüber, daß er sie abholt. Sie ist sehr schön und sieht aus wie gar nicht von hier, und sie riecht gut.

Karl erzählt ihr, daß ein Mann da ist, der auf dem Diwan liegt und nichts sagt und ganz dürr ist, und daß ihn die Großmutter seinen Vater nennt.
»Er ist dein Vater.«
»Ich will aber meinen Jean-Pierre wieder haben.«
Maria seufzt und sieht sehr traurig aus.
Und der Karl beschließt, diesen Fremden da zu hassen, weil er den Brief geschrieben hat, der seinen Onkel Jean-Pierre verjagt hat.

Mit zitternden Händen gibt Maria dem Fremden was zu essen, aber er erbricht es. Schweigend wischt sie es ihm ab. Sie erkennt in ihm nicht den Mann, den sie einen Tag vor dem Krieg geheiratet hat. Es beruhigt sie, daß auch er sie nicht erkennt, nicht auf sie reagiert, nicht anders als auf alle anderen.
Dann kommt der Maurer Sepp, der Ortsgruppenführer war und jetzt Bürgermeister ist, mit einer sechsköpfigen Blasmusik, die aus seinen Brüdern und Söhnen besteht, weil alle anderen Musikanten im Krieg geblieben sind. Sie machen einen Lärm, als wollten sie ihn auf der Stelle umbringen. Doch der Mann scheint nicht einmal das zu hören. Er blickt vor sich hin, schaut irgendwo in die Ferne, sieht sie alle nicht.
»Der sieht nur Eis und Schnee«, sagt die Großmutter leise und ehrfürchtig, »nichts wie nur Eis und Schnee.«
Der Bürgermeister sagt, die ganze Gemeinde freue sich, daß er heimgekehrt sei, und er dankt dem Bundeskanzler Adenauer dafür, daß er ihn aus Rußland geholt hat. Und, sagt er, wären alle so tapfer gewesen wie der Hans, dann wäre dem deutschen Volk die Schande der Niederlage erspart geblieben. Dann, sagt er, sähe es anders aus in Deutschland und

vermutlich auf der ganzen Welt, dann bräuchte man sich nicht widerspruchslos die Felder von den Amipanzern kaputtfahren lassen, dann dürften sich keine deutschen Frauen zu schwarzen Soldaten ins Bett legen, dann hätte nicht der Bundeskanzler Adenauer nach Moskau gehen müssen, um die Freilassung der Kriegsgefangenen zu erbetteln, dann hätte es ein Ende mit dem Bolschewismus. Aber, sagt er, solange Deutschland Männer wie den Hans habe, könne Deutschland nicht untergehen.
Du lieber Herrgott, denkt Karl und schaut den mageren, erbarmungswürdigen Menschen an, der da auf dem Diwan liegt, nichts hört, aber große ängstliche Augen macht, wie wenn das Jüngste Gericht über ihn gesprochen würde.
»Er versteht dich schon, Sepp, er kanns nur nicht sagen. Er versteht alles, aber er ist einfach einmal zu schwach. Aber jetzt hat er das Schlimmste überstanden«, sagt die Großmutter zum Bürgermeister, der es gar nicht gewohnt ist, daß einer für eine Rede, die er ihm hält, überhaupt keine Dankbarkeit zeigt.
Später kommt der Pfarrer, segnet den Mann und gibt ihm die letzte Ölung. Zur Sicherheit, denn die meisten von den Heimkehrern sterben, wenn sie erst mal zu Hause sind. Sie schicken sie nur noch gerade zum Sterben heim.
»So ist der Russe«, sagt der Bürgermeister, und der Karl fragt sich, woher der Bürgermeister den Russen kennt, wo er doch nie von hier weggekommen ist.
»Er macht es nicht mehr lang, das Herz ist zu schwach«, sagen alle. Das beruhigt Karl, und er merkt sich den Bundeskanzler Adenauer, denn der hat den Brief geschrieben und ist an allem schuld.

9

DER BUS KOMMT um ein Uhr am Marktplatz an. Die meisten Fahrgäste haben es eilig, Frauen mit langen Zetteln von Nachbarinnen eilen in die Gassen. Vierzehn Paar Seidenstrümpfe zum Kunststopfen, silberne Farbe für das Ofenrohr, besondere Schrauben oder Nägel oder Scharniere aus der Eisenwarengroßhandlung, das eine oder andere aus der Apotheke, ein Gang über den Markt, Hosenträger, Sockenhalter, eine Fahrradklingel, einen neuen Schlauch, eine Wärmeflasche aus Gummi, Kampferkugeln gegen die Siebenschläfer auf dem Speicher, alles, was der Kramladen daheim nicht hat. Und auch einen kleinen Luxus aus dem Kaufhaus Langbein, einen Duft, eine Creme, eine Unterwäsche, die man am Samstag nach dem Baden anziehen wird, in der man vor dem Mann ein wenig herumstolzieren wird, der es, wenn man Glück hat, auch bemerkt.

In sechs Stunden fährt der Bus zurück. Es ist der einzige, den darf man nicht versäumen.

Maria hat viel Zeit. Sie hat keine Aufträge. Sie ist wieder mit ihrem übervollen Herzen hier. Sie ist aufgeregt, mehr als das erste Mal. Sie zittert, schaudert vor Freude und vor Angst. Ihr ist, als könnten alle Vorbeigehenden ihren Zustand erraten. Als schauten sie sie alle an. Als sagten sie, schaut, da geht die Maria wieder, sie geht wieder mit ihrem übervollen Herzen, und es ist aber nicht recht, was sie tut. Es ist verboten. Es gehört sich nicht, es ist gegen die Sakramente. Sie wird es beichten müssen.

Sie geht die Domgasse hinauf, eine kleine, schmale Gasse mit Staffeln, niedrigen, aneinandergedrängten Häusern, die sich gegenseitig mühsam aufrecht halten. Da drüben ist es. Finster sieht es aus.

Sie hatte es beim ersten Mal gar nicht richtig angeschaut. Sie war beinahe blind vor Angst hineingegangen. Der alte Mann unten, der kunstvoll mit viel Creme seine wenigen Haare über eine durchschimmernde Glatze gelegt hat, hat sie gar nicht angesehen. Er wußte Bescheid. Er tat so, als sei es das Alltäglichste der Welt für eine Frau, in ein Hotel zu gehen, eine enge schmierige Treppe hinauf, auf der es nach Alkohol und abgestandenem Zigarettenqualm riecht, in ein Zimmer, eine Kammer, eine kleine, winzige Kammer, um dort auf den Geliebten zu warten, mit dem man sich draußen nicht sehen lassen kann, der weggehen muß, ehe man selbst das Zimmer verläßt.

Der Mann hatte ihr die Tür aufgehalten, eine Bitte-treten-Sie-ein-Geste gemacht, sie eintreten lassen, selbst einen kontrollierenden Blick ins Zimmer geworfen, einen Aschenbecher voller Zigarettenkippen und ein liegengebliebenes Kleidungsstück mitgenommen. Er hatte sie kein einziges Mal angesehen, war vornübergebeugt gegangen.

»Der Herr kommt etwas später, hat er gesagt.«

Sie wollte antworten, doch das Herz saß ihr ganz oben im Hals, so daß sie keine Stimme hatte. Der Mann hat auch keine Antwort erwartet. Er hat die Tür von außen zugemacht, ist die Treppe hinuntergegangen und hat sie sich selbst überlassen.
Da hatte sie gestanden. Sie schaute sich in der Kammer um, registrierte vor Spannung, Vorfreude und Ängsten kaum mehr als das Interieur: ein Schrank, ein Stuhl, ein Bett, ein kleines Waschbecken, das Fenster zur Altstadt, blind vor Dreck. Sie setzte sich auf den Stuhl, saß ganz steif da und fragte sich, was sie denn jetzt tun sollte. Wann würde er kommen? Würde er überhaupt kommen? Wie lange würde er bleiben? Wie wird es sein, wenn er gegangen sein wird? Mein Gott, worauf hat sie sich da eingelassen! Herr im Himmel, was machst du mit mir? Wie tief bin ich gesunken? Bin ich jetzt nicht wie die Weiber, die sie Amischicksen nennen, weil sie in die Stadt fahren und es mit Amisoldaten treiben, wofür sie sich bezahlen lassen, um sich von dem Geld im Kaufhaus Langbein überflüssigen Tand zu kaufen, Lippenstifte, Cremes, Unterwäsche, die sie zu Hause nicht einmal über die Wäscheleine hängen dürfen?
Ist es Unrecht, was ich tue? Ist es falsch, daß ich seinem Lachen, seiner Fröhlichkeit, seinen starken Armen entgegenfiebere? Mein Gott, warum kam er nicht? Warum ging nicht jetzt in diesem Moment die Tür auf, und er stand da und nahm sie bei der Hand, und sie gingen in ein Café, in dem andere Frauen aus dem Bus saßen, und riefen laut, schaut her, wir gehören zusammen? Oder sie gingen auf den Festplatz hinunter, fuhren Kettenkarussell und küßten sich, und er legte dem Arm um sie, und jeder durfte es sehen.

Warum saß sie hier und schaute die verrauchte geblümte Tapete an, die sich an den Ecken schon von der Wand gelöst hat? Und die Lampe, die von der grauen Decke hing, keine Lampe eigentlich, nur eine Glühbirne. Oder das Bett. Sie würden sich dort hineinlegen. Was sollten sie sonst tun in diesem Raum, wo sie kaum nebeneinander stehen konnten.

Und freute sie sich nicht auch darauf, auf seine Zärtlichkeit und seine Kraft? Und konnte das denn verwerflich sein? Würde das bei diesem einen Mal bleiben? Oder würde sie jeden Mittwoch herbeisehnen, an dem sie der Bus hierherbringen würde? Werden sie nur noch diese vier Wände und dieses Bett haben?

Was wird ihre Schwiegermutter sagen, wenn sie immer wieder in die Stadt fahren wird? Sie, vor der keiner ein Geheimnis haben kann, die alles durchschaut, jedes Abenteuer ihres eigenen Mannes kannte, die mit ihm nie darüber gesprochen, ihm aber keines verziehen hat.

Dann war er gekommen, hatte den Raum mit seiner Lebensfreude gefüllt, hatte alle ihre dummen, verzagten Gedanken, die Zweifel und die Gewissensbisse in seinen Händen zerdrückt.

Das Herz wollte ihr zerspringen, als sie ihn in den Armen hielt. Sie hatte ihm all die Sehnsucht der letzten Wochen gezeigt, und es war so schön, wie damals oben auf der Lichtung im Wald, wo sie sich zum ersten Mal geliebt hatten. Sie wollte ihn nur anfassen, riechen, spüren. Sie wollte nicht reden, nicht erzählen müssen von daheim, von dem Mann, den jener unselige Brief angekündigt hatte, auf den man täglich mit wachsender Bangigkeit wartete.

Sie wollte nicht einmal, daß er von seinem jetzigen Leben erzählte. Es hätte sie traurig gemacht, wenn er von einem schönen Leben erzählt hätte, und wäre es ihm schlechtgegangen, auch. Wenn er was sagen wollte, küßte sie ihn, balgte mit ihm herum, benahm sich wie ein Kind.
Dann lagen sie doch ermattet nebeneinander, und die Fragen hingen wie Gewitterwolken über ihnen. Sie starrten an die Decke mit den vielen getrockneten Rändern eines Wasserflecks, spürten Neugier und Rücksichtnahme des anderen und hielten das schließlich doch nicht aus. Er erzählte, daß er ein Zimmer bei einer freundlichen alten Wirtin hätte und Arbeit als Schankkellner in einer Brauereigaststätte. Und er wäre extra nicht weit weggegangen, weil er natürlich vorgehabt hätte, sie zu treffen. Nur hätte er nicht gewußt, wie. Da hätte er zufälllig den Herrn Schindler getroffen, diesen verständigen und verschwiegenen Menschen, dem nichts Menschliches fremd sei.
Ja, hatte sie erzählt, ganz diskret hätte ihr der Herr Schindler seine Nachricht gegeben, niemand hätte etwas bemerkt.
»Der«, sagte sie, »der schweigt wie ein Grab.«
Er küßte sie wieder, sie liebten sich, sie zerwühlten das ganze Bett, und zum ersten Mal bat sie ihn, nicht aufzupassen, denn sie hätte so gerne ein Kind von ihm, gerade jetzt. Sie konnten nicht voneinander lassen. Plötzlich schlug die Domuhr Viertel vor sechs.
Nur mit Mühe, laufend, völlig abgehetzt, schwitzend und mit roten Backen hatte sie den Bus erwischt, hatte schweigend dagesessen und hatte auf die Felder und Dörfer hinausgesehen, voll mit der Erinnerung an ein paar schöne

Stunden, und sie hatte nicht geahnt, was sie daheim erwarten würde an diesem Mittwoch.

Und jetzt steht sie wieder da, schaut hinüber zu dem Haus. Unten drin ist eine Bar.
»Die ist für die Amisoldaten«, hat er gesagt, »die hat aber erst am Abend auf.«
Drüber ist das Hotel. »Hotel« steht zumindest über den Fenstern des ersten Stocks. Man würde es nicht dafür halten, stünde es nicht da. Junge Männer kommen Maria die Staffeln herunter entgegen, laut schwatzend. Sie zumindest beachten Maria nicht. Sie schaut ihnen hinterher. Die werden alle Pfarrer, denkt sie, denn da oben ist das Priesterseminar.
Sie will noch nicht hineingehen, hinter diesem alten Mann die Treppe hinaufsteigen, in diesem Zimmer sein, warten, bis er kommt. Wenn er doch vor ihr da wäre, schon den Schlüssel geholt hätte und sie ganz schnell die Treppe hinauf in seine Arme laufen könnte.
Soll sie sich hier verstecken, das Haus beobachten? Was soll sie tun? Wann wird er kommen? Wird sie irgend jemandem begegnen, der sie kennt? Ist es nicht doch besser, in dem Zimmer auf ihn zu warten?
»Warum hast du das Bett nicht vorgewärmt?« hat er das letzte Mal gesagt. Nein! Sie wird nicht auf ihn warten, sondern er auf sie. Das ist sie sich schuldig. Es ist schwer genug, mit der Vorstellung zu leben, daß es diese Liebe nun nur noch heimlich gibt. Es kostet sie genügend Überwindung, jetzt unter den Augen der Schwiegermutter jeden Mittwoch – wer weiß denn, wie lange das geht – mit dem Bus zu fahren,

was man vorher nicht getan hat, oder gerade mal zweimal im Jahr.
Vielleicht sollte ich mir in der Stadt eine Arbeit suchen. Aber wie herkommen, wo doch der Bus nur am Mittwoch fährt? Eine Mittwochsarbeit, gibt es so was? Sie muß lachen. Eine Mittwochvormittagsarbeit müßte es ja sein. Nein, jedenfalls, sie wird hier stehenbleiben, warten, bis er ins Hotel gegangen ist, und dann hinübergehen.

Er kommt lange nicht. Sie geht hinüber. Der alte Mann »weiß Bescheid«. Er lächelt diesmal leicht anzüglich, geht aber nicht die Treppe mit hinauf.
»Sie kennen sich ja schon aus.«
Das ist wie ein Messerstich, sie ist sich sicher, daß sie rot wird. Sie rennt hinauf. Die Tür ist offen, sie rennt hinein, wirft die Tür zu und fällt weinend aufs Bett. Sie glaubt in diesem Moment ihrer Verzweiflung zu wissen, daß sie das nicht lange aushalten wird, und sie ist sich doch dessen bewußt, daß sie der todkranke Mann daheim, den sie täglich waschen, dessen Fäkalien sie täglich mehrfach beseitigen muß, solange er lebt, hierhertreiben wird.
Warum kommt er denn nicht? Es wird zwei Uhr, dann drei Uhr, und er ist immer noch nicht da.
»Du warst doch erst vorige Woche in der Stadt«, hatte ihre Schwiegermutter heute morgen beim Frühstück gesagt, als sie lakonisch in ihre Brotsuppe hinein mitgeteilt hatte, daß sie am Mittag wieder fahren würde und ob jemand etwas aus der Stadt brauchte.
»Ja und?« sagte sie, denn es blieb ihr nur Trotz; ein vernünftiges Argument zu haben war ihr nicht gelungen. Nicht ein-

mal der vom Doktor für den Hans verschriebenen Medikamente wegen bestand eine Notwendigkeit, in die Stadt zu fahren.
Die Schwiegermutter sah sie für einen Moment an, der genügte, Maria glauben zu lassen, daß sie sehr genau wußte, warum und wohin und zu wem es die Schwiegertochter zog.
Es gab ihr einen Stich, denn sie wußte, fortan würde jeder ihrer Schritte belauert werden, würde alles, was sie nicht unter den Augen dieser Mutter dieses heimgekehrten Sohnes tat, als gegen sie und die dörfliche Moral und die Schicklichkeit gerichtet angesehen werden.
Der Franz, als ahnte er, begriff er, vermutete er, sprang ihr bei. Er hat vor einiger Zeit angefangen, im Schuppen eine großmächtige Erfindung seines Herrn Ingenieurs, Gott hab ihn selig, zu bauen, die ihn lange Nächte beschäftigte, ganze Wochenenden und jede Stunde des Tages, die ihn der Hof nicht brauchte. Schnell schrieb er auf einen Zettel ein paar Dinge, die er sie in der Eisenwarenhandlung zu besorgen bat. Sie wird das tun, ehe sie zum Bus geht, da der Laden noch nicht geöffnet hatte, als sie ankam. Jetzt allerdings, hätte sie gewußt, daß der Jean-Pierre sie so lange warten läßt, hätte sie es besorgen können und nachher mehr Zeit für ihn.
Für alle kommenden Mittwoche machte der Franz ihr nun solche Besorgungszettel. Sie sollten, solange ihre Stadtbesuche andauerten, die Beruhigung ihres Gewissens werden. Gegen das Mißtrauen und die Ahnungen der Schwiegermutter kamen sie freilich nicht an.
Obwohl sie nie darüber sprachen, hat Maria das Gefühl gehabt, daß ihr und dem Franz, der, obwohl der jüngste der

Söhne, nun Hoferbe, der unaussprechliche Wunsch gemeinsam war, dieser heimgekehrte Fremde möge nicht mehr genesen, sondern das Zeitliche segnen.
Um vier Uhr ist er immer noch nicht da. Maria liegt unter der Bettdecke wie ein junges Kalb, das angesichts der grellen Welt, in die man es mit Stricken gezogen hat, in den Mutterleib zurückkriechen will. Sie hat das Denken und Zaudern und Warten aufgegeben und ist in einen leichten, seligen Halbschlaf gesunken. Sie hört ihn nicht kommen, hört nicht die Tür, spürt ihn erst, als er zu ihr kriecht.
»Wenn du heimkommen würdest zu deinen Eltern und Geschwistern, würden sie dich auch feiern, und der Bürgermeister würde eine Rede halten?« fragt sie, als sie später in seinem Arm liegt, während er raucht und kleine Ringe an die Decke bläst.
»Weiß ich nicht, der Bürgermeister ist mein Vater.«
Er lacht.
»Hast du kein Heimweh?«
»Nein, nicht, solange es dich gibt.«

10

Der Mann, der jetzt wie aufgebahrt in der Stube liegt und nicht leben und nicht sterben kann, bekommt häufig Besuch. Der Bruder von der Frau Schindler hat einen Narren an ihm gefressen. Er verehrt ihn wie einen Gott, sieht in ihm einen wahren Helden des Krieges, einen, der das schier Unüberlebbare ertragen und überlebt hat, der den Klauen des Russen entkommen ist, der heil aus der Schlacht aller Schlachten, an der teilzunehmen dem Bruder der Frau Schindler leider versagt geblieben war, zurückgekehrt ist. Erst kommt er alleine, dann bringt er Kameraden mit, die vor dem Dahinsiechenden salutieren, ihn Kamerad nennen und ihm ihre Lieder vorsingen, in denen es heißt, daß sie einen Kameraden gehabt hätten und einen besseren nie mehr finden würden, daß die Welt voller Morden sei und sie aber mit festem Schritt und Tritt marschieren würden, wenn er nur wieder in ihren Reihen stünde. Der Hans starrt sie an, antwortet nicht, versteht sie nicht, hat keine Wörter und keine Gesten, nur die weit aufgerissenen Augen, den einen starren, angstvollen Blick,

den sie, seine neuen Kameraden, allerdings, das ist ihre Art, für Begeisterung halten.
Wenn sie nicht singen, dann erzählen sie ihm von ihren Kriegserlebnissen. Oder sie fragen ihn hunderterlei Dinge und geben sich selbst tausenderlei Antworten, die sie aus seinem Gesicht herauszulesen glauben. Es sind die Antworten, die sie hören wollen, und es scheint ihnen gar nicht unrecht zu sein, daß er stumm ist, ihr Held von Stalingrad.
Der Großvater verläßt jedesmal das Haus, wenn sie kommen. Er will nichts hören davon. Sollen sie dem armen Teufel da drin in der Stube die Zeit vertreiben, er aber ist froh, daß die Zeiten vorbei sind, nach denen die sich schon wieder sehnen. Er geht ihnen aus dem Weg, wo er kann. Eines Tages, als die anderen Kameraden schon gegangen sind, aber der Herr Schindler, die Frau Schindler und ihr Bruder noch bei der Großmutter in der Küche sitzen, hört er, wie dieser sagt, daß drüben im KZ gar keine Juden verbrannt worden sind, daß es gar nicht wahr ist, daß die Nazis das Konzentrationslager gebaut haben. Da mischt sich der Großvater ein, was gar nicht seine Art ist.
»Gehen Sie zu, was wissen Sie. Unser Jakob hat als Maurer dort gearbeitet, bevor sie ihn nach Rußland geschickt haben. Da haben sie große Öfen mauern müssen. Für was denn, wenn nicht fürs Judenverbrennen?«
»Das ist nicht wahr, die Öfen haben nach dem Krieg die Amerikaner gebaut, damit sie den Deutschen das mit dem Judenverbrennen anhängen können.«
»Nicht wahr ist es.«
»Sag du was«, sagt der Bruder von der Frau Schindler zu seinem Schwager. Der Herr Schindler ist ganz blaß.

»Ich war in Afrika zu der Zeit. Ich weiß nichts, und ich hab nichts gewußt. Es wird da heute viel behauptet. Wer weiß, was wahr ist und was nicht. Man sollte sich raushalten.«
»In Deutschland sind keine Juden verbrannt worden, da stehe ich mit meiner deutschen Ehre dafür ein«, schreit der Bruder von der Frau Schindler.
»Da ist Ihre Ehre aber nicht viel wert«, sagt der Großvater. Der Bruder von der Frau Schindler ist der einzige Mensch, zu dem der Großvater »Sie« sagt. Der Großvater hat nie sonst »Sie« zu einem gesagt, nicht einmal zum Herrn Pfarrer.
»Ich sag zu meinem Herrgott ›Du‹, da gibts keinen Menschen, zu dem ich ›Sie‹ sag.«
Jetzt mischt sich die Großmutter ein, die am Herd steht und Schmalznudeln backt, weil Freitag ist.
»Man hat es ja riechen können, wenn es der Wind rübergetrieben hat, wann sie Juden verbrannt haben. Jeder bei uns hats gerochen, und jeder hat zum anderen gesagt, riechst dus, sie verbrennen wieder welche. Und Pfarrer, die gegen den Führer gepredigt haben, haben sie auch verbrannt. Und Kommunisten, hat es geheißen, auch. Es hat nach verbranntem Fleisch gerochen. Oder will mir einer sagen, daß sie in so einer schlechten Zeit, wo die Städter zu uns zum Betteln gekommen sind, weil sie nichts zum Beißen gehabt haben, daß sie in einer solchen Zeit Fleisch verbrannt haben, was man auch hätte essen können?«
Er kennt einen, sagt der Bruder von der Frau Schindler, der hat jahrelang in einem Dorf gelebt, das noch näher beim KZ ist als dieses Dorf. Der, sagt er, der hat nichts gemerkt davon.

»Dann wirds halt da der Wind nicht rübergetragen haben«, sagt die Großmutter.
»Ich will von all dem nichts wissen«, sagt die Frau Schindler, »und was sind das überhaupt für Gespräche!«

Der Alltag geht weiter. Die Kameraden verlieren das Interesse an ihrem stummen Helden dort in der Stube, und der muß jetzt in der Erntezeit, wo jede Hand auf dem Feld gebraucht wird, sehen, wer Zeit für ihn hat.
Alle paar Tage kommt der Doktor.
»Gesund wird er nicht mehr«, sagt er, nachdem er ihn untersucht hat. »Man kann nichts tun.«
»Der Herr möge ihn erlösen«, sagt die Großmutter. Und Maria schweigt. Manchmal sitzt sie an seinem Bett. Er erkennt auch sie nicht. Und sie? Sie schaut ihn lange an und sucht verzweifelt in ihrer Erinnerung nach irgendeinem Anhaltspunkt, nach irgend etwas, das mit diesem Mann hier zu tun hat. Vergeblich.
Am Tag, wenn alle auf dem Feld sind, muß sich Karl neben den Kranken setzen ihn mit Brei füttern und aufpassen, daß der Herr ihn nicht plötzlich erlöst. Er schaut ihn sich genau an. Er hat nur Haut über den Knochen, und die Augen sind ganz weit hinten im Kopf.
Einmal will er nach seiner Hand greifen, da zieht sie der Karl schnell weg. Er will nicht, daß der ihn anfaßt. Er will überhaupt nicht, daß der da ist.
Einmal erzählt er ihm vom Onkel Jean-Pierre und den roten Backen, die er der Mutter gemacht hat, und von der Fröhlichkeit, die er ins Dorf gebracht hat, und der fremden Sprache, in der er sprach, wenn man ihn darum bat. Und er

erzählt von dem Fest, das sie als Willkommen für den Traktor gefeiert haben, und vom Kriegerdenkmal und der Gemeinheit des Pfarrers, der dem Großvater nicht erlaubt hat, daß man seinen Namen mit auf den schwarzen Stein draufschrieb. Dann stünde er jetzt da in schöner goldener Schrift, sagt der Karl und hätte in Rußland bleiben können, und der Onkel Jean-Pierre hätte nicht nach Frankreich zurückgehen brauchen. Er weiß nicht, ob der das alles versteht und einsieht, denn er, der Karl, hat nicht gelernt, in den Gesichtern von sterbenden Rußlandheimkehrern zu lesen.
Er atmet schwer, ringt oft nach Luft, kriegt plötzlich einen Anfall, wimmert und will aus dem Bett raus, was man aber nicht zulassen darf. Mit Mühe kann ihn der Karl beruhigen.
Jetzt geht es ihm zusehends schlechter, und doch stirbt er ums Verrecken nicht. Er erschrickt nun bei jedem Wort. Es wird in der Stube nur noch geflüstert.
So vergeht fast ein ganzer Frühsommer, und bald sind Ferien.

Der Karl ist viel allein, denn der Fritz muß jetzt auf das Gymnasium in der Stadt gehen. Die Frau Schindler will das so. Der Karl muß das Gott sei Dank nicht, weil, wie die Großmutter sagt, »unsereiner wird ein Bauer oder ein Maurer oder was anderes Gescheites, weil, das großmächtig was anderes Seinwollen, das brauchen wir nicht. Unsereiner schiebt mit den Händen an und nicht mit dem Kopf. Unsereiner erbt oder heiratet in einen Hof hinein oder wird vom Hoferben ausgezahlt und baut sich ein Haus und hat sein Auskommen. Was anderes ist es, wenn einer Lehrer oder

Pfarrer werden will. Obwohl da auch die die Besseren sind, die wissen, wie man die Hände aus der Hosentasche tut.«
Jetzt muß der Fritz jeden Tag mit dem Rad durchs Moos zur Bahn hinüber und dann mit dem Zug in die Stadt. Und Klavier spielen lernt er auch. Sie zeigen ihm in der Stadt, wie es geht, und dann macht er es auf der Orgel in der Kirche. Der Karl pumpt den Blasbalg auf, und der Fritz spielt. Und wenn er dann ins Kirchenschiff hinunterschaut, an die Wände mit den Kreuzwegstationen, von denen die Töne mächtig und bombastisch widerhallen, und zur Kuppel hinauf, die von hier sehr viel näher ist, und wenn der Zaungast bei der Steinigung des heiligen Stephanus mit dem Fuß im Rhythmus der Musik wackelt, und wenn die Putten, denen der frühere Pfarrer kleine Tüchlein um die Zipfelchen hat legen lassen, zu singen anfangen und es mächtig zu Ehren Gottes oder sonstwem bis zur dicken Glocke hinauftönt, was der Fritz der Orgel entlockt, dann stehen dem Karl die Tränen in den Augen. Dann beneidet er den Freund und bewundert ihn.
Gut aber, daß der ihn nicht sieht, denn es laufen ihm die Tränen seines ganzen kleinen Elends übers Gesicht. Er denkt an den Jean-Pierre und das Reserl und den unseligen, ewig sterbenden Vater daheim in der Stube, an die Mutter, die so traurig ist wie er, das spürt, das sieht er ihr an.
»Wenn der stirbt, kommt dann der Jean-Pierre zurück?« hat er gestern zu seiner Mutter gesagt.
Sie hat ihn groß angeschaut.
»Wo ist denn der Jean-Pierre jetzt?«
Sie wurde verlegen.
»Der ist daheim in Frankreich, wo sonst?«

»Wenns einmal wahr ist«, sagte die Großmutter und schaute die Mutter an, die schwieg.

Wieder und wieder kommt der Doktor. Er steckt dem Mann jetzt Schläuche in die Nase und in den Arm und hängt eine Flasche an eine Stange und erklärt Maria sehr genau, daß man aufpassen muß, daß die Schläuche nicht herausgezogen werden, weil er sonst stirbt. Maria nickt, und trotzdem erklärt ihr der Doktor alles noch einmal. Der Karl sitzt dabei, hört zu, paßt auf, und er glaubt zu wissen, warum er das tut, er, der Doktor, der auch gesagt hat, daß dem da zu wünschen ist, er möge erlöst werden. Erwachsene, denkt Karl, sind in solchen Dingen einfach zu dumm.
Am Mittwoch vor den großen Ferien, als Maria wegen der Besorgungen für die langwierige Erfindung vom Franz in der Stadt ist, sitzt der Karl wieder einmal am Bett des Mannes, der, warum auch immer, seinen Namen trägt und sein Vater sein soll. Als er wieder einmal einen Anfall hat, bei dem er aus dem Bett will, zieht ihm der Karl kurzerhand die Schläuche heraus. Er schnappt nach Luft, zuckt mehrmals und stirbt. Der Karl horcht an seinem Herzen und ist sich bald sicher, daß der Mann tot ist. Er hat schon genug Tote gesehen, da kennt er sich aus.
Mein lieber Gott, denkt er, was ist der Mensch gegen ein Tier. Wenn die Großmutter einem Huhn mit dem Beil den Kopf abschlägt und es aus Versehen nicht richtig festhält, dann fliegt das noch über die Scheune und die Kirchenmauer zum Friedhof hinauf, verspritzt sein Blut über einige Gräber und liegt dann auf einem Grab wie eine Opfergabe und zuckt noch, wenn er es holt und in den Hof hinunter trägt,

wo die anderen Hühner schon längst seinen Kopf gefressen haben.

Dem Menschen dagegen zieht man einen Schlauch heraus, und er schläft für immer ein.

Von der Beerdigung ist nur zu sagen, daß sie aus einer Kanone schießen, als der Sarg hinuntergelassen wird, weil der Verstorbene ein Soldat gewesen ist.

Der Leichenschmaus in der Wirtschaft, Schlachtplatte und Bier, wie üblich, damit wenigstens die Überlebenden nicht vom Fleisch fallen, wird zum Fest der allgemeinen Erleichterung. Und würden nicht die Alten Kameraden mit dem Bruder der Frau Schindler erst einmal wortreich um ihren Helden trauern, den keiner von ihnen wirklich gekannt hat, könnte ein Außenstehender gar nicht erkennen, daß diese Gesellschaft gerade einen Mitte Dreißigjährigen begraben hat. Die Soldatenköpfe singen Lieder und stellen fest, daß ein paar davon auch hier gesungen werden und immer schon gesungen wurden, und das Bier fließt reichlich. Eine schöne Leiche nennt man das. Die Maria, der Großvater und der Franz sind erleichtert. Karl hat den Toten schon fast vergessen, und er lauert auf Anzeichen dafür, daß jetzt der alte Zustand wiederhergestellt wird. Die Großmutter dankt im stillen ihrem Herrgott, dem Allmächtigen, dafür, daß dem Hans ein Grab in der Heimaterde vergönnt worden ist. Hubert, der Knecht, beneidet ihn darum lautstark, denn er, weil er kein Daheim habe und nichts habe nicht einmal ein Grab.

»Jetzt stirb erst einmal, und dann rede von einem Grab«, sagt der Franz.

Die Frau Schindler und ihr Bruder können mit dem Hubert

fühlen, denn das Grab ihrer Ahnen, in dem allein sie sich eine letzte Ruhe vorstellen können, hat der Russe. Wie die Klaviere, denkt der Karl. Und er schaut die Frau Schindler an, auf deren Schoß die kleine Angelika sitzt, bleich und voller Rotz um die Nase.

»Das mit deinem Schwesterl«, flüstert der Karl dem Fritz zu, »das müssen wir bald machen, eh es immer noch älter wird.«

Der Fritz will jetzt nichts mehr wissen davon.

»Wir müssen es aber bald machen«, sagt der Karl, »weil als Kinder ist man nicht strafbar. Später tun sie dich ins Zuchthaus dafür.«

»Ich kann keinen umbringen, nur weil er meine Schwester ist.«

»Ich hab meinen Vater umgebracht.«

»Der ist doch so gestorben.«

»Der wär gestorben, aber wann. Ich weiß genau, wie das geht.«

»Wie?«

»Ganz leicht geht das. Man darf ihn nur nicht mögen, den, den man umbringen will.«

»Ich mag sie ja nicht.«

»Und wenn man genau weiß, daß es danach besser ist, dann ist überhaupt nichts dagegen zu sagen.«

In den Büchern, die der Fritz liest, werden oft Indianer umgebracht.

»Das ist was anderes«, sagt der Fritz, »das sind nur Indianer.«

»Wie sind Indianer, wie Neger?«

»Fast, aber rot.«

»Wie Juden?«

»Die sind weiß.«
Mehr weiß der Fritz auch nicht. Dann muß ja, meint der Karl, das Spiel, das sie oft spielen, Negeraufhängen heißen, weil die zwei Zündhölzer, die man so mit den Köpfen zusammenstellt und anzündet, daß sich das eine mit Schmerzensschreien, die man bei dem Spiel machen muß, am anderen aufdreht wie ein Aufgehängter, sind ja am Ende ganz schwarz.
»Warum sagen wir da Judenaufhängen?«
»Weil das ein deutsches Spiel ist, und in Deutschland werden keine Neger aufgehängt, aber Juden.«
»Immer noch?«
»Ich glaube, es gibt keine mehr.«

Während die Alten Kameraden und die Bauern sich darüber verständigen, daß sie einmal in einem polnischen Städtchen ein Mädchen gehabt haben, das so wunder-, wunderschön war, verdichten sich in Hubert, dem Knecht, sein Grundanliegen und der Alkohol zu einer definitiven Feststellung:
»Ohne ein Grab ist der Mensch kein Mensch, nicht als Lebendiger und nicht als Toter.«
Das könne sie, sagt die Großmutter, jederzeit unterschreiben.

II

Im Landfunk reden sie von einer Flurbereinigung. Das wäre nicht schlecht, meint Franz, wenn jeder Bauer seine Felder beieinander hätte, und nicht eins da und eins dort und eins wieder ganz woanders, zwischen zwei Feldern von zwei anderen Bauern drin läge. Der Herr Schindler sei auch dafür, und der verstehe schließlich was von der Landwirtschaft.

Durch die Erfindungen vom Franz wird alles immer moderner. Er grübelt, erfindet, zeichnet, rechnet, baut und bastelt, probiert aus, verwirft und baut neu, ist schier besessen davon, jede Arbeit auf dem Hof bequemer und einfacher zu machen. Jetzt tragen sie das Gehäckselte zum Einfüttern für die Rinder nicht mehr im Korb von der Scheune über den Hof zum Stall. Nein, von der Scheune läuft in Höhe der Dächer eine Rohrleitung quer über den Hof, die das Gehäckselte durch ein Gebläse in den Heuboden über dem Stall befördert. Über den Trögen der Rinder öffnet man eine Klappe und läßt soviel Futter herunter, wie gebraucht wird. Das hat der Franz selbst erfunden und gebaut. Und seit die

Kühe aus einem Radio im Stall den Bayerischen Rundfunk hören, geben sie mehr Milch.
Der Karl ist der größte Bewunderer vom Franz. Er hilft, geht zur Hand und freut sich über kleine Arbeiten, die er selbst ausführen darf. Oft sitzt er jetzt vor den Kühen und schaut ihnen zu und versucht, dahinterzukommen, ob sie lieber Nachrichten oder den Landfunk oder das Schlagerwunschkonzert oder die Volksmusik oder das Sonntagskonzert hören. Aber die schauen immer gleich, und der Karl ist sich nicht einmal sicher, ob die überhaupt das Radiohören mögen. Darum hält er bei aller Achtung und Begeisterung für die Neuerungen vom Franz die Sache mit dem Milchzuwachs für einen Zufall. Die Großmutter hält es für einen Unfug, aber das Radio im Kuhstall, sagt sie, stört sie nicht. Wenn das die neue Zeit verlange, dann solls ihr recht sein.
Man müßte das genau testen, meint der Herr Schindler, was für Musik sie bevorzugen. So ein gemischtes Programm gebe keine Anhaltspunkte, sagt er. Er ist für einen Plattenspieler oder eine Tonbandmaschine. Eine Woche, sagt er, nur klassische Musik, eine Woche nur Sprache, eine Woche nur Schlager. Nur so, meint er, könne man das testen.
»In Kanada«, sagt Franz, »haben sie es getestet.« Aber mit welcher Musik, das weiß er auch nicht.
»Mit dem Bayerischen Rundfunk sicher nicht«, sagt Herr Schindler.
»Vielleicht mit Negermusik«, sagt die Großmutter.
»Warum nicht?«
»Sonst noch was, Herr Schindler!«
Damit ist das Experiment erledigt.

Die nächste Milchwirtschaftsidee vom Franz wird durch ein Gewitter beendet. Anderswo, hat der Franz erklärt, sind die Kühe Tag und Nacht draußen auf der Weide und werden dort gemolken. Nur hier holt man sie jeden Tag in den Stall. Er fährt also zwei Wochen lang mit der Großmutter und der Maria zum Melken auf die Wiese. In großen Kannen fahren sie die Milch mit dem Traktor heim.
Eines Tages kommt ein Gewitter. Schon am Nachmittag kündigt es sich durch Schwüle und leichtes Donnergrollen an. Die Schwalben fliegen tief, die Hühner sind unruhig, und den Franz beißt der Daumen, den er nicht mehr hat.
Da geht die Großmutter auf die Wiese, macht das Gatter auf, und die Kühe rennen so schnell sie können die Dorfstraße entlang heim in den vertrauten Stall.
»Die Viecher gehören zum Menschen in der Nacht, und wenn es wettert, überhaupt.«
Jetzt müsssen sie wieder den Bayerischen Rundfunk hören.

Nach dem Bericht über die Flurbereinigung kommt eine Volksmusik. Die Großmutter kommt mit dem Suppentopf und einem Schöpflöffel an den Tisch und beobachtet dabei wie immer die Dorfstraße, damit ihr nichts entgeht. Sie tut dem Franz, der Maria, dem Großvater und dem Karl Suppe auf den Teller und sagt, ohne noch einmal aufzuschauen:
»Jetzt ist sie gekommen, die.«
»Wer?« fragt der Franz.
Aber die Art, wie die Großmutter einfach noch einmal leicht zum Fenster nickt, aber nichts mehr sagt, läßt ihn blitzschnell ahnen, wer da gekommen ist. Er schiebt seinen Teller weg, springt auf und geht hinaus.

Die anderen verstehen erst einmal nichts.
Die Großmutter setzt sich und löffelt ihre Suppe.
Keiner steht auf und will der Neugierige sein, der schaut. Die Großmutter hat ihnen noch immer alles erklärt. Sie müssen nur etwas Geduld haben. Dafür lebt und arbeitet sie, dafür verzehrt sie sich in Sorgen, dafür ist sie die erste, die am Morgen aufsteht, dafür hat sie alles auf diesem Hof im Griff, dafür kocht, putzt, pflanzt, schlachtet und erntet sie, für diese Momente der Überlegenheit, in denen sie ihnen die Welt erklärt, die Welt, wie sie sie sieht. Das nimmt ihr niemand. Der Großvater ist ohnehin schweigsam, böse Zungen sagen, er ist neben ihr verstummt. Maria hat die Rolle ihrer Schwiegermutter nie angetastet, Franz ist viel zu sehr in seine Gedanken versponnen, und Karl ist noch zu jung. Außerdem liebt er die Großmutter.
»Das hat ja einmal kommen müssen, daß die kommt. Naja, schaun wir, was das wird. Jetzt ist es gerade recht, daß sie oben ausziehen. Nachher ist Platz. So sind die, erst jagen sie einen Kerl zum Teufel, dann kommen sie wieder daher.«
»Das wissen wir doch gar nicht, vielleicht ist er von selber gegangen«, meint Maria, und es trifft sie ein fast strafender Blick der Großmutter, die sich doch nicht umsonst ihre Gedanken gemacht, Erkundigungen eingeholt, die Dinge aus kleinsten Anzeichen zusammengereimt hat. Denn der Franz hat nie etwas erzählt.
»Der ist ihr recht im Weg umgegangen, wie der Herr Ingenieur tot war, da hat sie ihn zum Teufel gejagt. Freiwillig ist der nicht gegangen. Jeder andere, aber nicht der Franz.«
Es muß so gewesen sein, wenn es die Großmutter so sagt.

Keiner hier am Tisch weiß die wirkliche Wahrheit. Aber keiner zweifelt daran, daß es so war.
»Dann sollen die zwei drüben reingehen, wo die Schindlers ausziehen, und der Karl kriegt die Kammer vom Franz.«
»Vielleicht besucht sie ihn ja bloß« sagt Maria.
»Die nicht, wie die da steht.«

Dann steht sie da, in der Küche, vor dem Tisch, still, freundlich und nett anzusehen. Ein bißchen verhärmt sieht sie aus. Vielleicht ist es ihr nicht so recht gutgegangen, könnte man meinen.
»Das ist die Fanni«, sagt Franz verlegen.
Sie geht herum, gibt jedem die Hand, Franz sagt ihr, wer wie heißt und wie er zu ihm verwandt ist.
»Setz dich hin, Fanni, wirst Hunger haben.«
Die Großmutter macht ihr Platz am Tisch, wischt mit der einen Hand die Brotkrümel in die Schürze, die von der anderen Hand zusammengerafft wird, stellt der Fanni einen Teller hin und einen Löffel, tut ihr Suppe auf den Teller, drückt sich den großen Brotlaib an den Bauch und schneidet zwei Scheiben ab, die sie ihr hinlegt.
»Iß, kannst was brauchen.«
»Danke.«
Sie ißt.
Da sitzt sie. Sie ist in eine fremde Küche gekommen, in der sie nie war, zu Menschen, die sie nicht kennt, zu einem Mann, mit dem sie zwei Jahre gelebt hat, den sie wiederum fast zwei Jahre nicht gesehen hat, und sie sitzt da und löffelt eine Suppe, und alle schauen sie an. Auch der Franz weiß nicht, was er sagen soll. Ihr Auftauchen kommt über ihn wie

ein Gewitter über das Land, und man weiß noch nicht, bringt es segnendes Naß oder zerstört es die Ernten.
Es ist eine große Stille, derer sich dann halt die Großmutter erbarmt, indem sie fragt und fragt und fragt. Brav antwortet die Fanni. Meistens, das ergibt sich aus den Fragen, mit Ja oder Nein.
Ob sie jetzt von daheim komme, ob noch einer von ihren Leuten drüben arbeite in der Ziegelei, dann sei sie ja gewiß mit dem hergekommen, ob sie noch Eltern habe, ob sie oft heimfahre auf ihr Dorf, ob es den Leuten dort immer noch schlechtgehe, ob sie was vom Dorf hier kenne, ob sie auf der Durchreise sei oder länger oder überhaupt für ganz hierbleibe.
Da schaut die Fanni errötend den Franz an, der etwas hilflos und nun doch einen Schritt nach vorne in der ganzen Sache machend antwortet:
»Ja freilich bleibt sie da.«
Weil die Fanni nicht widerspricht, ist für die Großmutter eine klare Situation gegeben. Und wieder erklärt sie, was sie ja vorher spekulierend auch schon gesagt hat, daß es sich gut treffe, wenn jetzt die Schindlers auszögen in ihr Haus.
Karl schaut sich die Fanni neugierig an. Sie gefällt ihm. Sie ist nicht so stämmig und rundlich und rosig wie die Frauen, die er hier kennt, seine Mutter zum Beispiel. Sie ist dünn und blaß und hat eine fast durchsichtige Haut. Und doch hat sie nichts von der geißenhaften Dürrheit der Frau Schindler. Es paßt zu ihr, wie sie ist, zu den dunklen Augen und den schwarzen Haaren.
Wenn die einen Stall ausmisten muß, mit der Mistgabel, den schweren, nassen Mist hinausziehen bis zur Grube,

dann bricht sie auseinander, denkt er. Aber bald wird der Franz ja sein Mistförderband gebaut haben, wenn er mit der Erfindung vom Herrn Ingenieur fertig ist, dann muß diese Arbeit eh keiner mehr machen.
Die Großmutter wäre nicht die Großmutter, wenn sie sich nicht vom ersten Augenblick an diese Gedanken auch gemacht hätte. Aber es wird sich zeigen, daß sie sich da genau so getäuscht hat wie der Karl. Die Fanni weiß, was Bauernarbeit ist.
So bleibt für die Großmutter im Verlaufe der Zeit eigentlich nichts an der Fanni zu kritisieren außer der Tatsache, die sie am Abend zur Maria sagt:
»Sie hat sich nicht bekreuzigt, ehe sie die Suppe gegessen hat.«

Dann hat ihr der Franz die Stube gezeigt, die Schlafkammer seiner Eltern, seine Kammer und die beiden Stuben der Schindlers. Er hat sie mit denen bekannt gemacht und ihnen gesagt, »das ist die Fanni, meine Braut.«
Dann sind sie in die Milchkammer und in den Stall, auf den Heuboden und in die Scheune gegangen. Dort hat er ihr den Greifer und das Häckselgebläse erklärt und im Schuppen seine Erfindung. Sie sind zum Friedhof hinaufgegangen und vor dem Grab gestanden. Sie hat nach seiner Schwester, der Hedwig, gefragt, die da auf dem Grabstein steht, mit kaum vierzehn Jahren in Kriegszeiten gestorben. Und zum ersten und einzigen Mal in seinem Leben hat Franz diese Geschichte erzählt, mit all der Schuld, die er sich selbst zuschreibt und sein Leben lang nicht vergessen wird.

Die Hedwig war zwei Jahre jünger als er. Sie war mager und zerbrechlich, immer ein wenig krank an der Lunge, schon als kleines Kind. Der Doktor hat gesagt, daß sie Meerluft bräuchte, oder das Klima in den Bergen.

»Wo sollen wir das hernehmen?« hat der Bauer geantwortet, und damit war der Fall erledigt.

So kränkelte sie also, hustete viel, manchmal auch Blut. Doch das zeigte sie nur dem Franz, dem Bruder, an dem sie mit allen Fäden ihres Herzens hing. Und der schwieg. Sie hätte auf eine Kur gehen müssen, doch rundherum in der Welt tobte der Krieg, und die Zeiten waren eher so, daß man, hätte man in der Stadt gelebt, jemanden wie die Hedwig verstecken hätte müssen, damit sie nicht abgeholt worden wäre in die Verwertungsanstalten unwerten Lebens. Hier auf dem Dorf lebte eine wie die Hedwig mit, wohleingepackt in die Liebe einer Mutter und die Sorge des Vaters, der sich sagte, wenn sie lebt, lebt sie, wenn sie stirbt, ist es Gottes Wille, und wenn man sie an keinen Mann bringt, dann bleibt immer noch das Kloster.

Dem Franz war sie manchmal lästig mit ihrer Liebe. Keinen Schritt wollte sie ihn allein tun lassen, immer wollte sie dabeisein, und es waren doch bei ihm schon die Zeiten der kleinen Liebesgeheimnisse, der ersten Treffen mit Mädchen, der kleinen Lügen und Ausflüchte, der schüchternen Abenteuer. Alles wollte sie wissen von ihm, denn in ihrem Leben ereignete sich derartiges nicht.

Als er sich den Daumen abgehackt hatte, um nicht in den Krieg zu müssen, war er ihr Held. Sie liebte ihn abgöttisch und bewunderte seinen Mut. Das machte ihn an einem launigen Abend übermütig.

»Und was traust du dich? Nichts.«
Sie schwieg.
Sie traue sich doch, so stichelte er, nicht einmal auf den Friedhof zu gehen, jetzt in der Nacht, da es dunkel ist.
»Das traust du dich auch nicht.«
»Ich? Jederzeit!«
»Aber die Mutter sagt, daß es eine Sünde ist, weil man die Gestorbenen in ihrem Frieden stört, darum trau ich mich nicht.«
»In der Nacht haben sie keinen Frieden, da gehen sie um auf dem Friedhof droben, weil sie arme Seelen sind. Und trotzdem trau ich mich jederzeit hinauf. Du aber nicht.«
Nein, sie traue sich in der Tat nicht, und das verlange auch niemand von ihr.
Da bohrte er nach. Wenn er ihr alle seine Geheimnisse verriete, alles, was er mit Mädchen gemacht habe, im Bienenhaus beim Seidel drüben, im Heu und hinter dem Schuppen und sogar bei der Kapelle oben, ob sie sich dann traue, wollte er wissen.
Da kämpfte sie lange mit sich, und ihre Neugier besiegte die Angst. Ja, sagte sie, sie gehe hinauf, wenn er ihr das Versprochene dann erzähle. Er schwor es bei allen toten Verwandten, die ihnen beiden einfielen, auch bei den Brüdern, die nicht oben auf dem Friedhof, sondern an irgendwelchen Kriegsschauplätzen ihre letzte Ruhe gefunden hatten.
Sie hatte wirklich Angst, denn durch ihren Kopf gingen alle die Erzählungen von den bösen Geistern derer, die im Fegefeuer litten, die keine Ruhe finden konnten, die danach trachteten, sich an den Lebenden zu rächen für die Qualen, die sie erdulden müssen.

Zum Zeichen, daß sie wirklich am Familiengrab oben gewesen war, sollte die Hedwig ein kleines Metallkruzifix, das ihr der Franz gab, auf das Grab in die Erde stecken. Am nächsten Morgen wollte er das dann kontrollieren.
Zitternd ging sie, schlotternd, in ihrem langen, flatterigen Kleid, das, wäre es weiß gewesen, einem Geist gut gestanden hätte.
Als sie auch nach Mitternacht noch nicht da war, machten sich die Eltern, die ja von der Sache nichts wußten, Sorgen. Sie fragten den Franz, ob er die Hedwig gesehen habe, er verneinte. Sie schickten ihn, sie im Dorf zu suchen, und sie suchten selbst. Bald war das halbe Dorf unterwegs. Man suchte überall, in allen Ställen und Scheunen, in allen Gärten und Schuppen, in den Werkstätten, im Eiskeller vom Wirt, im Spritzenhaus. Maria ging von Haus zu Haus, der Franz ging aufgewühlt die Dorfstraße entlang, um, wie man ihm aufgetragen hatte, im Straßengraben zu suchen. Keiner wäre auf die Idee gekommen, zum Friedhof hinaufzugehen und dort zu suchen, denn die Toten störte man nicht in der Nacht.
Am nächsten Morgen fand sie der Mesner, als er zum Läuten zur Kirche hinaufging, tot auf dem Grab. Ihr Gesicht war verzerrt von Angst, ihre Hände hatten sich in die Erde gekrallt, das Metallkruzifix hatte sie sich durch das Kleid gestochen, so daß sie den Eindruck gehabt haben mußte, daß sie jemand festhielt, ein Geist, der Geist eines Toten, ein Toter selbst, der Leibhaftige, wer auch immer. Der Doktor stellte Herzversagen fest. Die Angst, der Schreck, der Schock hatten sie getötet. Keiner konnte sich erklären, warum sie in der Nacht allein auf den Friedhof gegangen war. Man fand

keinen Grund, und man tröstete sich über den Tod hinweg, indem man sich einredete, daß sie wohl nicht nur am Körper, sondern auch im Kopf unvollkommen war.
Der Franz aber schwieg.

Er hat Fanni die Geschichte von der Hedwig erzählt, als sie in der Kirche saßen, und das hat sie traurig gemacht. Da hat er ihr den heraushängenden dreckigen Fuß des Zaungastes bei der Steinigung des heiligen Stephanus gezeigt, und sie mußte lachen. Er hat ihre Hand genommen und sie auf seine Wange gelegt und sie an sich gezogen und geküßt. Dann sind sie Hand in Hand über die Felder gegangen. Er hat ihr die Grenzsteine gezeigt, erklärt, wo seine Äcker liegen und wo die der anderen und welche er vielleicht dazupachten wolle.
Sie sind hinter der Kapelle zum Wald hinaufgegangen, und es war kein Zufall, daß sie schließlich zu dem Jägerstand kamen, wo es eigentlich damals mit ihnen angefangen hatte.
Da saßen sie nun oben in lichter Höhe mit einem Blick über das Dorf und das dahinterliegende Moos.
Er legte den Arm um sie, sie ließ den Kopf an seine Schulter sinken, war müde vom Gehen und Zuhören, hatte soviel von diesem seinem jetzigen Leben erfahren, fühlte ihn sehr lebendig neben sich und liebte ihn, wie damals, als sie das erste Mal mit ihm hier saß.
»Und wie ist es dir gegangen?«
Als habe er geahnt, daß sie ihn spüren, aber ihm nicht ins Gesicht sehen will, wenn sie erzählt, stellte er die Frage, die ihm so lange schon auf der Zunge lag, erst jetzt.

Sie ließ sich Zeit, als müßte sie überlegen, abwägen, sortieren, als wüßte sie nicht, wo sie anfangen und enden sollte. Er ließ ihr Zeit, denn was immer ihr widerfahren war, jetzt war sie hier bei ihm, jetzt würde er sie nicht mehr auslassen, jetzt würde sein Glück vollkommen sein, jetzt war er Bauer und Erfinder und hatte die Frau zurückbekommen, die er so schmerzlich hatte verlassen müssen.

Dann erzählt sie. Von der Regensburger Bahnhofswirtschaft, in der sie nach der Auseinandersetzung mit ihm, die sie schon am selben Tag bereut hat, nicht mehr arbeiten wollte, von zwei, drei anderen Stellen, bei denen sie sich nicht wohl gefühlt hat, von einem Geschäftsmann, den sie kennengelernt und der sie mitgenommen hat nach Passau, wo er einen Nachtclub hatte. Von der Arbeit dort, von den persönlichen Ansinnen des Nachtclubbesitzers an sie, derer sie sich erwehren hat müsssen, von dem Brand, den er, weil hoch verschuldet, selbst gelegt hat, dem sie mit viel Glück, das andere nicht hatten, hat entkommen können, von einem halben Jahr zu Hause bei den Eltern, mit denen es unerträglich war, von einer anderen Stelle, von Arbeitslosigkeit, von Gelegenheitsarbeit auf den sommerlichen Bierfesten und wieder von Arbeitslosigkeit und von dem ganzen verdammten Stolz in ihr, der sie so lange gehindert hat, das zu tun, was sie jetzt getan habe, zu ihm zu kommen.

»Mehr als wegjagen kann er dich nicht, habe ich mir gesagt.«

Da lacht er, und er fragt nichts nach, geht keinen Ungereimtheiten der Erzählung auf den Grund, will das nicht wissen, wovon er annimmt, daß sie es ihm verschwiegen hat. Dafür hat jeder seine Gründe, und wenn es nur der ist, daß er sich und dem anderen nicht weh tun will.

»Man kennt«, hatte die Frau des Herrn Ingenieurs nach dem Tod ihres Mannes, der sie in viele Sorgen gestürzt hat, zum Franz gesagt, »den Menschen, mit dem man ein ganzes Leben lang lebt, nie ganz genau.«
Das hat er sich damals nicht vorstellen können. Heute, wenn er an seine vielen eigenen ganz geheimen Gedanken denkt, weiß er, die Frau des Herrn Ingenieurs hatte recht.
»Jetzt lass ich dich nicht mehr aus.« Er nimmt sie in die Arme und küßt sie und fragt sie, ob sie Bäuerin werden will bei ihm auf dem Hof.
»Freilich, ich gehör doch zu dir.«
»Jetzt erst recht.«
»Ja.«
Sie erzählen sich noch dieses und jenes, und sie küssen sich und träumen davon, eine richtige Familie zu sein. Und sie suchen und finden die Stelle im Gebüsch wieder, wo sie sich zum ersten Mal geliebt haben, und sie entdecken das Feuer wieder, das fast zwei Jahre lang zwischen ihnen gelodert hatte. Und wenn es auch ein etwas schwächeres Feuer ist, es wird doch eine Zeitlang brennen.

Vier Wochen später heiraten sie. Jetzt sind sie Bauer und Bäuerin. Da ist eine zünftige Bauernhochzeit der richtige Rahmen. Und noch einmal präsentieren sich die beiden den Leuten auf dem Tanzboden oben als ein glückliches, wie jungverliebtes Paar, an dem man seine Freude haben kann. Irgendwann nimmt Franz seine Ziehharmonika und spielt selbst zum Tanz auf. Und er läßt kein Auge von seiner Fanni, die unermüdlich mit allen Männern des Dorfes tanzt.

Karl kriegt von all dem nicht mehr viel mit. Sie finden ihn tief in der Nacht im Schuppen neben der halbfertigen Erfindung, wo er den ersten Rausch seines Lebens ausschläft. Neben dem Herrn Hochwürden sitzt an diesem Abend auf dem Tanzboden eine junge, blonde Frau, die er als eine Verwandte aus der Stadt vorgestellt hat. Die Großmutter beobachtet sie sehr genau. Sie fragt, plaudert, stellt kleine Fallen und kommt schließlich zu dem Ergebnis, daß es sich um eine gescheite, freundliche Frau handelt, die irgendein Geheimnis umweht.

»Das wird mir dann schon so eine Verwandtschaft sein«, flüstert sie der Maria ins Ohr. Diese leise aufwühlende Ahnung vom Sündenfall in einem Herzen, wo er nun schon überhaupt nicht sein dürfte, macht ihr eigenes, naturgemäß der Sünde näher liegendes Herz am Abend dieses so familienträchtigen Tages weit. Sie nimmt die Hand der Maria und sagt:

»Wenn du am Mittwoch wieder fährst, dann bringst du ihn mit; der gehört jetzt einmal einfach da her zu uns, der Jean-Pierre.«

Der Maria stockt der Atem. Sie sagt nichts. Das erwartet die Großmutter aber auch gar nicht.

12

Wieder, wie so oft jetzt, steht Maria in dem Eisenwarenladen. Wieder bedient sie der junge einarmige Mann, der schon immer auf sie zugeschossen kommt, wenn sie den Laden betritt.

»Was darfs denn heute sein?«

Sie gibt ihm den Zettel, mit dem er dann durch den Laden geht, Leitern hinauf und wieder herunter, in Nebenräume voller Regale hinein, in Kellergewölbe hinunter, in den halbüberdachten Hof, überall dahin, wo nach ausgeklügeltem Plan alle die Dinge lagern, die so ein Erfinder wie der Franz braucht.

Er wird so alt wie der Franz sein, denkt sie. Vielleicht mußte er mit denen noch in den Krieg, mit denen der Franz nicht mitwollte. Und er wird noch Glück gehabt haben, wenn sie ihm nur den Arm abgeschossen haben. Er trägt keinen Ehering an der linken Hand, die ihm noch geblieben ist. Dasselbe hat er anscheinend bei ihr auch bemerkt. Nein, am Mittwoch trägt sie ihn nicht. Sie zieht ihn im Bus schon immer ab. Als Ehefrau oder gar als Witwe will sie nicht dort ins Hotel gehen.

Ob sie ledig sei, hat er sie einmal gefragt, der Einarmige. Sie hat genickt, keine Veranlassung gesehen, sich mehr zu erklären. Da hat er sie sehnsüchtig angesehen und gefragt, ob sie nicht mal mittags ins Café mit ihm gehe. Ob er sich ein bißchen in sie verliebt hat? Ob er noch bei seiner Mutter wohnt? Er hat schon schüttere Haare. Sie sind fettig. Auf dem blauen Kittel, den sie hier alle tragen, sind am Kragen immer Schuppen. Und seine Zähne müßte er richten lassen. Es wird ihm keiner sagen. Er wird niemanden haben, der auf ihn schaut. Vielleicht ist die Mutter ganz alt, oder vielleicht hat er gar keine mehr. Vielleicht hat er niemanden, könnte ja auch sein. Hier drin ist er eine angenehme Erscheinung. Er hat nicht die Überheblichkeit der anderen, die glauben, sie regieren eine Welt, weil sie zwischen einer Halbzollmuffe und einer Dreiviertelzollmuffe unterscheiden können, die einer Frau am liebsten den Zutritt in einen solchen Laden verbieten würden, wie oben in der Domgasse, wo an der Tür zur Bar, die unter dem Hotel ist, ein handgeschriebenes Schild sagt: »Zutritt für Frauen nur in Begleitung von Herren«.
Jedenfalls, ins Café ist sie nicht mit dem Einarmigen gegangen.
»Die Lämpchen müssen Sie in der Sailergasse im Elektrogeschäft holen, die führen wir nicht.«
»Ja.«
Dann rechnet er alles zusammen. Geschickt schreibt er mit der linken Hand. Das ist ihr bisher gar nicht aufgefallen. Sie staunt. Er bemerkt das und lacht fröhlich.
»Ich war eh Linkshänder. Da hab ich Glück gehabt. In der Schule haben sie mich geschlagen dafür, jetzt ist es mein Glück. Das macht dann achtzehn Mark geradeaus.«

Sie zahlt, packt das Tütchen mit den Sachen ein, nickt ihm freundlich zu und geht.
Als sie sich an der Tür noch einmal umdreht, einen letzten Blick in den ihr liebgewordenen Laden wirft, trifft sie ein Lächeln, das zumindest so in ihrem Herzen hängenbleibt, daß sie sich, nachdem sie längst nicht mehr in die Eisenwarenhandlung geht, noch einmal in ihrem Leben daran erinnern wird.

Sie hat jetzt immer viel Zeit für ihre Besorgungen, denn er muß bis vier Uhr arbeiten und kann erst um Viertel nach vier im Hotel sein. Da haben sie dann gerade einmal eine gute Stunde miteinander. Mehr brauchen wir auch gar nicht, denkt sie manchmal traurig, wenn sie sich eingestehen muß, daß diese Treffen längst vom Rost der Gewohnheit angefressen sind. Ja, wenn man das Licht der Öffentlichkeit nicht scheuen müßte. Aber muß man es denn noch scheuen? Ist sie nicht ein freier Mensch, der sich zu dieser Liebe bekennen kann, der das schon einmal getan hat, als der Mann, der vom Gesetz her der ihre war, noch gar nicht rechtmäßig tot war? Warum dann jetzt nicht erst recht? Jetzt, wo sogar die Schwiegermutter ein Signal gegeben hat.
Sie ist ja auch all die Mittwoche hiergewesen, nachdem der Hans gestorben war. Und einmal hat sie ihn gefragt, ob er es sich denn vorstellen könnte, wieder rauszukommen aufs Dorf. Ja, man werde sehen, er müsse jetzt seinen Vertrag einhalten, man dürfe nichts überstürzen. Und wieder gelang ihm, was ihm immer gelungen war, wenn sie auf Fragen Antworten haben, wenn sie in sein früheres Leben hineinschau-

en wollte, er verstrickte sie in seine Zärtlichkeiten, in seine süßen Wörter, die so wundersame Schöpfungen aus Französisch, Deutsch und Bairisch sind, denen sie immer wieder erlag.

Sie kauft die kleinen roten Lämpchen im Elektrogeschäft in der Sailergasse, schlendert hinunter zum Marienplatz, schaut sich an, wie sich das Städtchen von Woche zu Woche von den Schäden des Krieges erholt, sieht wieder ein Haus in seinem Glanz, das letzte Woche noch ein Gerüst hatte, sieht einen neuen Laden mit Moden aus Paris, wie ein Schild verspricht, und geht zum Jungbräu hinunter. Sie geht durch die schwere Tür in den Gastraum hinein, freut sich, daß die Kellnerin wieder da ist, diese dünne, schwarzhaarige, die so freundlich ist mit allen und sie immer an die Fanni erinnert, vielleicht, weil die ja Kellnerin war, vielleicht aber auch, weil da eine Ähnlichkeit ist. Sie setzt sich in die Ecke an einen Tisch, von dem aus sie das ruhige Nachmittagstreiben hier überblicken kann, und bestellt sich ein Bier.
Sie hat sich das eines Tages getraut, hier hineinzugehen, allein als Frau. Jetzt ist es ihr ein vertrautes Stückchen dieser drei Stunden geworden, die sie ganz für sich hat, ehe sie hinauf geht zum Hotel in das Zimmer.
In diesen Stunden sieht sie etwas vom Leben des Städtchens, sieht Menschen, die sie nicht kennt, beobachtet sie von diesem Platz aus, macht sich Geschichten zu ihnen. Im Dorf kennt man jeden, keiner ist einem ein Geheimnis, über jeden weiß man alles, mehr oft, als man wissen will.
Sie ertappt sich geradezu bei dem Gedanken, daß ihr diese

Stunden, die ganz und gar die ihren sind, die ihr gehören, die sie bestimmt, in denen sie tut, was sie will, wichtiger sind als die flüchtig gewordene, schon von diesem alten unappetitlichen Mann mit seinem genüßlich demütigenden »Sie-kennen-sich-ja-schon-aus« eingeleitete Stunde in dem schäbigen Zimmer mit einem kaum mehr wirklich vorhandenen Geliebten.

Am Nachbartisch sitzt ein Mann. Er sitzt immer da, immer am selben Platz. Er hat ein Bierglas mit einem gläsernen Rohr darin vor sich stehen. Seine Arme hängen wie leblos herab. Mit beinahe beruhigender Regelmäßigkeit bekommt er Zitteranfälle, die durch den ganzen Körper gehen. Wenn ihn ein Anfall erwischt, während er gerade mit dem Glasrohr das Bier in sich hineinzieht, geht ein rhythmisches Klirren durch den Raum. Dann kommt die Bedienung, tritt hinter ihn und zieht ihn samt dem Stuhl ein Stück nach hinten, so daß er für die nächsten Minuten damit beschäftigt ist, sich mittels einer aus dem Körper mühsam herausgeholten Kraft mit dem Stuhl nach vorne zu bewegen, um wieder an das Glasrohr zu gelangen. Das wiederholt sich viele Male in der Stunde, in der Maria hier sitzt.
Wie gut es einem doch geht, denkt sie. Man ist gesund, hat ein Zuhause, Menschen, die man liebt, und man lebt.
Sie weiß nicht, warum, aber sie muß gerade jetzt an den Karl denken. Sie denkt so selten als Mutter an ihn. Sie hat die Rolle der Mutter von Anfang an seiner Großmutter überlassen. Sie fühlte sich nicht einmal verantwortlich für den Karl in den kühnen Gedanken, die sie in letzter Zeit hatte, als der Jean-Pierre immer häufiger von seiner Heimat, der Bre-

tagne, vom Land, vom Meer, von den Menschen erzählte und sie sich ein Leben mit ihm dort erträumte. Sie hat den Karl in diese Träume, die sie sich nicht traute, dem Geliebten zu offenbaren, nicht einbezogen. Er gehört für sie mehr zur Großmutter als zu ihr. Dabei erinnert sie sich gerade jetzt mit Wehmut an die Abende, an denen der Franz oben Ziehharmonika spielte, der Jean-Pierre neben ihr draußen auf der Bank vor dem Haus saß und ihr den Sternenhimmel erklärte und der Karl sich selig an sie schmiegte.

Sie trinkt ihr Bier aus, ohne dessen gnädige Betäubung sie die letzten Male schon nicht mehr in die immer weniger zärtlichen, immer mehr besitzergreifenden Arme des Geliebten hat fallen wollen. Sie winkt der Bedienung, zahlt und geht auf die Straße hinaus.

In wenigen Minuten, schwereren und verzagteren Herzens dorthin gehend denn je, ist sie in der Domgasse und steht vor dem Hotel. Die Domuhr hat gerade vier Uhr geschlagen. Er kann noch nicht dasein. Sie läßt sich Zeit, schaut ein paar schwarzgekleideten Priesterseminaristen hinterher, die ihr etwas Geschlechtsloses zu haben scheinen, anders als diese halbwüchsigen Buben, die – der Himmel weiß, was sie dort zu suchen haben – aus dem Hotel kommen und sie frech und neugierig von oben bis unten mustern, ehe sie sich lärmend, kichernd, laut entfernen.

Sie muß an den Pfarrer denken und an die blonde Frau, die bei der Hochzeit neben ihm saß. Sie hat sie beobachtet. Sie waren sehr nett miteinander, nicht wie Verwandte es sind, das hat sie gespürt. Aber wenn es wirklich so wäre, daß sie seine Geliebte ist, hätte er sie dann allen gezeigt, die sich so schnell wie die Schwiegermutter ihre Gedanken machen? Versteckt man nicht eine Geliebte, von der niemand wissen soll, wie es der Jean-Pierre mit ihr seit vielen Wochen tut? Oder ist vielleicht nur so ein gescheiter, sympathischer Mann wie der Pfarrer, der so menschlich wie keiner von der Kanzel predigt, fähig, sich über Gerede und Gedanken von Leuten hinwegzusetzen? Wenn diese Frau, die ihr so gut gefallen hat, seine Geliebte, seine Gefährtin, sein Mensch fürs Leben ist, dann beichtet sie diesem Herrn Hochwürden ihre Sünden, die für ihn ja geradezu eine Labsal sein müssen, hundertmal so gerne.

Warum, denkt sie, kann dann nicht der Jean-Pierre, den sie im Dorf doch schon als den zu ihr gehörenden Mann angenommen haben, heute abend mit dem Bus mit ihr dahin fahren, wo sie hingehören, wo sie so glücklich waren, glücklicher als dort in dem Zimmer, wo sie eine Familie sein würden und ein Zuhause hätten? Es ist noch hell zur Zeit, wenn der Bus ankommt. Sie würden aussteigen, sich an den Händen halten und erhobenen Hauptes dem Dorf zeigen: Hier sind wir wieder.

Warum, denkt sie, kann er nicht, wenn das wichtiger für ihn ist, sie mitnehmen und mit ihr dort in das Dorf am Meer gehen, von dem er immer häufiger erzählt, und den Leuten in seiner Sprache sagen, hier, schaut, das ist meine Frau, die ich mir mitgebracht habe? Sie würde doch seine Sprache so lernen, wie er die ihre gelernt hat. Sie würde doch überall in der Welt sein wollen mit ihm.

Ob er sie gar nicht mehr wirklich liebt? Ob er nur noch diese auf eine Stunde geschrumpfte Zeit mit ihr braucht, weil ein Mann das halt braucht?

Ob er längst eine andere hat, mit der er die vielen anderen Stunden, die so eine Woche hat, zusammen ist? Ob er dieser anderen nur noch diese eine Stunde stiehlt? Ob diese Stunde der Liebe nur noch ein Opfer ist, eine Gnade, die er ihr zukommen läßt, weil sie ihm immer wieder sagt, wie sehr sie ihn braucht, überwältigt davon, wie er durch seine Umarmung die Wogen, die Stürme in ihr, zu einem friedlich daliegenden Gewässer verzaubert?

Liebt er vielleicht nur noch diesen Körper, der sich immer noch so bereitwillig hingibt? Oder benutzt er ihn einfach nur wie einen Körper, für den man bezahlt?

»Sie kennen sich ja schon aus«, sagt der Mann, ohne von der Zeitschrift, in der er blättert, aufzusehen. Sie geht hinauf in das Zimmer. Nein, sie wird sich nicht schon bereit in das Bett legen. Sie nimmt den Stuhl, stellt ihn ans Fenster und setzt sich. Sie will ihn nicht anschauen, wenn er kommt, sie will ihm sagen, wie es in ihr aussieht, was sie ihm anzubieten hat, was sie jetzt von ihm verlangt.

Das Fenster ist zum ersten Mal, seit sie hierherkommt, geputzt. Man hat einen klaren Blick auf die Gasse, die niedrigen Häuser, den Dom, der mächtig bedrohlich die Stadt überragt.

Sie wartet und wartet, er kommt nicht. Die Domuhr schlägt halb fünf, dann fünf. Wie Peitschenhiebe sausen die Schläge auf sie nieder.

Jetzt steht da unten ein junger Mann vor dem Hotel. Er geht hinein, sie hört unten Stimmen, dann kommt der alte eklige Mann die Treppe herauf und klopft. Sie geht zur Tür und öffnet. Ein Brief sei abgegeben worden. Sie nimmt den Brief. Der alte Man schlurft wieder die Treppe hinunter.

Zitternd öffnet sie den Brief.
Ein paar Zeilen nur. Ganz schnell habe er aus Familiengründen nach Frankreich fahren müssen.
»Ich hoffe, wir sehen uns wieder.«
Mehr nicht.
Keine Adresse, kein Bedauern, kein persönliches Wort. Vielleicht war er in Panik, vielleicht geht es ihm schlecht, vielleicht ist jemand gestorben? Nein, sie hat keinen Grund, etwas hineinzulesen, was nicht drin steht. Es ist das Ende.
Sie starrt hinaus, sie faßt es nicht, Wut überkommt sie, die von jämmerlichen Tränen, die sie nicht weinen will, verdrängt wird. Lange sitzt sie da. Die Gedanken sausen, martern sie unbarmherzig. Enttäuschung bleibt, dann kommen wieder Wut und Verzweiflung. Sie möchte sich auf das Bett werfen und die Wut hineinprügeln mit ihren Fäusten. Sie kann es nicht. Dieses Bett war immer das Bett der Hingabe, das bleibt es, unangetastet.
Sie verläßt das Zimmer, geht die Treppe hinunter, will dieses letzte Mal grußlos an dem widerlichen Mann vorbeigehen.
»Madame, da sind dann noch zehn Mark offen!« sagt er und grinst. Sie möchte ihn erwürgen, doch das hat sie nicht gelernt. Sie bezahlt.
Ja, es war immer nur der Körper zuletzt, für den er bezahlt hat. Jetzt, da er ihn nicht mehr benutzt hat, bezahlt sie selbst.

Wie betäubt geht sie die Staffeln des Dombergs hinunter zur Haltestelle des Busses. Dort stehen die Mittwochsfrauen, schwatzen, zeigen sich die Neueinkäufe, begrüßen sie, wie gewohnt. Sie beherrscht sich, das hat sie gelernt, bis sie im Bus ist, bis er abfährt, dann weint sie.

Der Bus verläßt die Stadt, fährt über die Dörfer, hält hier und dort. Sie kennt das alles, kennt die Menschen, die aussteigen, wird von dieser Gewohnheit des Allmittwöchlichen getröstet, fühlt sich plötzlich leichter, hört dem Schwatzen einer Frau zu, ist dann endlich ganz hinten im Bus mit ihren Gedanken allein. Sie versucht, sie zu ordnen.

Sie spürt eine Erleichterung. Sie denkt plötzlich ganz klar, wie lange nicht. In die Enttäuschung mischen sich rettende Erinnerungen. Was war das? Was ist geblieben? Was wird sie jetzt tun, um damit weiterleben zu können?

Sie wird sicher immer wieder von dieser Liebe träumen. Und ihre Gedanken an ihn werden wachsen, wuchern, wer weiß, wie und wohin. Sie wird weiterhin an den Mittwochen in die Stadt fahren in diese von ihr neu entdeckte Welt, die ihr noch so viele Geheimnisse verspricht. Sie wird sich diese Welt nicht mehr nehmen lassen, wie auch immer ihr weiteres Leben aussehen wird. Und sie wird mit niemandem darüber reden, was passiert ist, wie sie gedemütigt wurde. Sie wird ihr Recht auf diesen halben Tag in der Woche beanspruchen und wird allen ihre Ahnungen und Vermutungen lassen, der Schwiegermutter vor allem, der sie irgendeinen Triumph, wie immer der aussehen würde, nicht gönnt.

Sie traut ihren Augen nicht. Als der Bus vor der Wirtschaft hält und sie aussteigt, steht da die Schwiegermutter. Sie ist gekommen, um sie abzuholen, um einen »In-Gottes-Namen-Sohn« zu empfangen und ihm zu zeigen, daß er willkommen ist. Nie an all den Mittwochen ist sie zum Bus gekommen.

Sie fragt nicht, wie das eigentlich ihre Art ist. Schweigend gehen sie nebeneinander her.
»Er ist nicht gekommen. Er ist nach Frankreich in seine Heimat zurück, hat er geschrieben.«
»Der ist halt auch zu seiner Familie heimgekehrt. Wie unser Hans. Nur kommt er als Gesunder heim, weil er ja den Krieg gewonnen hat.«

13

Seit einiger Zeit wohnen die Schindlers in einem eigenen Haus oberhalb von der Pfarrerwiese. Für den Fritz, der großmächtig in die Höhe schießt, sind die Türen jetzt schon zu niedrig. Die haben die Maurer nach ihrer eigenen Größe gemacht.

Der Karl geht nur noch selten und auch ungern und meistens etwas verunsichert hinauf. Kaum sind die Schindlers vom Hof weggezogen, sind sie ihm fremd geworden. Man geht bei denen nicht einfach bei der Haustür und der Küchentür hinein und sagt grüß Gott. Man klingelt und wartet und steht blöd da, bis aus der Tiefe des Hauses die Frau Schindler kommt, die Tür aufsperrt, ängstlich schaut, ob es nicht Hausierer oder Zigeuner mit Teppichen über der Schulter sind.

»Ach, der Karl«, sagt die Frau Schindler, und es hört sich an, als hätte sie »nur der Karl« sagen wollen.

»Fritz lernt«, oder »Fritz spielt Klavier«, oder »Fritz hat Fieber«, sagt sie.

Dann steht der Karl im Hausgang, der so klein ist, daß man

überall anstößt. Die Frau Schindler ruft nach oben, »Fritz, da ist Karl!«
Bis der Fritz dann runterkommt, schaut er sich die Bilder von den adeligen Verwandten der Frau Schindler an, die an der Wand hängen. Dann kommt der Fritz, und er geht mit ihm auf die Pfarrerwiese zum Fußballspielen oder ins Dorf oder in den Wald hinauf, hinter dem Haus.
»Fritz, du spielst mir mit diesen Schuhen nicht Fußball, Fritz, zieh dir eine andere Hose an, Fritz, denke an deine Schularbeiten, Fritz, ich muß dich noch Latein abfragen, Fritz, hast du heute schon Klavier geübt, Fritz, du mußt noch deine Schwester abholen.«
Fritz antwortet nicht. Still gehorchend, den Kopf nach vorne gebeugt, als suche er ständig etwas oder als seien die Ermahnungen seiner Mutter wie Schläge in sein Genick, schleicht er durchs Haus und zieht eine andere Hose und andere Schuhe an.
Erst, wenn sie einigermaßen weit weg sind von dem Haus, geht Fritz aufrecht, aber er sagt nichts und schaut auf den Boden.
Oft aber ist er ganz durcheinander von dem, was seine Mutter auf ihn einredet, oder vom Studieren, wie die Großmutter alles das nennt, was mit Lernen und Büchern und der Schule in der Stadt zu tun hat.
»Bub«, sagt die Großmutter oft zu ihm, »Bub, tut dir da der Kopf nicht weh von dem ganzen Lesen und Schreiben und Lernen und der ganzen Studiererei?«
»Ja, manchmal schon«, sagt der Fritz.
»Dann iß was, Bub«, sagt die Großmutter, »zum Studieren brauchst du eine Kraft, kriegst ja daheim nichts Gescheites.«

Wenn der Fritz dann weg ist, seufzt die Großmutter.
»Oh, Allmächtiger Herrgott«, sagt sie, »die Frau macht den Buben ganz deppert, schaut ihn nur an, wie der aussieht, dürr ist er, wie der leibhaftige Tod von Altötting.«
Ihren Karl füttert die Großmutter gut raus. Der soll ja auch einmal mit den Händen arbeiten und nicht mit dem Kopf. Wenn es nach ihr geht, soll er ein Bauer werden. Vielleicht auch ein Maurer oder ein Zimmermann. Er selber würde am liebsten Bauer, Maurer und Zimmermann zugleich werden, alles auf einmal.

Jetzt gibt es bei den Schindlers einen Fernseher. Es ist nicht der erste im Dorf. Den haben die Leni und der Max, zwei alte Leute, die einmal eine Gärtnerei hatten und jetzt in ihrem Haus unten im Moos auf Rente leben.
Die Leni hat keine Ruhe gegeben, bis sie einen Fernseher hatten. Jeder im Dorf hat dort schon Fernsehen geschaut.
Am ersten Tag haben gar nicht alle in das Wohnzimmer hineingepaßt. Man hat in Schichten schauen müssen, keiner länger als eine halbe Stunde. Da ist die Leni ganz vorne gesessen, direkt mit dem Gesicht an der Scheibe vom Fernseher, wo es fast nur geschneit hat.
»Ein Film aus Sibirien«, hat einer gesagt, und alle haben gelacht. Gesehen hat man fast nichts. Aber trotzdem hat die Leni gesagt, »schaut nur, schaut nur, Leute, da sieht man die ganze Welt mitten im Wohnzimmer drin!«
»Sibirien, ja, nur Sibirien«, haben andere wieder gesagt. Da hat dann der Mechaniker noch mal kommen müssen und es so einstellen, daß es nicht mehr geschneit hat. Und er hat

der Leni gezeigt, wie weit man sich wegsetzen muß, damit man alles richtig sieht.

»Jetzt«, hat sie geschrien, »jetzt!«

Dann hat sie für die, die draußen gestanden sind, bis sie dran waren, alles erzählt, was sie gesehen hat.

»Da ist jetzt ein Mann! Und ein Tiger, nein, ein Leopard, nein, doch ein Tiger. Jetzt springt der Tiger durch einen brennenden Reifen. Das ist in einem Zirkus! Jessesmaria, da hat man den Zirkus daheim im Wohnzimmer drin! Ja, wie gibt es dann das!«

Nach ein paar Tagen war das Interesse vorbei. Aber die Leni hat nie mehr aufgehört, alles laut zu erzählen, was sie im Fernseher gesehen hat. Das war für den Max dann ganz praktisch. Er hat in der Küche nebenan auf dem Küchentisch seine Liebfrauenkirche aus Zündhölzern weiterbauen können und hat doch alles mitgekriegt, was im Fernsehen gezeigt wurde.

»Da ist jetzt ein Mann mit einem Boot. Nein, das ist ein Floß. Oder ist es doch ein Boot. Jetzt sind es zwei Männer. Der eine hat ein Gewehr. Jetzt sind es drei, die haben alle drei ein Gewehr. Drei Männer und drei Gewehre. Jesses, wen erschießen die? Ah, die gehen auf die Jagd. Jetzt sind sie im Wald. Nein, das sind jetzt wieder ganz andere Männer. Da soll sich einer auskennen. Jetzt ist eine Frau auf einem Sofa. Ein schönes Sofa. Das wird wahrscheinlich ein rotes Sofa sein. Schau mal, Max, was meinst du, ist das Sofa rot oder nicht?«

»Es ist doch schwarzweiß, Leni, da ist das doch egal.«

»Aber wissen täte ichs gerne. Jetzt telefoniert die Frau. Das ist die Mutter von dem Blonden da vorher. Die telefoniert

dem jetzt, daß er kommen soll. Jetzt kommt er schon bei der Tür rein. So schnell geht das. Jesses, was ist jetzt, jetzt ist der Fernseher kaputt! Nein, da sind jetzt Namen. Lauter Namen übereinander. Wie auf dem Kriegerdenkmal. Jetzt ist es aus. Jetzt ist wieder die Frau da. Was wird jetzt das Kostüm von der für eine Farbe haben? Was meinst du, Max?«
Der Max hat irgendwann nicht mehr gehört, was sie sagte, so wie sie schon lange nicht mehr das Schnippen vom Abschneiden der Zündholzköpfe wahrnahm.
Die Leni wäre die richtige Frau für den Friedl gewesen, den alten Blinden aus dem Sudetenland, der oben in der Schule wohnt. Der hätte mit der Leni als Frau jeden Tag Fernsehen schauen können, obwohl er blind ist, wenn auch viele Leute gesagt haben, der tut nur so. Denn wenn irgendwo ein hoher Baum abzuschneiden war, war er der erste, der wie ein Affe hinauf ist und das Seil zum Ziehen festgebunden hat. Und einmal ist er bei der Küchentür herein, und da war die Maria fast nackt am Waschtisch dort gestanden, und obwohl sie überhaupt nichts gesagt hat, hat er andauernd und ausführlich hingeschaut. Das behauptet zumindest die Großmutter.
»Der kassiert nur das Geld von der Kasse fürs Blindsein. Aber der ist nie im Leben blind«, hat sie gesagt. Und die Frau Schindler hat etwas erzählt, das sie von ihren Onkeln, den Soldatenköpfen, weiß: Früher beim Militär, wenn da einer gemeint hat, wenn er sagt, er ist blind, dann holen sie ihn nicht zum Militär, haben sie ihn auf eine Wiese über einem Steinbruch gebracht und geradeaus gehen lassen. Wenn er stehengeblieben ist, war er Soldat, und wenn er weitergegangen ist, war er tot, und es war nicht schade um ihn, weil er eh nur blind war.

»Einem angeblich blinden Neger«, hat der Herr Schindler gesagt, »dem hat man ein Messer hingehalten und gesagt, komm näher Freund. Da hat man schnell gewußt, wie man dran ist.«
Alle haben gelacht. Dem Karl hat das auch gefallen, und er hat zum Fritz gesagt, »weißt du was, das mit dem Messer, das machen wir mit dem Friedl auch.«
Sie habens dann anders gemacht. An eine Schnur haben sie einen Geldbeutel gebunden und haben ihn auf die Straße gelegt, so daß sie ihn wegziehen konnten, wenn er sich bükken und ihn aufheben wollte. Der Friedl ist einfach weitergegangen.
»Der hat die Schnur gesehen«, hat der Karl gesagt, »der sieht besser wie mein Großvater.«
Der hat sich gebückt.

Jetzt haben die Schindlers also auch einen Fernseher. Eines Tages sehen Fritz und Karl einen Film von einem kleinen Dorf, irgendwo auf der Welt. Es liegt in einem Tal, und das Tal soll ein Stausee werden. Alle Einwohner müssen das Dorf verlassen. Sie laden alles, was sie haben, auf Pferdefuhrwerke und fahren zum Dorf hinaus. Sie treiben das Vieh aus dem Dorf, tragen Hühner in Käfigen, und die Hunde laufen von selber hinter ihnen her. Dann wird das Wasser ins Dorf gelassen. Ganz langsam versinken Wiesen, Felder, Wege, Straßen, Büsche, Bäume, Schuppen, Scheunen und Häuser und zuletzt der Kirchturm, von dem am Ende nur das Kreuz aus dem Wasser herausschaut, wie eine Mahnung oder wie der Mast eines gesunkenen Schiffes.
Es ist ein friedliches Bild. Kein Baum wurde abgeschnitten,

kein Haus abgerissen, keine Planierraupen kamen, nur das Wasser. Ein paar Katzen haben noch das Weite gesucht, sind auf Bäume gestiegen und doch elend ertrunken.
Der Karl stellt sich vor, wie es wäre, wenn das hier passieren würde.
Vom Moos käme das Wasser die Straße vom Unterdorf herauf, wäre erst beim Wirt, dann beim Seiler, dann beim Kramer und dann bei ihnen. Es würde zum Hoftor hereinkriechen, die zwei Stufen zur Haustür hinauf, in den Gang, dann zur Küchentür herein. Und sie würden einfach sitzen bleiben und so tun als wäre nichts.
In dem Dorf im Fernsehen ist ein alter Mann einfach in seinem Bett liegengeblieben und hat auf das Wasser gewartet. Taucher haben seine Leiche später aus dem Wasser geholt.

14

Der Bela war irgendwann einfach da. Aus Ungarn ist er abgehauen, über Österreich, ob schon im Krieg oder nachher, das hat keiner je so genau aus ihm rausgekriegt, und es wollte wohl aber auch keiner so genau wissen.
Er war plötzlich in der Wirtschaft gesessen, hat mit den Bauern getrunken, sie wegen seiner aus wenigen Sätzen bestehenden Sprache erheitert, sich das eine oder andere Freibier, den einen oder anderen Schnaps erschlichen und schließlich mit den letzten die Wirtschaft verlassen. Er ist schwankend auf sein Fahrrad gestiegen, mit dem er von irgendwo hergekommen ist, um irgendwo hin- oder auch irgendwohin zurückzufahren, keiner hat danach gefragt. Er war mit einem dahingelallten »Alles-geht-es-gut« im Nebel verschwunden.
Man machte sich nicht weiter Gedanken um so einen. Immer wieder verschlug es einmal welche hierher, für ein paar Stunden, einen Abend oder auch ein paar Tage, wenn jemand gerade eine Arbeit für so einen hatte. Da fragte man nicht woher und wohin. Man war froh, wenn so einer ir-

gendwann wieder ging und sich nicht unnötig aufhielt und wer weiß was verlangte. Die Flüchtlinge, die sich hier niedergelassen hatten, waren gerade genug.
Es waren ja so viele unterwegs landauf und landab. Welche, die nach dem Krieg die Ihren nicht mehr gefunden haben, andere, die wie der Jean-Pierre ein warmes Bett verlassen mußten, weil da einer plötzlich die Seinen doch noch gefunden hatte, wieder andere, die da nicht mehr bleiben wollten oder konnten, wo sie einmal hingehörten, weil ein anderer ihren Platz eingenommen hatte und nicht daran dachte oder auch einfach von niemandem, keiner dörflichen Moral und keiner allzu treuen Ehefrau, gezwungen wurde, ihn wieder zu verlassen.
Das Land war so klein geworden, daß die, die durch den Krieg durcheinandergewürfelt worden sind, nicht mehr alle Platz hatten.

Der Bela kam auf seinem Weg mit dem Fahrrad ins neblige Irgendwohin nicht weit.
Als die Lisa von der Leni heimkam, wo sie Fernsehen geschaut hatte, sah sie direkt neben dem Seidelschen Hoftor einen im Graben liegen, von einem Fahrrad zugedeckt. Er rührte sich nicht. Ob er tot ist? Sie hatte etwas Angst, hob einen Stein auf und warf ihn auf den leblosen Körper. Er rührte sich nicht. Sie stieß mit dem Fuß an seine Schuhe, erst leicht, dann fester. Da rührte er sich, schaute hoch, kroch unter dem Fahrrad hervor und aus dem Graben heraus, starrte die Frau an, unverzüglich bereit, sie als seinen Schutzengel, seine Retterin anzusehen, befühlte dann seine Knochen, fand keine erheblichen Verletzungen vor,

streckte und reckte sich und wünschte »Schöne Abend, gut Frau«. Sie war so verblüfft, daß sie erst einmal nicht antwortete.
Er zog sein Fahrrad aus dem Graben, betrachtete es, sah sehr wohl, daß da an kein Fahren mehr zu denken war, und sagte mit dem traurigsten Gesicht, das die Lisa je in ihrem Leben gesehen hat: »Ganze Pedale verbogen.« Das wiederholte er mehrmals, weinend, verzweifelt, sein einzig Hab und Gut betrachtend. »Ganze Pedale verbogen.«
Die Lisa mußte lachen, und er lachte mit und klopfte sich auf die Schenkel, jetzt vor Erstaunen und Vergnügen und sagte immer wieder »ganze Pedale verbogen«.

Wenn dem Bela oder auch irgendeinem anderen im Dorf später irgend etwas kaputtging, dann sagte er immer »ganze Pedale verbogen«. Bald sagten es alle. Schließlich hieß es im Dorf nicht mehr, »das ist kaputt«, sondern »ganze Pedale verbogen.«
Wenn es je eines Verdienstes bedurft hätte, um hier ein Bleiberecht zu bekommen, der Bela hätte es sich damit verdient, denn er hat dem Dorf ein Stückchen unverwechselbarer Sprache geschenkt, so daß man, wenn irgendwo auf der Welt jemand sagt »ganze Pedale verbogen«, weiß, wo der herkommt.

Der Bela blieb. Und nicht nur diesen Winter, wie er es sich, die Situation blitzschnell einschätzend, schon an jenem Abend vorgenommen hatte. Denn wer weiß, was er in diesen Zeiten hätte anstellen müssen, um sich für ein paar Monate einen Platz im Gefängnis zu sichern. Die Richter waren

wählerisch geworden, was die Vergabe solcher gesuchten Freiplätze betraf.
Was hätte die Lisa da mitten in der Nacht auf der Straße mit diesem Menschen tun sollen? Ihn weiterschicken mit dem Fahrrad, das man nur noch tragen konnte? Ihn in den Nebel hinausjagen, einen Mann, der kräftige Arme hatte und einen freundlichen Schnauzbart, der vertrauenswürdig aussah und den Eindruck machte, daß er an- und zupacken konnte? Und wenn das alles nicht, dann war er doch immerhin ein Mann! Ein stattlicher Mann! Nein, so was verjagt man nicht in solchen Zeiten, wo einen nur die aufs Skelett abgemagerten Hungerleider und die lüsternen, dreckstarrenden Bettelpater heimsuchten.
Sie nahm ihn mit in die Küche, machte einen starken Kaffee, heizte im Ofen etwas nach, setzte sich ihm gegenüber und schaute ihn an, vielleicht wie ein Wunder, denn wenn es etwas im Leben der Lisa gab, wonach sie sich sehnte, dann waren es Wunder.
Kaum anders mag es ihm an dem Abend gegangen sein. Freundlich nickte er seiner Retterin zu und sagte: »Bela.«
Das verstand sie nicht.
»Bela«, wiederholte er. »Bela – Ungarn.«
Aha, das verstand sie. »Ungarn.« Dann wird Bela ein Teil von Ungarn sein, wo er her ist. So was wie Bayern von Deutschland.
»Bayern – Deutschland«, sagte sie.
»Bela«, sagte er, schaute sich hilfesuchend im Raum um und wurde im Herrgottswinkel über der Kücheneckbank fündig.

»Jesus – Maria – Josef«, sagte er, zeigte auf die Angesprochenen und dann auf sich: »Bela.«
»Lisa«, sagte sie mit dem Stolz der endlich Begreifenden und zeigte auf sich.
»Lisa«, wiederholte er andächtig.

»Den Bela«, sagten die Leute, »hat der Lisa der Himmel geschickt.«
So war es auch. Hintereinander waren im letzten Jahr die beiden alten Seidels gestorben, und weil sie keine Kinder hatten und keine anderen Erben, haben sie ihrer langjährigen Magd, der Lisa, den kleinen Hof vermacht. Viel Arbeit für eine alleinstehende Frau mit einem Kind, das noch in die Schule ging. Da kam der Bela gerade recht. Der konnte anpacken, und er packte an. Er hatte von der Bauernarbeit eine Ahnung, er konnte schlachten und Würste machen, er war in allen handwerklichen Dingen geschickt und bald im ganzen Dorf als Helfer gefragt.
Und da er dem Reserl auch noch ein rührender Vater war und es sich ergab, daß die Lisa jetzt auf einmal nicht mehr den Burschen drüben in der Scheune zur Verfügung stand, konnte man meinen, daß da eine ganz glückliche kleine Familie lebte im Seidelhof.
So war der Lisa zwar vom Herrgott nicht ein heiligmäßiges Reserl zur Tochter gegeben worden, aber doch so etwas wie ein Wunder, ein Wunder der zurückgewonnenen Keuschheit.

Jetzt sind Fritz und Karl also die ersten, denen die Lisa im Heu nicht mehr zur Verfügung steht, als sie mit ihrem Inter-

esse soweit sind. Endlich wollen sie einmal wissen, was das genau ist, was sie bis in ihre Träume hinein verfolgt, da sind sie aufs Hörensagen angewiesen und auf die mächtig wuchernde Phantasie. Das macht sie auf die Dauer unzufrieden. Die Mädchen in ihrem Alter wollen von ihnen nichts wissen, finden sie ungelenke, blöde Böcke, und die jüngeren kommen nicht in Frage. Bleibt das Reserl. Das hat ihnen vor Jahren schon bereitwillig sein Schlitzchen gezeigt. Aber seit es fast heiligmäßig geworden wäre, ist es so sittsam, daß es ihnen höchstens noch seine neuen Stiefelchen zeigt, die ihm der Bela aus der Kreisstadt mitgebracht hat.
Fritz bringt aus der Stadt manchmal Fotos mit, auf denen nackte Frauen abgebildet sind. In der Domberggasse, unten drin in einem Hotel, ist ein alter Mann, der schenkt sie ihm und seinen Klassenkameraden, wenn sie sich von ihm in den Hosensack greifen lassen und ihm dabei seinen Zipfel reiben.
Den Karl interessieren die Fotos sehr. Aber die sind an den wichtigen Stellen so abgegriffen, daß man fast nichts sieht. Und fühlen, was anscheinend viele probiert haben, tut man ja auf einem Foto eh nichts.
Als übrigens viele Jahre später der blinde Friedl am Schlaganfall stirbt, findet man bei ihm einen ganzen Haufen solcher Fotos unter seiner Matratze.
Ob den Friedl die Fotos zufriedener gemacht haben als den Fritz und den Karl, ob er einfach in seiner Phantasie genügsamer war, ob es ihm reichte, sie zu betatschen und sich Formen oder sonstwas vorzustellen, weiß niemand. Die beiden jedenfalls verloren bald das Interesse daran, und der Fritz verkaufte die Bilder dem Bela. Mag sein, daß sie durch den beim Friedl gelandet sind.

Fritz und Karl wollen das Lebendige spüren, aber nicht bei einem alten Mann in einem Hotel und auch nicht wie der alte Seidel, der Herr sei ihm gnädig, der ihn immer bei einer Kuh hinten hineingesteckt hat und trotzdem, wie es heißt, mit seiner Frau glücklich und zufrieden lebte, zu keiner anderen ging, wie es der Großvater getan hat, und auch nie ein böses Wort gegen die Seidelin hat hören lassen.
Auf seiner Suche, die ihn so sehr in all seinen Gedanken beschäftigt, daß er schon in den in der Mittagshitze daliegenden Feldern die halbgeöffneten Schenkel einer riesigen Frau sieht, mit dem Haarbuschen, da unten, wo der Höllenwald steht, ist der Karl eines Tages ganz allein, denn der Fritz hat jetzt eine Freundin in der Stadt. Sie heißt Inge, ist die Tochter eines Lehrers an seiner Schule und sicher was Besseres.
»Und machst dus mit der?«
»Ja was glaubst denn du?«
»Ja und?«
»Was?«
»Wie ist das? Erzähl.«
»Da will ich nicht drüber reden.«
Herrgottsakramentnocheinmal, denkt der Karl, da patscht man Jahre lang diese Bilder mit schwitzigen Fingern an und peitscht sich mit tausend Vermutungen die Phantasie gegenseitig auf, bis es einem fast bei den Ohren herauskommt und man die Nächte wach liegt und sich das Kissen zwischen die Beine drückt, dann hat ers endlich getan und will nicht drüber reden.
Er glaubt ihm kein Wort, und das hilft ihm. Wenn die was Besseres ist, denkt er, sogar »Enkelin von einem Oberbür-

germeister«, wie die Frau Schindler zur Großmutter gesagt hat, und »ein Onkel sogar General«, dann macht die es doch nicht mit einer so blassen, dürren, zu lang geratenen, auf Stelzen gehenden Vogelscheuche wie dem Schindler Fritz. Und wenn sie es mit ihm machen würde, er wäre der erste, der drüber reden würde.

Karl ist also jetzt mit seiner Suche allein, und er sucht weiter. Er teilt alle Menschen im Dorf ein in die, die es noch miteinander machen, und die, die es nicht mehr machen, und die, die es noch nie gemacht haben, und die, die es schon gemacht haben. Das ist gar nicht so leicht, einem das anzusehen, ob er schon bei einer Frau gelegen hat, weil man ja nicht weiß, wie so einer aussieht, wenn man selbst noch nicht vor dem Spiegel gestanden und gesehen hat, aha, so siehst du aus, nachdem du das jetzt kennst. Und keiner sagt einem ja was danach. Jeder gibt nur großmächtig an, und man merkt, daß nichts dahinter ist. Aber, denkt sich der Karl, beschäftigen tut es alle, nicht nur dich.

Herrgott, und er würde es am liebsten zuallererst mit dem Reserl machen und dann überhaupt mit keiner anderen, weil er nur das Reserl liebt, aber es ist einfach noch zu klein dafür, und er kann nicht mehr warten. Und vielleicht, denkt er, ist es nicht schlecht, wenn man schon weiß, wie es geht, bis das Reserl mal soweit ist.

Er kommt jetzt aus der Schule, der Karl. Er ist ein kräftiger Kerl geworden. Maria ist dafür, daß er in eine Lehre geht. Er mag aber nicht, weil er nicht weiß, in was für eine. Er arbeitet gern auf dem Hof. Er mag die Bauernarbeit, und er will nicht vom Franz weg und von dessen Erfindungen. Er will

mit dem Franz den Hof bewirtschaften, und was dann später einmal wird, das wird man sehen. Die Großmutter meint, daß man ja beim Franz eh nie weiß, ob ihm nicht plötzlich doch die Spinnerei mit den Erfindungen wichtiger ist als der Hof. Wenn also der Karl dableibt, dann ist für alle Fälle ein Bauer da.
Er selber mag einfach nicht darüber nachdenken. Vielleicht geht er beim Schreiner in die Lehre. Das gefällt ihm schon immer, da war er als Kind schon gesessen und hat gerochen. Ja, vor allem der Geruch dort ist es, der ihn geradezu süchtig macht, der Geruch vom frisch gesägten Holz, von den Sägespänen, vom Harz, das am Sägeblatt heiß wird, von dem dickflüssigen weißen Holzleim, mit dem man die runden Rädchen in die Löcher leimt, wo vorher die Äste waren. Der Staub, den es macht, wenn man die Oberfläche dann schleift, die Maserung des Holzes, deren Struktur man erfühlen kann, wenn man die Augen schließt und sich auf die Fingerkuppen konzentriert, die verschiedenen Farben der Hölzer, Fichte, Ulme, Esche, Linde, Birke, ganz weißes Holz und so weich, daß man mit dem Fingernagel Figuren hineinkratzen kann, rötliches, beiges, hartes, sperriges, unfreundliches Holz. Vielleicht wird er einmal Schreiner. Oder Lastwagenfahrer. Oder Fernfahrer. Oder Zimmermann. Oder doch Bauer. Oder doch Schreiner. Oder doch Lastwagenfahrer. Oder doch Fernfahrer.

Manchmal geht er zu dem großen Parkplatz an der Autobahn hinauf, wo die Fernfahrer halten, Brotzeit machen, Karten spielen, Geschäfte miteinander treiben. Sie kommen aus allen Ländern, die man sich vorstellen kann, und

sprechen die verschiedensten Sprachen. Aber sie verstehen sich. Sie transportieren Orangen und Motoren und Möbel und Schuhe und Maschinenteile und Salami und Mehl und alles, was man sich denken kann. Und am Freitag sind besonders viele da, weil da der Österreicher kommt. Sie nennen ihn den Österreicher. Er hat einen Kleintransporter, da liegt hinten drin nur eine Matratze, und er hat eine kleine, dicke Frau dabei, deren Alter man schlecht schätzen kann. Sie hat ganz blonde Haare und liegt in dem Transporter auf der Matratze. Und der Österreicher verhandelt mit den Lastwagenfahrern oder mit anderen Männern, die hier extra parken, wenn der Österreicher da ist, am Freitag, ehe sie heimfahren zu ihren Familien, über den Preis, den sie zahlen müssen, wenn sie es mit der Frau da drin machen wollen.
Einer nach dem anderen verschwindet dann in dem Transporter, und spätestens nach fünf Minuten schreit der Österreicher, daß jetzt Schluß ist. Dann kommt der nächste dran. Die Lastwagenfahrer bezahlen meistens mit Orangenkisten oder Salami, Wein oder Schnaps, was sie halt haben und was der Österreicher brauchen kann und annimmt. Danach schwatzen sie noch, trinken ein Bier, spielen Karten. Die Männer, die mit den privaten Autos gekommen sind, haben es immer ganz eilig. Sie bezahlen mit Geld, und sie haben Angst, daß man sie erkennt.
Schon als Karl und Fritz noch für den Jean-Pierre die Zigarettenstummel gesammelt haben, gab es den Österreicher. Damals haben sie nicht gemerkt, was der macht. Jetzt zieht es den Karl hin, auf seiner Suche nach dieser verdammten Glückseligkeit, nach der Erfüllung der unzähligen durchwachten Nächte.

Er hat, denn jetzt und heute ist er wild entschlossen, ein Stück Geselchtes aus der Speisekammer genommen und ist hinaufgegangen zum Parkplatz und hält das Geselchte dem Österreicher hin. Der nimmt es, wiegt es in seinen Händen, und es gefällt ihm.

»Bist du sicher, daß es schon was wird?«

Karl nickt, schämt sich etwas und läßt das Gelächter der anderen über sich ergehen. Es muß jetzt sein.

Der Österreicher wirft das Geselchte vorne in den Fahrerraum auf den Sitz und schickt ihn hinten in den Transporter hinein, nachdem er einem Einbeinigen, dem seine Prothese dabei abgegangen ist, vom Wagen geholfen hat.

»Ja, du lieber Herr Jesus, hab ich vielleicht gesagt, ›lasset die Kindlein zu mir kommen‹!?« schreit die Dicke, die mit heruntergezogenem Rock und halboffner Bluse auf der Matratze liegt und nach Schweiß riecht.

»Also, dann geh einmal her da, in Gottes Namen, schaun wir mal.«

Draußen begleitet Männergelächter von guten Ratschlägen durchsetzt ihr Tun. Karl ist längst halb von Sinnen und will es nur noch hinter sich bringen, wenn es nun heute schon einmal sein muß, wenn es nun schon einmal soweit gediehen ist.

Ihm ist schlecht, sein Herz rast, sein Hirn rattert, seine Knie zittern, seine Hände schwitzen, sein Rücken friert. Er kniet sich zu ihr, sie wirft ihn einfach auf den Rücken, macht ihm den Hosenstall auf, faßt hinein und bricht in furchtbares Gelächter aus, das ihren ganzen üppigen Körper durchschüttelt und die dicken Brüste, die wie kleine Mehlsäcke aussehen, aus der Bluse fallen läßt.

Und von draußen wieder die Ratschläge.
Sie rubbelt jetzt grob an ihm herum, denn irgendeine Arbeit muß sie ja für das Geselchte leisten. Das kann ich selber viel besser, denkt er. Und es bringt sie und ihn auch nicht weiter. Also nimmt sie seine Hand, zieht sich den Rock hoch und schiebt sie zwischen ihre Schenkel. Er fühlt etwas Feuchtes, Haariges. Das ist es also, das Wunder der Frauen. So fühlt sich das an! Davon haben die abgegriffenen Fotos nichts vermittelt. Das ist es, was alle beschäftigt, was sie alle tun, wovon sie alle reden, was sie bei der Lisa im Heu gesucht haben, wovon sie träumen, wofür sie bezahlen, wenn sies nicht umsonst kriegen. Er ist nicht sonderlich überwältigt davon, aber sein Hirn scheint seinem Unterleib etwas anderes, Wundervolleres zu sagen, denn es wächst plötzlich trotz ihrer groben Hände.
Sie gibt die Nachricht, daß es wohl doch noch was werde, lautstark nach draußen, und die Information wird mit Gelächter belohnt. Sie rubbelt weiter. Er weiß, daß er jetzt da hineinmuß, weiß aber von sich aus nicht recht, wie es dazu kommen soll. Er kriecht über sie, zwischen ihre Schenkel, die sie jetzt öffnet, wie er es bei der Lisa im Stadel einmal gesehen hat, als sie sich versteckt haben, oben im Heu.
Dann überkommt es ihn, und er spritzt ihr alles über die Hand und auf ihren Rock. Wütend schubst sie ihn weg, schüttelt ihre Hand aus und schreit.
»Du kleine blöde Drecksau du! Bring mir ja keine solche kleine Drecksau mehr!«
Die Männer schütteln sich vor Lachen. Karl reißt aus, schlägt die Plane des Transporters zurück, springt hinab, rennt ins Gebüsch, den Abhang hinunter. Das Gelächter

und ihr Gezeter werden schwächer, er läßt sich erschöpft auf einer Wiese fallen, macht die Knöpfe seiner Hose zu, keucht, ist fix und fertig und denkt, das war es nicht ganz. Aber die Richtung ist klar. So ungefähr muß es sein. Aber es muß wohl Liebe dabeisein, damit es richtig was wird. Liebes Reserl, denkt er, die Katzen stellen sich vor den Kater hin und wackeln mit dem Arsch, wenn sies das erste Mal wollen. Menschen machen das nicht. Zeigs mir halt, sags mir, wenn es soweit ist. Such dir keinen anderen dafür. Ich weiß jetzt, was man tun muß, so ungefähr.
Er steht auf, klopft sich die Hosen ab, will gerade zur Straße hinübergehen, da sieht er den Bela, der sein Fahrrad ins Gebüsch legt und zum Autobahnparkplatz hinaufschleicht.

15

So ein heisser, erbarmlungsloser Sommertag scheint dem Franz in der Stadt überhaupt nicht erträglich zu sein. Schon gar nicht heute, an diesem rabenschwärzesten Tag seines Lebens. Die Straßen dampfen, atmen schwer und werfen die Menschen in Massen in die Erfrischung und Abkühlung versprechenden Anlagen und Biergärten. Schulkinder finden die Portale ihrer Schulen geschlossen vor, blasse Büromenschen verlassen fluchtartig ihre Arbeitsplätze, Ämter kommen zum Erliegen, und Läden schließen einfach. Hitzefrei.

Wie betäubt, schweren Schrittes, wie ein Betrunkener, schleppt sich Franz die Straße entlang, an deren Ende hohe, sattgrüne Bäume dem Verdurstenden eine Oase versprechen. Er würde jetzt an ein großes Bier denken, mit einer schönen Schaumkrone, wären da nicht die letzten zwei Stunden, die sein Innerstes aufwühlen, sein Hirn martern und jeden Glauben an irgendeine Gerechtigkeit im Leben vergiften.

Nachdem die Herren geschrieben hatten, er solle erst einmal mit seinen Plänen und Unterlagen in die Stadt kommen, sein Modell könnten sie sich ja dann nach Bedarf immer noch ansehen, hat er sich also auf die Reise gemacht. Mit dem Traktor ist er zum Bahnhof hinübergefahren. Im Zug hat er sich noch einmal alle seine Pläne angeschaut, hat sich eine Ansprache an die Herren zurechtgelegt.

Vom wunderbaren Herrn Ingenieur wollte er sprechen, von dem Vertrauen, daß der in ihn gehabt habe, von der Aufgabe, die er nach dessen Tod verspürt habe, diese grandiose Erfindung des Herrn Ingenieurs zu einem Ende zu führen. Von den vielen Regentagen und den Wochenenden und den Nächten, die er an der Sache gearbeitet hatte, wollte er ihnen berichten. Seine Entscheidung, das Modell erst einmal auf die Kleinstadt zu übertragen, weil das für ihn überschaubarer gewesen war, wollte er erwähnen, und daß er sehr wohl wisse, daß man mit anderen als seinen technischen Möglichkeiten das alles natürlich verfeinern könne, das wollte er nicht unerwähnt lassen. Und am Ende wollte er die geradezu aufwühlende, für den Fremdenverkehr einzigartige, vom Herrn Ingenieur seinerzeit als »revolutionär« bezeichnete Idee preisen. Voller zurechtgelegter Sätze, an denen er immer wieder kleine Korrekturen anbrachte, um sie flüssiger, verständlicher, vielleicht auch städtischer zu machen. Bis zum Hals mit seiner schriftdeutschen Ansprache angefüllt, daß ihm das Herz klopfte, war er vom Bahnhof aus zu der Adresse gegangen. Auf einem lächerlichen, verwitterten, stockfleckigen Plan, der im Bahnhof in einem nicht einmal wasserdichten Kasten hing, hat er sich Orientierung verschafft.

Das Büro der Herren war in einem stattlichen Haus im fünf-

ten Stockwerk. Mit einem Aufzug fuhr er hinauf, klingelte und wurde von einer dünnen jungen Dame begrüßt, die, nachdem er auf seinen Termin mit den Herren hingewiesen hat, lächelte und ihn bat, doch dort auf diesem Stühlchen im Flur Platz zu nehmen, denn die Herren hätten noch ein wichtiges Telefongespräch mit Übersee.
Da saß er nun, starrte durch ein Fenster auf ein vom Krieg zerstörtes Haus, das mühsam durch eine Balkenkonstruktion vor dem gänzlichen Zusammenfall bewahrt wurde, und hörte in der Tat einen Herrn auf amerikanisch telefonieren.
Übersee. Amerika. Über solche Verbindungen verfügten diese Herren. Das machte ihm Mut. Er schloß die Augen und sah Wolkenkratzer. Der Stadtorientierungsplan von Manhattan, hatte der Herr Ingenieur immer gesagt, sei besonders leicht herzustellen, denn da gingen die Straßen alle gerade, ständen in einem rechten Winkel zueinander. Womöglich würde ihn seine Erfindung bzw. die des Herrn Ingenieurs, die ja jetzt zweifelsohne seine war, nach Amerika bringen und auch sonst in die Welt.
Wenn man bedenkt, wie viele Städte es in der Welt gibt. Und überall ist der Besucher fremd, steht am Bahnhof oder am Flughafen, hat eine Adresse, den Namen einer Straße, eine Hausnummer und weiß nicht, wie er da hinkommen soll. Ein Druck auf das die gesuchte Straße bezeichnende Knöpfchen, und schon weisen ihm freundliche kleine Lämpchen den Weg. Und das überall in der Welt.
Er sah sich im Mittelpunkt einer wunderbaren Zukunft. Er würde mit der Fanni in die Stadt ziehen und in einer solchen Wohnung wohnen, in die man mit einem Aufzug

fährt. Er würde Reisen machen, überallhin, wo man seine Erfindung brauchte. Er würde mit ein paar geschickten Mechanikern den Bedarf decken. Er würde Geld haben und die Fanni überallhin mitnehmen. Sie würden gute Kleider tragen. Selbstverständlich würden sie ein Auto haben. Vielleicht auch ein schönes Haus mit Garten und Schwimmbad und einer Garage. Man würde ihn schätzen. Und er würde neue Erfindungen machen.

Er träumte, und er hatte auch genug Zeit dazu, denn die Telefonate der Herren mit Übersee dauerten mindestens eine Stunde.

Einmal wurde er aus seinen Träumen gerissen. Ein junger Mann, der sich später als einer der beiden Herren herausstellte, kam aus dem Zimmer, ging zu einer Toilette am Ende des Flurs, ohne den Franz auch nur eines Blickes zu würdigen. Man hörte seinen Pinkelstrahl in die Porzellanschüssel plätschern und dann die gurgelnde Wasserspülung. Er kam wieder heraus, machte sich, während er am Franz vorbei ging, der schon aufstehen, sich vorstellen wollte, seinen Hosenstall zu und verschwand wieder in dem Zimmer, in dem die Stimme des älteren Herrn, sie waren nämlich Vater und Sohn, wie das Firmenschild draußen verriet, immer noch amerikanisch telefonierte.

Wieder pochte dem Franz das Herz, und es überkam ihn eine kleine Wehmut, weil er kein Wort von dem verstand, was da am Telefon gesagt wurde. Das würde er wohl als erstes lernen müssen. Und noch etwas trübte seinen Blick auf die geträumte Zukunft. Er war sich nicht sicher, ob er ohne Angst in so ein Flugzeug nach Amerika steigen würde.

Dann bat ihn das Fräulein zu den Herren in das klare, über-

sichtliche Büro, das so gar nicht aussah wie das des Herrn Ingenieurs. Keine Pläne und Skizzen an den Wänden, keine überquellenden Schubladen, keine Modelle irgendwelcher Erfindungen, keine Stapel abgelegter Informationen, keine Bücher, Nachschlagewerke, nicht einmal Ordner zum Abheften all der Vorgänge, die doch unerläßlich sind, um ein Minimum an Ordnung in die verwirrende Gedankenwelt eines Erfinders zu bringen. Nein, schoß es ihm durch den Kopf, Erfinder sind das nicht. Aber warum sollten sie welche sein? Wären sie welche, sie hätten doch selbst diesen Orientierungsplan erfunden.
Sie gaben ihm beide die Hand, baten ihn, sich zu setzen, auf das einzige Stühlchen, das gegenüber dem großen Schreibtisch stand, an dem der Vater saß. Franz setzte sich, hielt sich instinktiv an den Vater, der ihn freundlich anlächelte, während sich der Sohn, die Beine übergeschlagen, rauchend auf der Fensterbank lümmelte.
Vom Vater ermuntert, begann Franz seine vorbereitete Rede. Wie er es sich zurechtgelegt hatte, sprach er vom Herrn Ingenieur und dem ihm von der Witwe überlassenen Vermächtnis und schließlich seiner Arbeit über das letzte Jahr hinweg. Der ältere Herr lächelte, der junge trommelte unruhig mit den Fingern am Fensterbalken, was den Franz so nervös machte, daß er immer mehr in seinen Dialekt verfiel, was zu vermeiden er sich doch so vorgenommen hatte. Als er über die Erfindung selbst sprach, unterbrach ihn der ältere Herr.
»Kommen Sie mit, junger Mann, wir wollen Ihnen etwas zeigen.«
Bangen Herzens, Angstschweiß im Genick, folgte er den

beiden in einen Nebenraum. Warum haben sie ihn nicht ausreden lassen? Was war das für ein spöttisches Lächeln im blassen, ungesunden Gesicht des Jüngeren?

»Bitte schön, sehen Sie selbst.«

Er sah es.

Und es erklärte schlagartig alles. Die Ungeduld, das Trommeln der Finger am Fensterbalken, das spöttische Lächeln, das lange Warten da draußen, die Telefonate nach Übersee. Chromblitzend eingefaßt, auf einem sauber gezimmerten Sockel, als einziger Gegenstand in diesem Raum wie auf einer Ausstellung präsentiert, wie ein Denkmal, stand da, was der Herr Ingenieur und er sich als Endprodukt am Ziel aller Arbeit, als Summe aller durcharbeiteten Nächte wie das rettende Licht nach langer Irrfahrt vorgestellt hatten. Ihre Erfindung, in der Perfektion, die das Endziel war. Es verschlug Franz den Atem. Blitzschnell stellte er im Geiste seinen Apparat daheim in der Scheune neben diesen, und er unterschied sich wie eine Bauernmagd von einer Schönheitskönigin. Wo bei ihm plumpe Schweißnähte noch nicht einmal glattgefeilt waren, blitzte hier Chrom, während bei ihm der von ihm selbst gemalte Plan der Kreisstadt hinter der Glasscheibe bereits zerknittert war, schien hier der perfekte Stadtplan der Großstadt mit der glänzenden Glasscheibe geradezu identisch zu sein. Wo bei ihm ein Dutzend klobiger Klingelschalter, auf eine Sperrholzplatte geschraubt, handschriftlich mit den wichtigsten Straßennamen der Kreisstadt versehen, als Extrakasten an den Apparat drangeschraubt waren, prangte hier, in die Glasplatte integriert, neben den gedruckten Straßennamen eine Perlenkette von kleinen weißen Druckknöpfen, auf denen der jüngere Herr jetzt lässig spielte, wie er, der Franz, das daheim auf seiner Ziehharmonika mit den Bässen tut, wenn er einen Ländler spielt. Und es war wie eine stumme Musik, als kleine, winzige Lichter über die Scheibe eilten, dahin, wo sie die Druckknöpfe wiesen, nach Berg am Laim, nach Giesing, zum Herkomer-Platz, in die Au. Ja, so hatte es der Herr Ingenieur Hunderte von Malen beschrieben. So war es auch von ihm gezeichnet, so war es geplant, so sollte es am Ende einmal aussehen, nur hatte er, der Franz, doch nicht die Möglichkeiten, das so zu bauen. Aber wie waren die Herren an diese Erfindung gekommen?

»Ihr habt die Erfindung gestohlen!«

Die beiden Herren schauten sich an. Der ältere Herr lächelte.

»Ich muß Sie doch sehr bitten!« sagte er ruhig.

Schlagartig wurde dem Franz klar, daß er verspielt hatte. Diese Herren waren mächtig, die hatten diese Erfindung, wie auch immer sie daran gelangt sein mochten, längst raffiniertest bauen lassen. Die telefonierten schon nach Übersee. Die verkauften der Welt bereits, was bei ihm daheim in der Scheune als nutzloses Monstrum stand und ihn allein durch seine Existenz schon für alle im Dorf zum Narren machte. Nein, hier war nichts mehr zu tun. Schweiß brach ihm aus, das Herz schlug zum Platzen. Hätte er ein Beil in der Hand gehabt, er hätte ihnen ihren wunderschönen Apparat in Stücke geschlagen.

»Das ist bereits in Serie gegangen«, sagte der jüngere Herr, »das kaufen schon Hongkong, Kairo und New York.« Doch das hörte der Franz schon nicht mehr. Er rannte hinaus, den Gang entlang, an der jungen Frau vorbei, ins Treppenhaus,

die fünf Stockwerke hinunter, keinen Aufzug abwartend, sich nicht dem Hohn der dort die Stockwerke anzeigenden Druckknöpfe aussetzend, und fand sich heftig keuchend, als sei er gerade seinem Mörder mit letzter Mühe entkommen, auf der Straße wieder.
Luft brauchte er jetzt, doch die Luft dieser Stadt war verbraucht, von der unsäglichen Hitze in diesen Straßen aufgefressen. Er strebte dem Englischen Garten zu.

Da scheinen heute alle Menschen dieser Stadt hinzugehen. Als habe man sie dazu aufgefordert, um sie alle zählen und feststellen zu können, wie viele Einwohner noch zur heftig ersehnten Million fehlen. Sie strömen an ihm vorbei. Alte Leute an Stöcken, Kriegsversehrte, an Krücken munter ins Grüne springend, junge verliebte Paare, Familien mit Kinderwagen, Väter mit Kindern auf den Schultern, fast alle mit Taschen oder Körben, in denen sie ihre Brotzeit mit sich tragen. Sie lassen sich auf den Wiesen nieder, bevölkern das Ufer des Baches, der träge dahinfließt, als sei es auch ihm zu heiß. Sie breiten Decken aus, auf die sie zierliche blauweiß gewürfelte Tücher legen, um darauf wiederum ihren Proviant auszubreiten. Sie lassen sich erschöpft nieder, entblößen sich bis zur Grenze des Schicklichen, scheinen unendlich Zeit zu haben.
Und er?
Daheim liegt die Ernte zum Einfahren bereit auf dem Feld. Ein Gewitter, das jederzeit herunterkommen kann, würde auf Tage hinaus alles durchnässen. Heute hätte er das Getreide einbringen müssen. Statt dessen läuft er hier nutzlos mit den Trümmern seiner Träume zwischen Menschen herum,

die dem Herrgott die Zeit stehlen. Aber wollte er nicht noch vor ein paar Stunden einer von ihnen sein, ihr Nachbar in einem der großen Häuser, in denen man in einem Aufzug zur Wohnung hinauffährt, oder draußen in den grünen Vierteln mit einem Haus und einem Garten und einer Garage und einen Schwimmbad, in dem die Kinder fröhlich plantschen? Hätte er nicht den ganzen großen 50-Tagwerkhof und alles hergegeben für ein solches Leben, wie diese hier es leben? Aus auch dieser Traum, wie alle anderen. Wie der von einer Familie zum Beispiel. Sie werden nie eine Familie sein. Die Fanni kriegt kein Kind. Gleich nach der Hochzeit waren sie recht gut miteinander, fast wie damals, am Anfang, in Regensburg über der Bahnhofswirtschaft, da haben sie sich eins gewünscht. Ganz närrisch war sie eine Zeitlang nach ihm, grade so, als müßte sie sich für dieses Landleben, das nicht das Leben war, das sie sich mal erträumt hat, entschädigen. Kaum haben sie im Bett gelegen, ist sie über ihn hergefallen, ob er müde war oder nicht. Und ganz lange hat er in ihr drinbleiben müssen, weil nur so, hat sie gesagt, kommt es zu einem Kind. Es kam aber zu keinem. Auch nicht, nachdem sie einmal mitten in der Nacht zu ihm in den Schuppen gekommen ist, wo er bastelfiebrig an der Erfindung arbeitete, und sich einfach über ihn hergemacht hat. Auch auf der Hobelbank wurde kein Kind gezeugt.
Ob es an ihm lag? Er hatte ihr versprochen, mal mit dem Doktor zu reden, hat es aber nie getan. Als dann die Mutter anfing, gute Ratschläge zu geben, die ihr alle möglichen alten Weiber einredeten, wollte die Fanni nichts mehr von einem Kind wissen. Seither liegen sie stumm nebeneinader

im Bett, und wenn er sich ihr nähert, sagt sie, sie wolle das nicht mehr, wenn man das nur noch tue, um ein Kind zu bekommen. Einmal hat er sie gezwungen. Sie hat es stumm zugelassen, und es hat ihn daran erinnert, wie es immer bei der Lisa drüben im Heu war, wo er auch hingegangen ist, nach seiner Rückkehr aus Regensburg und ehe der Bela auftauchte, ach ja, und auch noch danach.

Jetzt kauft er sich an einem Stand beim Chinesischen Turm eine Maß Bier, findet im vollen Biergarten an einem Tisch mit alten, Zigarren rauchenden Männern einen Platz, und es sausen ihm die Bilder der letzten Stunde durch den Kopf. Und vieles andere auch, und alles recht durcheinander. Es ist, als schwimmen viele Fetzen von zerrissenen Fotos auf dem Bier, das schon seinen Schaum verloren hat und wegen der Hitze schnell getrunken sein will.

Die Männer erzählen vom Krieg und von vorm Krieg und vom Krieg davor und auch von der Zeit vor diesem Krieg. Und sie sind froh, daß sie wieder deutsche Soldaten durch ihre Stadt marschieren sehen. Denn warum sollen sie sich die Finger, die Hände, die Zehen und das halbe Hirn weggefroren haben in zwei Kriegen, wenn die jungen Leute das Wirtschaftswunder einfach so bekommen, ohne Opfer dafür zu bringen?

Sie haben Lodenjacken mit Hirschhornknöpfen an, feine Hosen oder Ledernes bis zum Knie, am Hosenstall reichlich verziert. Sie hängen die Jacken über die Stühle, tragen darunter Trachtlerhemden und bunte, meistens rosafarbene Krawatten. Sie haben feine Hände mit goldenen Ringen dran, in die Hirschgrandel eingelassen sind. Und Gehstökke haben sie neben den Stühlen stehen oder zwischen die

Beine geklemmt, die wenigstens, die noch zwei Beine haben, und sie trinken mitgebrachten Schnaps aus zusammenlegbaren Zinnbechern, die sie aus Lederetuis holen. Mit Messern, deren Griffe aus Hirschgeweihen gemacht sind, schneiden sie Geselchtes, und in den Zähnen haben sie goldene Plomben. Sie tragen alles das stolz zur Schau, denkt der Franz, was ihre Weiber im Krieg für ein paar Eier und Butter und Brot auf die Dörfer getragen haben, was bei der Mutter in der Kammer im Schrank lag, bis nach dem Krieg die Händler kamen und es für ein paar Mark wieder mitnahmen, zusammen mit Spinnrädern und Bauernschränken und Barockkommoden, um es denen wieder zu verkaufen. Sie sind Doktor oder höhere Angestellte in Ämtern oder im Schlösser- und Seenverband, oder sie haben Trachtengeschäfte oder Tabakläden, und sie stehen sich wieder gut. Ihre Söhne gehen auf Gymnasien und werden Rechtsanwälte oder wieder Doktoren oder Ingenieure. Und die verkaufen dann Erfindungen in die ganze Welt, weil sie die Sprachen lernen von den Ländern, in denen ihre Väter die einen oder anderen Teile ihres Körpers gelassen haben. Und ihre Töchter, denkt der Franz, spielen jetzt wieder auf den Flügelklavieren, die er mit dem Vater und dem Jean-Pierre in die Stadt zurückgefahren hat für den Traktor.
An anderen Tischen haben sich bessere Familien ausgebreitet, denen die Wiesen nicht recht dazu waren. Da kommen Würste und Leberkäse, Weihenstephaner und Obatzter und Rettiche und Radieschen und allerlei Brezeln und Bauernbrot, wie sie ihr Stadtbrot nennen, zum Vorschein, und man möchte es nicht glauben, daß dieselben Leute vor gar nicht

so langer Zeit einmal der Hunger auf die Dörfer zum Betteln und Hamstern getrieben hat.

Das Bier läuft hektoliterweise an der Zapfstelle, wo man sich in einer langen Schlange anstellen muß. Der Franz holt sich noch eine Maß, das tut ihm gut und versöhnt ihn mit diesem elendigen Tag, der langsam zur Neige geht.

Wieder denkt er mit Wehmut an die Fanni, und er schaut neidisch an die Tische hinüber, wo junge Familien sitzen, kleinere und größere Kinder neben sich, Buben in feinen Lederhosen, Mädchen mit steifen Kleidern und Zöpfen mit bunten Schleifen drin. Die sehen alle miteinander nicht verhärmt aus. Die lachen und sind fröhlich und genießen die leichte Kühle des späten Nachmittags.

Nicht ich, denkt er, die Fanni ist es, die zu denen gehört. Vielleicht wäre sie mit einem dieser Männer, die in der Frühe in ihr Büro gehen oder in ihre Praxis und am Abend heimkommen und glatte saubere Hände haben, glücklicher geworden als mit ihm. Vielleicht hätte sie mit so einem Kinder und ein paar Pfund mehr auf den Rippen und auch einmal ein Lachen und eine Trachtenbluse an, aus der sie oben üppige Brüste rausschauen lassen könnte. Auf dem Dorf, das sieht er, geht die Fanni ein. Sie kommt ihm vor wie ein Baum, der langsam abstirbt, der jedes Jahr mehr dünne Äste mit den Blättern des Herbstes abwirft, um irgendwann nicht mehr zu sein als ein dürrer Stecken in der Landschaft, den der nächste Sturm umwirft.

Der Platz bei den alten Männern ist besetzt. Der Franz setzt sich an einen anderen Tisch. Er trinkt, starrt in sein Bier, sammelt wieder all seine Wut zusammen und wird plötzlich durch etwas abgelenkt.

An seinem Tisch kommt, mit Bier und Brezeln in der Hand, ein Mann vorbei, den er kennt. Schon will er ihn rufen, hinterhergehen, ihn begrüßen, da hält ihn das, was der Mann jetzt tut, zurück. Er setzt sich zwei Tische weiter zu einer blonden Frau und zwei Kindern. »Pappa, Pappa«, sagt das kleine Kind, das bei der Frau auf dem Schoß sitzt und nach den Brezeln angelt.
Woher kenne ich die Frau? denkt der Franz. Der Mann bricht kleine Stücke von der Brezel ab, gibt sie dem Kind und auch dem Mädchen mit den Zöpfen, das neben ihm sitzt. Dann reicht er der Frau das Bier. Sie trinkt, setzt ab, hat den Mund voller Schaum. Liebevoll wischt ihn ihr der Mann mit dem Handrücken ab, wobei sie kleine Küßchen darauf plaziert, so daß der Mann die Hand länger als nötig dort ruhen läßt. Dann trinkt er auch. Aus einem Korb, den er neben sich hat, holt der Mann jetzt Brot und Käse und eine Limoflasche für die Kinder und zwei Becher. Er gießt ihnen ein. Ein glücklicher Familienvater, der Herr Hochwürden, durchfährt es den Franz, der den Mund nicht mehr zubringt. Hat das Kleine nicht »Pappa« zu ihm gesagt? Gibt es einen Zweifel? Nein, er hat ihn genau gesehen. Und wenn er ihn jetzt auch nur noch im Profil sieht, dann kann es dennoch gar keinen Irrtum geben. Es ist der Herr Hochwürden, der Pfarrer, mit der Frau, die er bei der Hochzeit von Franz und Fanni dabeigehabt und als eine Verwandte aus der Stadt vorgestellt hat.
Es heißt, daß er demnächst in die Stadt versetzt werden soll, in ein höheres Amt in der Diözese. Da sitzt er, der Herr Hochwürden, von dem die Mutter immer sagt, »der, der wird noch mal Bischof oder Kardinal oder vielleicht sogar Papst.«

Tausend Gedanken schießen dem Franz durch den Kopf. So ist die Verwandtschaft also! Das Kind sagt Pappa zum Herrn Pfarrer!
Ob er der einzige im Dorf ist, der das weiß? Ob der auch der Vater von der älteren Tochter ist? Ob er jetzt einfach hingehen soll und grüß Gott sagen? Grüß Gott, Herr Hochwürden. Nein, das kann er nicht. Der würde sich in den Boden schämen. Aber er könnte ihm ja sagen, daß er dieses Geheimnis für sich behält. Eben. Warum soll er nicht hingehen. Er könnte ja so tun, als würde er die Kinder für die Kinder der Frau und den Pfarrer für den Onkel halten. Er schaut sich die Frau an. Eine schöne Frau, das ist ihm damals schon aufgefallen. Aber damals hat er sich nichts dabei gedacht. Sie hat ein fröhliches Lachen. Die ist mit dem Vater ihrer Kinder glücklich.
Lieber Herrgott, wenn es dich gibt, warum verordnest du so einem, daß er keine Frau und keine Familie haben darf, und er hats doch, gegen deinen Willen, und du läßt ihn glücklich sein. Und von unsereinem verlangst du es mit dem heiligen Ehesakrament, daß wir uns fortpflanzen, und du läßt uns im Stich. Was hast du denn für ein Durcheinander in dem, was du willst und sagst?
Er muß dran denken, wie er vor der Hochzeit mit der Fanni zum Gespräch bei ihm war. An den Biertischen der Verheirateten erzählt man von diesen Gesprächen, daß da Brautpaare zur letzten Keuschheit vor dem Hochzeitstag ermahnt wurden, obwohl die Frauen schon im dritten Monat waren und die Pfarrer es schon hätten sehen müssen, wenn sie einen Blick dafür hätten. Bei ihm war das anders.
Er hat sie beide eine Zeitlang angeschaut und hat dann ge-

sagt: »Seid halt gut miteinander. Redet miteinander, wenn ihr glaubt, es geht einmal nicht mehr. Denkt daran, daß keiner von euch der bessere Mensch ist. Auch wenn es Situationen gibt, wo sich das einer einbildet. Dann hat der eine nicht mehr Recht als der andere. Denkt daran. Und wenn ihr Kinder habt, dann seid auch mit denen gut. Die habens verdient, einfach, weil sie Kinder sind. Das wollte ich euch sagen. Sonst sag ich nichts. Alles andere wißt ihr ja eh, meine ich. Es ist was Seltenes geworden, daß zwei Menschen, die heiraten, sich auch lieben. Behaltet euch das. Also, seid gut miteinander.«

Er, der Pfarrer, und seine Wie-auch-immer-Frau und die zwei Kinder sind gut miteinander, das sieht man, denkt der Franz neidisch, und es will ihm das Herz zerfressen. Nicht, daß er und die Fanni unrecht miteinander wären. Sie streiten nicht, sie leben nebeneinander, gerade so, wie wenn der andere gar nicht da wäre. Sie sind wie der Vater und die Mutter miteinander. Das ist rundherum normal. Er kennt, wenn ers bedenkt, überhaupt kein Paar im Dorf, bei dem es anders wäre.

Damals, als es eigentlich eine Sünde war, wie sie über der Wirtschaft im Bahnhof in Regensburg gelebt haben, da war es anders. Da hat man sich gefreut, wenn man heimgekommen ist, und der andere war da. Da hat man vor Freude gezittert, wenn man die Treppe hinaufgelaufen ist, um ganz schnell diesen warmen Körper des anderen zu spüren. Aber jetzt?

Vielleicht ist es nur als Sünde richtig. Er dort lebt in der Sünde, muß sich verstecken, darf es keinem Menschen auf der Welt sagen, daß er eine Familie hat, und er ist glücklich, daß man es bis da herüber spüren kann. Nein, sagt sich der Franz, ich hätte die Fanni nicht heiraten dürfen. In der Sünde hätten wir leben sollen. Glücklich sind nur die, die in der Sünde leben. Wie der Herr Schindler mit seiner Wirtin drüben zum Beispiel. Oder wie es bei ihm selber war, als er als junger Kerl über die Dörfer ist zu den Frauen, deren Männer im Krieg waren. Und dann das Glück mit der Fanni. Obwohl, das hat ja damals am Ende auch den Teufel gehabt, Herrgottnocheinmal. Wut hat er, hinübergehen möchte er zu ihm und es ihm ins Gesicht sagen: Warum hast du uns vor dem Altar getraut, du, der du das Sakrament der Ehe selbst verhöhnst!

Nein, das ist der Neid, der paßt nicht zu ihm. Das Bier und die Schwüle, die immer noch über dem Biergarten hängt, bringen ihm sein Denken durcheinander. Und ist es denn nicht eine Unnatur, daß man von den Geistlichen die ewige Keuschheit verlangt? Ist es darum nicht grade recht, daß er sich dagegen wehrt, daß er tut, was er mag?

Er holt sich noch eine Maß, geht nicht dort drüben am Tisch vorbei, will nicht gesehen und erkannt werden.

Hat er nicht mit der Sünde immer gut gelebt? Es sei Christenpflicht, gegen den Feind in den Krieg zu ziehen, hat der damalige Pfarrer von der Kanzel gesagt. Und ein anderer in einem Nachbarort hat das Gegenteil gesagt, und sie haben ihn ins KZ hinüber gebracht. Und er selber hat sich den Daumen abgehackt, eine Sünde begangen, sich selbst verstümmelt und hat überlebt. Die anderen, die gehorsam waren, auch die ganz jungen von seinem Jahrgang, die sind fast alle gefallen. Er kennt überhaupt nur den einen in dem Eisenwarenladen in der Kreisstadt, und dem fehlt ein Arm.

Und jetzt da herum, all die Leute. Wie viele werden dabei sein, die es gemacht haben wie er, die sich versteckt haben, geflohen sind, ins Ausland vielleicht, und jetzt erst wiedergekommen sind? Sie waren ungehorsam und leben und sitzen zufrieden da und fressen und saufen und stehlen dem Herrgott die Zeit. Und die Gehorsamen sind tot.
Nein, er wird nicht hinübergehen. Er wird sich nicht zu erkennen geben. Er mag den Pfarrer. Er will ihm nicht die Angst einjagen, daß es jetzt das Dorf erfährt. Und er nimmt sich vor, es niemandem zu sagen, es als sein Geheimnis zu bewahren, zu schweigen wie ein Grab.
Und er wird überhaupt seine Geheimnisse haben. Er wird es machen wie der Herr Schindler und wie es der Vater ja auch nicht anders getan hat, als er so alt war wie er. Er wird wieder über die Dörfer ziehen. Er wird sich eine Frau suchen, eine Geliebte. Herrgott, er ist noch keine dreißig Jahre alt!
Jetzt brechen die da drüben auf. Sie packen die Sachen ein, der Pfarrer nimmt die Kleine auf die Schulter und die blonde Frau an der einen Hand und die ältere Tochter an der anderen. Da geht er hin, mit seiner glücklichen Familie, der Herr Hochwürden.

Als Karl von der Schule heimkommt, schleppen sie gerade den Traktor in den Hof. Schlimm sieht er aus, vorne alles eingedrückt, eine Achse gebrochen. Der Großvater steht hilflos da und flucht, wie es der Karl noch nie gehört hat. Er rennt ins Haus.
»Was ist mit ihm?«
»Nichts«, sagte die Großmutter, »besoffen war er, sonst nichts.«

»Der ist immer noch besoffen«, sagt die Fanni, als ginge sie das alles weiter gar nichts an.
»Was ist mit der Erfindung?«
»Nichts«, sagt Maria, »was soll damit sein?«
»Kein Mensch braucht eine solche Erfindung«, sagt die Großmutter.
Karl rennt hinaus, gespannt und voller Sorge, die Treppe hinauf zu seiner Kammer. Er geht hinein. Da liegt der Franz auf dem Rücken, über und über im Gesicht und am Oberkörper voller blauer Flecken. Er stöhnt leise.
»Franz! He, Franz!«
Der antwortet nicht.
Karl geht wieder hinunter in die Küche, wo der Großvater den Frauen gerade vorrechnet, was das alles kostet, an Reparatur, an Ersatzteilen.
»Das kann er ja selber machen«, sagt der Karl.
Daran mag wohl im Moment keiner glauben. Langsam erfährt er, was passiert ist. Der Franz muß sehr betrunken aus der Stadt gekommen sein, mitten in der Nacht. Als er dann mit dem Traktor vom Bahnhof rübergefahren ist, muß er an der Kurve, in der die Brücke über die Mauker geht, vom Weg abgekommen und den Abhang hinuntergefallen sein.
»Da hat er Glück gehabt, daß er nicht unter den Traktor gekommen ist, sonst wär er jetzt tot«, sagt die Großmutter.
Man weiß ja nicht, was in der Stadt passiert ist, ob er sich vor Freude oder aus Verzweiflung betrunken hat. Keiner weiß das. Und es scheint auch keinen außer ihn zu interessieren.
»Wer hat ihn gefunden?« fragt er.
»Der Herr Pfarrer«, sagt seine Mutter.

»Wissen möchte ich, warum der in aller Herrgottsfrühe aus der Stadt kommt«, sagt die Großmutter.

Drei Tage liegt er so in seiner Kammer. Er will keinen Doktor sehen und auch sonst niemanden. Der Großvater leiht einen Traktor, und sie fahren die Ernte ein. Am Sonntag in der Frühe, als sie aus der Messe heimkommen, begegnet ihnen der Franz. Ohne auch nur einen von ihnen anzuschauen, geht er über den Hof zum Schuppen. Karl ahnt Schlimmes und rennt hinterher. Franz geht in den Schuppen, nimmt das Beil und drischt, ohne zu fluchen, ganz stumm, auf die Stadtplanerfindung ein. Das Glas klirrt, das Sperrholz splittert, die Drähte springen aus ihren Lötstellen, der geschweißte Rahmen verbiegt sich, die Glühbirnchen sausen durch die Luft. Karl wagt nicht, ihm zu nahe zu kommen. Als sei auch in der Zerstörung ein System, gibt Franz nicht auf, bis der Apparat nahezu bis zur Unkenntlichkeit zerstört ist. Er scheint überhaupt nicht aufgeregt zu sein. Kein Ton, kein Fluch, kein Keuchen kommt über seine Lippen. Irgendwelche fernen Kräfte scheinen ihn zu leiten. Es ist, als stünde da ein anderer als er, um das Werk so vieler Nächte zu zerstören.
Schließlich legt er das Beil weg, dasselbe, mit dem er sich damals den Daumen abgehackt hat. Er geht hinaus und ist fortan ein anderer.
Er tut seine Arbeit, redet nur noch das Nötigste, verläßt das Ehebett und zieht wieder in seine alte Kammer. Er kauft sich ein Motorrad, und wenn abends die Arbeit getan ist, verschwindet er. Er bastelt und baut und erfindet nichts mehr. Er fährt über die Dörfer, geht zu Weibern, heißt es, be-

sucht Nachtclubs in der Stadt, heißt es. Der eine oder andere will ihn da und dort gesehen haben, geredet wird viel, er schert sich nichts darum. Die Fanni erträgt das stumm. Und den anderen bleibt auch nichts anderes übrig.
Es ist, als ginge da ein Fremder bei ihnen ein und aus. Nur manchmal, mitten in der Nacht, wenn er von seinen Ausflügen heimkommt, hören sie ihn leise auf der Ziehharmonika spielen. Aber das sind nicht die Melodien, die sie kennen, zu denen sie singen und tanzen gelernt haben. Es sind traurige Melodien, vielleicht aus einer anderen Welt, in die er sich träumt.

16

Wieder, denkt sie, komme ich zu ihm mit einem Bus. Die freundliche, kleine, hagere Frau mit den zwei Hühnern in einer Kiste auf dem Schoß zeigt hinaus und nickt eifrig. Hier ist es also. Maria steigt aus. Die Sonne blendet sie zunächst. Sie ist die einzige, die hier ausgestiegen ist. Niemand ist zu sehen. Es ist Nachmittag. Sie stellt ihre Tasche ab und schaut sich um. Der Bus fährt wieder ab.

Das Dorf steht auf einem Hügel. Mächtig, auf dem höchsten Platz, mit einer Wiese drumherum, die Kirche, aus dunklen Natursteinen gebaut, eher wie eine Burg aussehend. Sie hat viele solcher Kirchen gesehen in vielen solchen Dörfern, auf der langen Fahrt mit den vielen Stationen.

Vor der Kirche kreuzen sich zwei Straßen, die nach allen Seiten hin den Hügel hinunterlaufen, hier oben aber einen kleinen Platz bilden. Sie sind von flachen, eingeschossigen Häusern gesäumt, die aus demselben Stein gebaut sind wie die Kirche. Nur hier auf dem Platz steht, alle anderen überragend, ein zweigeschossiger Bau. »Hotel« steht auf einem Schild. Unten drin ist ein Friseursalon, dessen Inhaber vor die Tür getreten ist, offensichtlich, um zu sehen, wessentwegen der Bus gehalten, wen er ausgespuckt hat, wer gekommen ist, vielleicht ein Gast für oben, was nicht allzuoft der Fall ist.

Noch weiß Maria gar nicht, wie ihr zumute ist. Drei Tage war sie unterwegs. So viel hat sie gesehen wie in ihrem ganzen Leben zuvor nicht. Mit Zügen ist sie gefahren, deren letzter irgendwann irgendwo endete, mit Bussen, die dasselbe taten, per Anhalter mit Privatautos, kleinen, wackeligen, rostigen Kisten die endlos geraden Alleen entlang, mit Lastwagen über holprige Wege und zuletzt wieder mit einem Bus. Und immer lag auf ihrem Schoß die Landkarte, auf der sie sich eine Luftlinie eingezeichnet, an der sie sich orientiert hat.

Sie hatte ja keine Adresse von ihm. Sie hätte ihm nicht einmal schreiben können, wenn sie überhaupt das hätte schreiben können, was sie fühlte. Sie mußte, als ihr klargeworden war, daß sie ohne ihn nicht mehr leben wollte, schon selbst hierherfahren.

Sie war, wie sie es sich vorgenommen hatte, die Mittwoche weiterhin in die Stadt gefahren, manchmal schon mit dem Frühbus, um einen ganzen Tag für sich zu haben. Aber was waren diese Tage ohne ihn, der alle Wogen glätten konnte, ohne seine Zärtlichkeiten, die sie über der Erde schweben ließen? Immer mehr begann sie sich nach dieser einen Stunde zu sehnen, die ihr zuletzt so unerträglich erschienen war.

Wie egoistisch war sie doch gewesen. Wie sehr hatte sie nur an sich gedacht. Wie wenig hatte sie zu verstehen versucht,

was in ihm vorging, wie seine Zukunft aussah. Warum hatte sie nicht zu ihm gestanden, als der Brief gekommen war? Warum hatte sie ihn so traurig über die Friedhofstaffeln weggehen lassen, ohne wenigstens ein Stück oder ganz mit ihm zu gehen? Warum hatte sie sich dem gebeugt, was man von ihr verlangt hatte, einen ihr fremden Menschen bis zu seinem Tode zu pflegen? Ihr war klargeworden, daß sie zu ihm gehen, ihn finden, ihm sagen mußte, hier bin ich, ich gehöre zu dir.
In ihrem Gebetbuch hatte sie einen Zettel aufbewahrt, in fröhlicher Liebeslaune entstanden, als sie auf einem Volksfest waren und sich noch nicht lange kannten. Auf der einen Seite hatte er sie beide gezeichnet. Ihr hatte er einen Zwiebelturm wie eine Krone aufs Haupt gesetzt und sich einen Gockelkamm. Und auf der anderen Seite hatte er eine kleine Landkarte gemalt. Ein Kreuzchen für Paris und einen langen Strich nach links oben. Ein weiteres Kreuz für Pléhérel, sein Heimatdorf, das nahe Meer hatte er mit Wellenlinien gezeichnet, und den Leuchtturm auf einer Halbinsel. Cap Fréhel, stand da. Und ein Schloß, St. Malo, und die nächste kleine Stadt, Matignon.
Dieser Zettel wurde ihr Wegweiser. In der Stadt besorgte sie sich eine Landkarte und suchte und fand, was sie suchte. Nicht das Dorf. Aber St. Malo und Matignon und natürlich Paris. Und sie ging in ein Reisebüro in der Hauptstraße und erkundigte sich danach, wie man zum Ziel ihrer Wünsche fahren konnte. Da schrieb man ihr Städte auf. München, Stuttgart, Karlsruhe, Straßburg, Nancy, Chartres, Rennes, St. Brieuc.
»Von dort aus können es nur noch hundert Kilometer sein, da fahren sicher Busse. Da haben wir aber keine Pläne.«

»Und was kostet das?«
»Einfach?«
»Was?«
»Einfach oder hin und zurück?«
Darüber hatte sie nicht nachgedacht. Das verwirrte sie. Da wurde sie verlegen.
»Einfach«, sagte sie.

Ein paar Monate lang sparte sie sich Geld von der Kriegerwitwenrente. Und sie beschloß, niemanden in ihren Plan einzuweihen, in das, was sie tun wollte, weil sie es mußte. Sorgfältig bereitete sie alles vor, versteckte die Landkarte, die Zugkarten, das Geld. Sie erfand sogar eine Frau, die sie in der Stadt kennengelernt hätte, die eine Wirtschaft mit einer Pension am Starnberger See betriebe, die sie öfter träfe, weil deren Tochter in der Stadt verheiratet wäre, und die sie jetzt eingeladen hätte, sie ein paar Tage am Starnberger See zu besuchen.
So konnte sie an dem Mittwoch, an dem sie mit dem Bus losfuhr, eine Tasche mit ein paar Sachen für ein paar Tage packen, ohne daß irgendwer etwas anderes annehmen konnte als das, was sie erklärt hatte. Auf eine Rückkehr legte sie sich nicht fest, denn, so hatte sie gesagt, sie wolle bei der Frau vielleicht auf Probe ein paar Tage arbeiten, um zu sehen, ob das für sie nicht eine Arbeitsmöglichkeit sein könnte, wenigstens für die Nachsaison, wo man dort auch noch viele Touristen habe.
Der Schwiegermutter gefiel das zwar nicht sonderlich, aber selbst sie hätte an das, was Maria wirklich vorhatte, nicht im Traum gedacht. Erst am Abend fiel der Großmutter auf, daß

Maria keine Adresse, keine Telefonnummer, keinen Namen des Ortes, ja nicht einmal einen Namen der Frau hinterlassen hatte. Man hätte sie nicht einmal erreichen können, wenn etwas passiert wäre. Über den Rundfunk hätte man sie suchen lassen müssen, wie das ja täglich gemacht wurde.

So machte sich Maria fast fröhlich auf den Weg, genoß das Geheimnis, freute sich auf die Reise, spürte sogar ein Gefühl, von dem sie annahm, daß es Abenteuerlust war.
»Chambre«, sagte sie zu dem Friseur. Er nickte freundlich, redete viel, was sie nicht verstand, nahm ihr aber ihre Tasche ab, ging vor ihr her in einen engen Flur, in dem ein kleines Tischchen so etwas wie eine Hotelreception andeutete. Eine Tür stand offen, dahinter sah man den Friseursalon. Der Friseur nahm einen Schlüssel von einem Haken, ging eine kleine enge Treppe hinauf, schloß eine von drei Türen auf, die in ein nettes, kleines, nicht unfreundliches Zimmer führte. Er stellte die Tasche auf das Bett, nickte höflich, sagte wieder etwas, was sie nicht verstand, und ging.
Sie schaute sich das Zimmer an, das ihr gefiel und das nichts von der Schäbigkeit des Zimmers dort an den Dombergstaffeln hatte. Wieder dieses Bett, das für zwei zu schmal und für einen zu breit war und keine Bettdecken hatte, sondern nur ein Laken mit Wolldecken drüber. Sie hatte das in den beiden kleinen Hotels, in denen sie für die zwei Nächte der Reise abgestiegen war, schon gesehen. Es waren unruhige Nächte gewesen, in denen sie allerlei Zweifel heimgesucht hatten. Doch jetzt war sie hier, wohin er zurückgekehrt ist, warum auch immer, sie würde es erfahren. Sie setzte sich auf das Bett, federte, hüpfte, nahm ihr Kopftuch ab, trat vor an

den Spiegel über dem Waschbecken, ordnete ihre Haare, gefiel sich sogar, schaute zum Fenster hinaus, sah drüben eine kleine, freundliche, dicke Frau vor einer Bar stehen, die sich mittels einer Schrift als »Vickings Bar« auswies. Die Frau unterhielt sich über den Platz herüber mit jemandem, den Maria nicht sah, vermutlich mit dem Hotelfriseur oder Friseurhotellier, wie auch immer, und erfuhr so, daß eine Frau angekommen war, aus Deutschland, die kein Wort in ihrer Sprache sprechen konnte. Die Frau gefiel Maria, und sie beschloß, sie nach Jean-Pierre zu fragen.

Eine halbe Stunde später geht Maria drüben in die Bar. Sie nennen ihre Wirtshäuser hier Bar,und es hat nichts mit dem zu tun, was an den Dombergstaffeln unter dem Hotel war, »Zutritt für Frauen nur in Begleitung von Herren«. Die kleine, dicke Frau ruft aus der Schar der Männer, die an dem langen Tresen und dem überdimensionalen Billardtisch stehen, einen, der ihnen allen endlich zeigen kann, wie er den Dolmetscher spielt. Als habe er schon auf sie gewartet, begrüßt er sie mit »Guten Tag, wie geht es Ihnen, kann ich Ihnen helfen«.

Sie sagt auch »Guten Tag«, will sich aber lieber an die Wirtin wenden, die sie rotbäckig und freundlich offen anschaut, doch die hat gar keine Chance. Als Maria den Namen von Jean-Pierre sagt, schreit der des Deutschen mächtige Mensch laut und selig: »Ah, Besuch für Jean-Pierre!« Und als sei nicht allein schon durch die Nennung des Namens ohnehin ein Raunen und Reden und Tuscheln durch die Schar der Männer gegangen, deren Gesichter Maria im Dunkel erst langsam wahrnimmt, wiederholt er das offensichtlich auch noch mal in Französisch. Maria, ungeübt darin, diese Reaktionen zu deuten, fängt bereits das Herz zu klopfen an, was sich im Verlaufe der nächsten Minuten, mehr sind es nicht, bis sie Jean-Pierre gegenübersteht, nicht legt.

Schon nimmt der Sprachkundige eine runde, tellerartige Mütze mit einem kleinen Nippel oben drauf, setzt sie sich keck schräg auf den Kopf, öffnet die Tür als Aufforderung, vor ihm herzugehen, und hört nicht mehr zu reden auf, bis sie am Ziel sind.

Dabei würde sie ihn so gerne nach Jean-Pierre fragen, wie der jetzt lebt, ob er allein lebt, ob es vielleicht besser sei, dort nicht hinzugehen, doch er demonstriert seine Macht, und die Besessenheit, mit der dieser Mensch jetzt seine Rolle spielt, hat ihm vielleicht geholfen, die deutsche Sprache zu lernen. Er gibt sich perfekt. Er geht neben ihr her, ohne sie eigentlich zu beachten, sie ist nicht wirklich wichtig in diesem Auftritt, ist nur irgendein Besuch für Jean-Pierre.

Der sei sein Freund, und er sei dessen Freund, Freunde seien sie, wie es wenige gebe. Und beide seien sie Freunde der Deutschen, denn beide hätten sie in Deutschland nur Gutes erfahren, und es sei überhaupt so, daß der Deutsche der Freund des Franzosen sein müsse und der Franzose der Freund des Deutschen, und keiner von beiden dürfe der Feind des anderen sein, denn der eigentliche Feind des Deutschen und des Franzosen sei der Russe, und den würden nun er und sein Freund Jean-Pierre sehr genau kennen. Gegen den Russen, von dem alles Schlechte ausgehe, könnten der Franzose und der Deutsche nur gemeinsam etwas ausrichten, und deswegen müßten der Franzose und der

Deutsche und der Deutsche und der Franzose, er wolle da keinen zuerst nennen, Freunde sein gegen den Russen.
Maria dröhnt der Kopf, das Herz rast, alle ihre Sinne spielen verrückt. Sie würde so gerne diese schmale Straße mit den niedrigen, natursteinernen Häusern und den kleinen Gärten davor, in denen riesige Hortensienbüsche in allen Farben blühen, allein gehen, in Ruhe, sich sammeln und vorbereiten auf die Begegnung mit ihm. Statt dessen ist sie dieser Kanonade von Sätzen ausgesetzt, und es ist ihr, als hätte sie noch nie in ihrem Leben einen Menschen so schnell, so viel und so viel in so kurzer Zeit reden hören.
»Ich heiße Maurice.« Er ist stehengeblieben und gibt ihr die Hand und schüttelt sie heftig.
»Maria«, sagt Maria.
Dann sind sie am letzten Haus angekommen. Es sieht aus wie alle Häuser hier. Ein niedriger weißer Zaun, wieder Hortensien und Sommermargeriten dazwischen, dahinter ein Fenster, dahinter eine Familie am Abendbrottisch.
»Da sind wir!« posaunt Maurice.
Die Zeit des Niedersausens einer Sternschnuppe bleibt Maria, um die Situation zu erfassen. Und als sei ihr die Sternschnuppe mitten ins Hirn gefahren, steht sie wie gelähmt vor einem wie hingemalten Bild. Jean-Pierre inmitten seiner Familie.
»Jean-Pierre! Alter Freund!« ruft Maurice auf deutsch, damit auch sie es versteht und seine Rolle nicht ein zu frühes Ende nimmt, »hier ist Besuch für dich, Maria aus Deutschland!«
Das Bild bewegt sich. Menschen, die an einem Tisch beim friedlichen Abendessen sitzen, schauen zum störenden Betrachter. Einer steht auf.

Jean-Pierre kommt aus dem Haus. Da ist er! Sie möchte hinlaufen und ihn in die Arme nehmen und an ihm hochspringen und rufen, hier bin ich, endlich bei dir! Doch sie steht starr, angewurzelt, keiner Regung fähig.
Er wäre nicht der, den sie, wenn sie ehrlich ist, kennt, würde er nicht erst einmal seinen Freund Maurice begrüßen, um damit Zeit zu gewinnen, sich klarzuwerden, was aus dieser Situation nun zu machen ist.
Maurice verabschiedet sich, seine Rolle ist gespielt, Jean-Pierre hat wohl auch an sein Feingefühl appelliert, dem Freund klargemacht, daß das jetzt eine schwierige Sache sei, die er doch ganz gern allein in der Hand behalten wolle.
»Hallo, wo kommst du her!? Was für eine Überraschung!«
»Wo soll ich schon herkommen?«
Sie möchte auf der Stelle weglaufen, doch er hat sie an die Hand genommen und ins Haus gezogen, wo sie jetzt einer Familie gegenübersteht, die er ihr gar nicht vorstellen müßte, der sie ansieht, daß es seine Familie ist, die es schon gab, als er noch bei ihr auf dem Dorf war und sie von einer gemeinsamen Zukuft träumten. Eine Frau, ein Sohn im Alter vom Karl, eine Tochter, kaum jünger, und in einem Kinderbettchen ein Kleines. Das hat er gezeugt, nachdem er wieder hergekommen ist, denkt Maria. Sie ist völlig benommen.
»Das ist meine Frau Janine, mein Sohn Jean, meine Tochter Béatrice, unsere kleine Lydie, mein Vater«, hört sie ihn sagen.
Sie gibt allen die Hand, und er sagt ihnen, daß das Maria sei. Er sagt noch mehr, redet und redet und erklärt.
Sie versteht nicht, was er ihnen sagt, aber sie sieht der kleinen Frau an, daß sie ihm kein Wort glaubt, daß sie ange-

sichts dieser Frau, die tausend Kilometer weit hierhergekommen ist, auf der Hut zu sein beschließt. Diese Frau, denkt Maria, die sie mustert und abschätzt, wie das noch niemand mit ihr getan hat, sieht genau, daß hier der Grund seines langen Wegbleibens vor ihr steht. Der kann er vormachen und erzählen, was er will.

»Ich sage, daß du die Tochter von dem Bauern bist, wo ich im Krieg kurz gefangen war. Ich habe ihnen gesagt, daß ich danach in russischer Gefangenschaft war, weil ich mit den Deutschen kollaboriert habe, ich konnte ihnen doch nicht die Wahrheit sagen, verstehst du.«

»Ich hätte nicht kommen sollen.«

»Aber nein, du bist willkommen.«

Er schiebt ihr einen Stuhl hin, zieht sie darauf. Die Frau gibt ihr ein Glas Cidre. Sie fragt Jean-Pierre etwas.

»Ob du etwas essen willst?«

»Nein, ich will weg hier, ich halte das nicht aus.«

»Wo willst du hin?«

»Weiß ich nicht, ich hab eine Zimmer oben im Hotel.«

»Ah, du wohnst bei Roger.«

Er sagt das auch seiner Familie. Die Frau antwortet etwas. Sie reden Sätze hin und her. Er scheint leicht gereizt. Und der Sohn und die Tochter essen schweigend und schauen verstohlen zwischen ihr und ihm hin und her.

»Deutsch Soldat, komm, komm, Frau raus, Liebe machen. Bumm, bumm«, lallt der alte Mann in der Ecke.

Jean-Pierre sagt dem Alten, er soll den Mund halten.

Maria rast das Herz, sie will hinauslaufen, aber sie traut sich nicht, fühlt sich wie festgenagelt in dieses Familienidyll, beobachtet, abgeschätzt, kontrolliert. Ein Was-will-die-hier?

schaut sie aus den Gesichtern an, und Jean-Pierre scheint Mühe zu haben, das, was er am liebsten aus der Situation machen würde, einen unkomplizierten, freundlichen Besuch, allein durch Reden herzustellen. Da hilft es ihm nicht einmal, daß er in zwei Sprachen lügen kann. Die, die er belügen will, denen er einreden will, alles sei wunderbar, glauben ihm nichts, in keiner der Sprachen.

»Ich habe ihnen gesagt, daß du müde von der Reise bist, daß du jetzt ins Hotel willst, daß ich dich hinbringe. Du sollst morgen zum Mittagessen zu uns kommen. Ich habe gesagt, daß du ein paar Tage bleibst. Du bleibst doch ein paar Tage?«

»Nein.«

Wieder redet er. Sie steht auf, gibt allen wie in Trance die Hand, ist froh, daß sie keinerlei Verpflichtung hat, in der ihr fremden Sprache irgend etwas zu sagen, und denen allen scheint es genauso zu gehen. Die kleine Frau sieht sorgenvoll aus. Maria geht hinaus, Jean-Pierre folgt ihr.

Stumm gehen sie die Straße entlang.

»Hat er dir ein gutes Zimmer gegeben«, bricht er das Schweigen. Er konnte nie ertragen, wenn man einfach schwieg.

»Es ist ein Zimmer.«

»Er hat drei Zimmer. Nur eines ist gut.«

»Ich kenne keine Hotelzimmer. Ich weiß nicht, was ein gutes Hotelzimmer ist.«

Sie kann es nicht mehr aushalten. Sie möchte weg hier. Weg, weg, weg. Sie möchte nur noch in ihr Zimmer da oben. Schlafen und dann weg von hier, für immer.

Mein Gott, wie dumm war sie! Was hat sie sich gedacht? Wie konnte sie annehmen, dieser Mann würde nicht auch

hier der Fröhliche sein, der, der sich sein Leben so bequem wie möglich einrichtet, der aller Liebling ist. Was wäre mit dem gewesen, denkt sie, wenn er nicht einfach zu seiner Frau und den Kindern zurückkehren hätte können, die er mal verlassen hatte. Der hätte sicher wieder irgendein dummes Ding wie sie gefunden, das ihm sein Herz opfert für seinen unermeßlichen Vorrat an Lügen.
Wenigstens schweigt er jetzt.

Im Hotel ist er wieder ganz er. Er schwatzt und scherzt mit dem Friseur, der schließlich mit einem anzüglichen Lächeln den Schlüssel für Zimmer 2 hochhält und ihn, als Maria danach greifen will, ihm gibt.
Er folgt ihr, die schon halb auf der Treppe steht. Sie geht vor ihm her nach oben, er schließt auf und schiebt sie hinein. Sie ist wie gelähmt. Er schließt die Tür, legt die Arme um sie, küßt sie auf den Hals. Sie wehrt sich, er wirft sie, viel Kraft braucht er dazu nicht, aufs Bett, legt sich auf sie, bedeckt ihren Körper mit Küssen. Zu schwach wehrt sie sich, was ihn in dem Glauben läßt, sie habe auf nichts anderes gewartet als auf diesen Moment. Das macht ihn gierig und selbstbewußt. Er ist sich und dem da unten mit seinem Grinsen etwas schuldig, und er braucht es, weil er ausgehungert ist, und nichts scheint ihm begehrenswerter als das Vertraute, das man lange entbehren mußte.
»Ich liebe dich«, sagt er, als habe er eine Nummer im Varieté anzukündigen.
Rücksichtslos und verbissen, als gelte es, eine letzte Chance zu nutzen, macht er sich über sie her, reißt er ihr Kleidungsstücke vom Leib, stößt er in sie hinein. Wie betäubt liegt sie

da und läßt es über sich ergehen. Sie tut nichts, und sie wehrt sich nicht, obwohl er ihr weh tut.
So war es, als es das erste Mal war, damals mit dem Hans in der Hochzeitsnacht, als er im Morgengrauen dann in den Krieg mußte. Der, durch den sie das über Jahre vergessen hatte, erinnert sie jetzt wieder daran. Sie hat den Hans danach gehaßt, weil er das, was er so lange von ihr gewollt hatte, was sie am engsten miteinander verbinden sollte und wovor sie Angst gehabt hatte, nicht mit Liebe getan hat. Sie hat die Schwangerschaft danach gehaßt und auch das Kind, den Karl, der doch gar nichts dafür konnte.
Warum, denkt sie, habe ich mich damals nicht gewehrt? Warum haben sich alle die anderen Frauen nicht gewehrt, von denen sie weiß, daß sie die erste Nacht und die vielen Nächte danach auch so erlebt haben?
Warum wehrt sie sich jetzt nicht, da dieser hier, der es besser weiß, sich rücksichtslos nimmt, was die kleine Frau dort in dem Häuschen, die er genau so belogen und betrogen hat wie sie, ihm nicht mehr zu geben bereit ist? Warum läßt sie zu, daß er ihren Körper mißhandelt, den zu lieben er einmal vorgegeben hat, den er gleich da unten bezahlen wird, wie damals im Hotel an den Dombergstaffeln? Warum erträgt sie es, daß er ihr Lügen wie Liebesworte sagt und ihr Weinen für Hingabe hält? Warum, um Gottes willen, warum?
Weil sie keine Kraft mehr hat. Weil sie all ihre Kraft aufgebracht hat, um hierherzukommen. Weil sie sich leer und matt fühlt und nichts anderes mehr will als auf der Stelle sterben.
Er läßt von ihr ab.
»Morgen zeige ich dir das Meer«, sagt er und zieht seine Ho-

se hoch. Er werde jetzt gehen. Er könne nicht mit ihr leben, das müsse sie doch verstehen. Aber man könne sich doch ein paar schöne Tage machen. Das könne er schon einrichten. Und sie müsse unbedingt das Meer sehen. Und die Gegend werde er ihr zeigen, das Cap und St. Malo und die Windmühlen, von denen er ihr immer erzählt habe. Er komme morgen früh her. Jetzt aber gehe er. Er korrigiert im Spiegel sein Aussehen, kämmt sich, beugt sich über sie, die sich wie ein Embryo auf dem Bett zusammengezogen hat, und er flüstert: »Ich liebe dich.«

Dann geht er. Als die Tür ins Schloß fällt, bricht ihr ganzes Elend aus ihr heraus, sie schreit es in das Kissen, wird von Weinkrämpfen geschüttelt, liegt halb ohnmächtig da.

»Warum, lieber Gott, kann ich nicht die Luft anhalten und tot sein?«

Über dem Meer, das sie nicht gesehen hat, geht langsam die Sonne auf. Sie steht mit ihrer Tasche am Ortsausgang. Ein wellblechartiger Kleintransporter hält. Sie klettert auf den Beifahrersitz, stellt sich die Tasche auf den Schoß. Ein freundlicher Mann in weißem Kittel wünscht einen guten Morgen.

»Matignon«, sagt sie. Er nickt.

»Deutsch?«

»Ja.«

Mehr wissen sie nicht zu reden. Hinten im Auto sind Körbe mit frisch duftenden Weißbrotstangen. Jetzt sieht Maria, daß der Fahrer nur einen Arm hat, mit dem lenkt er geschickt. Der andere Arm des Kittels hängt herunter.

Sie verlassen das Dorf, fahren einen Hügel hinunter, eine

lange Kurve entlang, und haben plötzlich die über dem Meer aufgehende Sonne direkt vor sich.
Tränen laufen Maria über die Wangen. Der Mann sieht das. Hilflos sucht er etwas, ein Tuch vielleicht. Er findet nichts. Mit der Brust hält er das Steuerrad, und mit der linken Hand nimmt er den leeren Arm des Kittels und hält ihn ihr hin. Sie drückt ihr Gesicht hinein, und sie muß an den Einarmigen in der Eisenwarenhandlung denken und an sein Lächeln, wenn sie den Laden verließ.

17

Allein ist sie durchs Moos zum Zug gegangen. Mit dem Zug ist sie zum ersten und einzigen Mal in ihrem Leben in die Großstadt gefahren. Was für ein großer Bahnhof. Wie viele Menschen. Was für hohe Häuser. Sie hätte schauen und schauen wollen und können, aber sie hatte keine Zeit.

Zum Gericht konnte sie zu Fuß gehen. Das hat ihr jemand am Bahnhof genau erklärt. Zum zuständigen Richter hat sie sich durchgefragt. Der ist jetzt nicht da, hat eine Frau ihr gesagt, erst in einer Stunde. Nach einer Stunde ist sie wiedergekommen. Der Richter sei immer noch nicht da, hat es geheißen. Abwimmeln hat sie sich nicht lassen. Stundenlang hat sie beharrlich gewartet. Als es hieß, jetzt habe der Richter Feierabend, hat sie so laut geschrien und geschimpft, daß alle möglichen wichtigen und unwichtigen Menschen zusammengelaufen sind, um zu sehen, was da los ist mit dieser alten Frau.

In die große Halle hat sie hineingeschrien, was sie will, und daß es wohl noch die Gerechtigkeit gebe, daß eine alte Frau den Richter sprechen könne, der ihre Schwiegertochter verurteile. Oder ob man schon wieder die Zeiten habe, wo das Recht eines Menschen einen Dreck wert sei? Oder könnte es sogar sein, daß sie sich getäuscht habe und daß diese Zeiten noch gar nicht vorbei seien? Auf den Boden hat sie sich gesetzt. Nicht mehr aufstehen werde sie, wenn sie nicht den Herrn Richter sprechen dürfe. Hier bleibe sie sitzen, Tag und Nacht.

Zwei junge Menschen, Gerichtsdiener, die sie aufheben und wegtragen wollten, hat sie geohrfeigt.

Die Geschichte ihrer Schwiegertochter und des tragischen Heimkehrertodes ihres Sohnes hat sie in die Halle geschrien. Ihre Brüder seien im ersten Krieg für das Vaterland gefallen, ihre Söhne im zweiten. Da werde das Vaterland sie wohl anhören können.

Es sammelten sich Menschen um sie. Aus allen Gängen kamen sie, um zu sehen, was es da gibt. Anfangs staunten sie nur, machten sich ihren Spaß, sprachen von einer Verrückten. Doch die Beharrlichkeit der alten Frau ließ sie zuhören. Einige waren empört, fragten, warum man die Frau nicht anhöre. Die Stimmen wurden lauter, und es wurden immer mehr. Sie forderten Gerechtigkeit für die alte Frau.

Drohungen wurden ausgesprochen, Unmut wurde laut, Tumult kam auf. Wo man denn hinkomme, wenn eine einfache Frau nicht einen Richter sprechen dürfe. Ob man schon wieder soweit sei, daß es kein Recht mehr gebe?

Fotografen kamen und immer mehr Menschen, die eine Anhörung der alten Frau forderten. Dem Gericht wurde es ungemütlich. Man fragte, um was es gehe und um wen. Man

suchte die Akte heraus und war bereit, die Frau anzuhören. Großer Beifall begleitete diese Entscheidung.
Dann saß die alte Frau einem jungen, dünnen, blassen Richter gegenüber. Der klärte sie ruhig, sachlich und freundlich darüber auf, daß man auf Grund der Aussage des Arztes keinen Anhaltspunkt für eine Anklage gegen ihre Schwiegertochter habe. Daß diese sich selbst des Mordes an ihrem Mann bezichtigt habe, sei als die Folge einer schweren psychischen Störung anzusehen. Darum habe man die Einweisung in die psychiatrische Klinik veranlaßt.
»Ins Irrenhaus?«
»Wir nennen das nicht so.«
»Wir schon.«
Sie könne die Schwiegertochter dort besuchen, sich über den Stand der Dinge informieren. Darüber könne er nun freilich keine Auskünfte geben.

Als sie zum Bahnhof zurückging, wurde die alte Frau von vielen Menschen begleitet, die ihr eine gute Heimreise wünschten.

Am Abend sitzt sie in der Küche. Das Sonntagskostüm mit dem Samtkragen hat sie schon wieder in den Schrank gehängt. »Großmutter, wo warst du?« fragt der Karl.
»In der Stadt«.
»Was hast du gemacht in der Stadt?«
»Ich hab die Stadt angeschaut, und die Stadt hat mich angeschaut.«

Ehe Karl überhaupt erfahren hat, wo seine Mutter ist, war sie tot. Über die genauen Umstände hat man die Familie nie informiert. In geistiger Umnachtung tragisch zu Tode gekommen, hieß es. Ob es ein Selbstmord war, ein Unfall oder beides, wußte niemand zu sagen.
»Was fragt man danach. Eine Tote ist tot«, sagte die Großmutter.
»Sie hat es so wollen.«
Den Sarg haben sie nach der Überführung nicht mehr aufgemacht. Man hatte von Amts wegen davon abgeraten. Die Beerdigung war die letzte Amtshandlung des Herrn Hochwürden. Danach hat man ihn in die Stadt versetzt.

18

Plötzlich war der Bela weg. Keiner wußte, warum und wohin. Mit seinem Fahrrad, mit dem er von irgendwo hergekommen war, ist er wieder irgendwo hingefahren. Dabei hat ihm die Lisa gerade unlängst angeboten, daß sie heiraten, weil er dann Deutscher geworden und eine Ordnung gewesen wäre. Und, sagte die Lisa zur Großmutter, er sei einverstanden gewesen, habe sogar von einer Adoption des Reserl gesprochen. Worauf ihm die Lisa aber klargemacht hätte, daß sie auf seinen unaussprechlichen ausländischen Nachnamen mit den ganzen Z und Y und solchen seltenen Buchstaben keinen Wert lege.
Es stellte sich ganz schnell heraus, warum der Bela das Weite gesucht hatte, denn das, womit ihn das Reserl erpressen hat wollen, konnte es nun der Lisa und der übrigen Dorföffentlichkeit nicht mehr verbergen, daß es nämlich bereits im vierten Monat schwanger war.
»Hast dus mit dem Bela gehabt?«
»Ja.«
Da holte die Lisa, die nun einmal keine solche Unmoral

und Ungesetzlichkeit in ihrem Hause dulden wollte, die Polizei, denn das Reserl war gerade einmal fünfzehn Jahre alt, und dem Bela, dieser ungarischen Drecksau, gönnte sie es, daß sie ihn ins Gefängnis bringen.

Vergeblich warnte die Großmutter.

»Den finden sie eh nicht, und die Schande wird nur noch größer.«

Aber die Lisa war wie besessen. Sie wollte den, dem sie ihre ganze, früher auf viele Männer aufgeteilte Leidenschaft geopfert hatte, am liebsten hängen sehen.

»Und zahlen soll er, die Sau!« schrie sie.

»Man könnte es in der Stadt sogar wegmachen lassen, und keiner würde was erfahren«, gab die Großmutter noch zu bedenken, die selbst auch nicht das Ausmaß erahnen konnte, das diese Geschichte annehmen sollte. Es war nichts zu machen, die Lisa war nicht nur moralisch geworden, sie hatte nun auch noch einen krankhaften Gerechtigkeitssinn, wie er bei einer wie ihr, »wo die Schlechtigkeit eh immer weitervererbt wird«, wie die Großmutter sagte, völlig unangebracht schien.

So kamen also zwei Polizisten aus der Stadt, von denen der eine alles aufschrieb und der andere redete. Die Lisa buchstabierte ihnen den unaussprechlichen Nachnamen vom Bela, und das Reserl saß in seinem Firmungskleid vom letzten Jahr da, das ihr noch paßte.

»Hat er dir Gewalt angetan?«

»Nein.«

»Hast dus freiwillig getan?«

»Ja.«

»Hat er dir Geschenke angeboten oder Geld?«

»Geschenke.«
»Was für welche?«
»Stieferl, eine Kette, eine Handtasche, ein Parfüm.«
»Jaja, schon gut. Und er ist also der Vater des Kindes, das du erwartest?«
»Nein.«
»Hattest du auch mit anderen Verkehr?«
»Ja.«
»Mit mehreren?«
»Ja.«
»Kannst du sie nennen? Die Namen?«
»Ja.«
»Dann nenne sie uns.«
Das Reserl zögerte, der Polizist drohte, und dann zählte es alle die hintereinander auf, deren Triebhaftigkeit der Lisa noch aus ihrer eigenen einschlägigen Zeit bekannt war, und ein paar andere dazu. Es zählte sie an seinen Fingern ab, damit es sich besser erinnern konnte, aber die Finger beider Hände reichten nicht aus. Die Lisa war der Ohnmacht nahe, und der schreibende Polizist schrieb sie alle auf und numerierte sie gleich sorgfältig durch.
»Fünfzehn mit dem Grz-pz-y –« Es gelang ihm nicht, den Namen auszusprechen.
»Und welcher, meinst du, ist der Vater?«
»Keiner.«
Der Polizist wurde zornig.
»Also eine unbefleckte Empfängnis, was? Bist du eine Heilige?«
»Nein.«
»Also, du weiß es nicht, wer der Vater ist?«

»Doch.«
»Dann sag ihn.«
»Nein.«
»Wir untersuchen alle Männer im Ort, dann kriegen wir ihn doch raus. Es gibt da Methoden, uns kannst du nicht für blöd verkaufen!«
Das Reserl bockte.
»Kannst du sagen, ob es einer hier aus dem Ort ist?«
»Ja.«
»Willst du ihn nicht sagen, weil er verheiratet ist?«
»Ja.«
»Hat er dir gedroht, wenn du was sagst?«
»Er weiß es ja gar nicht.«
»Wer ist es?«
»Ich sags nicht.«
»Wenn wir ihn selber rauskriegen müssen, und wir kriegen ihn raus, dann wandert er ins Gefängnis. Von der Schande will ich gar nicht reden. Wenn du ihn uns sagst, können wir mit ihm reden und das alles in Ruhe regeln, ohne daß es da großmächtig alle erfahren müssen.«
Hilfesuchend schaute das Reserl die Mutter an, die aber hatte längst ihr verheultes Gesicht in ihrer Schürze vergraben.
»Wenn du sein Gutes willst, dann sagst du ihn uns. Wer ist es?«
»Der Franz, von der Fanni drüben der Mann.«
Erst jetzt schüttelte sie ein Weinkrampf. Die Lisa schrie auf, wendete sich zum Herrgottswinkel und bat lauthals den Herrgott um Beistand.
»Sechzehn«, sagte der schreibende Polizist und machte

einen ungerührten, energischen, doppelten Strich unter die Summe.

Karl, der so gerne auf der Liste ganz oben als erster draufgestanden hätte, wurde mit Recht nicht berücksichtigt. Er hatte auf das Reserl warten wollen. Aber der Bela war halt näher dran, so daß er den Zeitpunkt genau gewußt hat, wo das Reserl es wollte von einem Mann. Wenn sie es überhaupt wollte. Wenn ihr nicht die Stieferl, die er ihr dafür geschenkt hat, viel wichtiger waren.
Sie haben das Reserl gleich mitgenommen und in der Stadt zu Klosterschwestern gebracht in ein Heim, wo lauter solche sind wie sie, Kinder, die Kinder kriegen.
Der Franz hat den Polizisten gesagt, daß er damit nichts zu tun hat, daß er es nicht nötig gehabt hat, zu einem so jungen Mädchen zu gehen, daß er hat, was er braucht, und daß es die Phantasiererei eines dummen Kindes ist.
Die Polizisten nahmen das zur Kenntnis und gingen. Sie hatten ja noch einen Haufen Arbeit vor sich. Aber auch alle anderen, darunter gestandene Familienväter, ältere Männer und ein paar junge Burschen, bestritten genauso wie der Franz, auch nur die geringste Berührung mit dem Reserl gehabt zu haben. Sie trafen sich alle in der Wirtschaft, schworen sich gegenseitige Hilfe, wollten das erst einmal sehen, wie die aus ihnen allen einen Vater herausfinden wollten, zumal sie den, der es eigentlich gewesen ist, den Bela, gar nicht gefunden haben. Der blieb für immer verschwunden. Und als sie dann tüchtig getrunken hatten, die Kandidaten, erregten sie sich derart über diese ungarische Drecksau, die ein unschuldiges Kind geschwängert hat, daß sie sich die

martialischsten Folterungen für ihn ausdachten, sollten sie ihn je zu fassen bekommen.
Der Franz wollte mit der ganzen »Gockelei«, wie die Großmutter das nannte, nichts zu tun haben.

»Wieso gibt sie ausgerechnet den Franz als Vater an?« fragte der Großvater.
»Ja schau sie dir doch alle an, die, die noch in Frage kommen!« antwortete die Großmutter, »wer von denen hätte ihr denn lieber sein sollen als Kindsvater als der Franz?«
Der Großvater schwieg.
»Was sagst denn du als seine Frau dazu, daß ein solcher Verdacht über den Franz kommt?« fragte die Großmutter die Fanni, die sich überhaupt noch nicht zu der ganzen Angelegenheit geäußert hatte.
»Warum soll ich denn noch wissen, was im Franz seinem Kopf los ist?«
Mehr sagte die Fanni nicht.
Aber es war ihr, als hätte sie in dem Moment im Gesicht der Großmutter zum ersten und einzigen Mal so etwas wie Haß gesehen.

Nach einem halben Jahr, als das Ganze gerade noch an den Wirtshaustischen zu später Nacht als Belustigung taugte, hörte man, daß das Kind, ein Bub, jetzt geboren sei. Und alle die Männer, die auf der Liste gestanden waren, bekamen jetzt eine Vorladung zur Untersuchung, denn man wollte anhand eines Bluttestes die Vaterschaft feststellen. Auch der Franz wurde aufgefordert.
Und während die anderen sich wieder zusammentaten und

lachten und Witze machten und beim Bier eine zünftige Wallfahrt der angeblichen Väter planten, zerriß der Franz wütend die Vorladung und sagte, daß sie ihn am Arsch lecken könnten, weil er da nicht hingehe. Die anderen ließen ihn wissen, daß sie einen Bus gemietet haben und ihn am betreffenden Tag um acht Uhr in der Frühe abholen würden.
Er fuhr am Abend davor, wie fast jeden Tag, mit dem Motorrad weg, und die Großmutter hörte ihn in der Nacht auch heimkommen. In der Frühe, als gemolken und ausgemistet wurde, erschien er nicht.
»Der wird halt einen Rausch ausschlafen müssen«, sagte die Großmutter, »sollen die ihn doch wecken, wenn sie ihn mitnehmen wollen.«
Sie kamen, reichlich mit Alkohol und lockeren Sprüchen bewaffnet, um die doch vorhandene leichte Peinlichkeit des Ganzen zu übertünchen, und fragten nach dem Franz. Der Karl lief in die Kammer hinauf, aber da war er nicht. Die Fanni hatte ihn auch noch nicht gesehen. Dem Karl wurde plötzlich furchtbar angst. Er rannte über den Hof, in den Schuppen, in die Scheune, auf den Heuboden, aber der Franz war nirgends zu finden.
Sie fanden ihn schließlich im Obstgarten hinten, wo er sich mit einem Kälberstrick am Birnbaum aufgehängt hatte.
Der Karl sackte vor dem Aufgehängten zusammen, dessen Beine fast bis auf den Boden reichten, und schrie und schrie und hörte nicht mehr auf. Die Großmutter weinte still, der Großvater stand stumm da, und die Fanni sagte kein Wort, schaute zu, wie sie ihn abschnitten, als handle es sich um einen wildfremden Menschen.
Viel später, als die Lisa den Hof schon an die Landesregie-

rung verkauft hatte und in der Brotfabrik arbeitete, fragte sie der Karl, was denn aus dem Buben vom Reserl geworden sei. Den habe sie auch nur einmal gesehen, ganz am Anfang. Er sei an Amerikaner verkauft worden, die selber kein Kind kriegen konnten.

»So klein der war, es war der Franz. Das Gesicht, wie runtergerissen.«

»Und das Reserl?«

»Die ist in der Stadt. Sie arbeitet in der Fabrik. Die steht sich gut.«

Da hat er dann der Lisa nicht erzählt, daß er einmal in der Stadt drin war mit seiner Sehnsucht nach was. Und daß er im IMEX-Haus war, wo man sich Frauen in fünf Stockwerken kaufen kann, und daß er da plötzlich vor dem Reserl gestanden ist.

»Reserl, du?!«

»Hau ab!«

»Geh, kennst du mich nicht?«

»Du sollst abhauen!«

»Reserl!«

»Hupsi!«

»Der Karl bin ich!«

»Hupsi!«

Ein breitschultriger Zuhälter hat ihn gepackt und hinausbefördert. Danach hat auch er, wie alle, das Reserl nie mehr gesehen. Es hieß Melanie für die, die es dort kaufen wollten, das Reserl.

»Das hättte es beim vorigen Herr Hochwürden nicht gegeben«, sagte die Großmutter, und der Großvater war so zornig

wie ihn noch nie jemand gesehen hatte. Sie durften den Franz nicht in ihrem Familiengrab beerdigen. Der neue Pfarrer, ein älterer, strenger, hartherziger Mann, an den sie sich nicht gerne gewöhnen mochten, nachdem der junge Herr Hochwürden in die Stadt versetzt worden ist, hatte es verboten.
Und er verweigerte auch ein kirchliches Begräbnis, weil er sagte, einen Selbstmörder bestatte er nicht, der sei wie ein Heide und habe kein Recht darauf. Da kann man gar nichts machen, sagte auch der Bürgermeister, das liege im Ermessen des Herrn Pfarrers, und da könne ihm niemand, nicht einmal der Bischof oder der Kardinal, Vorschriften machen.
Es regnete an dem Tag aus Eimern, wie wenn der Himmel ein Zeichen für die Richtigkeit der Entscheidung des Herrn Pfarrers geben wollte, denn nicht umsonst heißt ein solches Wetter »ein Wetter zum Selbstmörder begraben«.
Unter der Regentraufe, wo sie seit Menschengedenken die ungetauften Kinder verscharren, mußten sie den Franz eingraben. Einige Nachbarn, die Abschied nahmen, eine stumme, verschleierte Witwe, die Großmutter, der Großvater, die Lisa, von der jeder wußte, daß sie weiß der Teufel keine Schuld an allem traf, auch wenn sie es der Polizei übergeben hat, die Schindlers mit dem Fritz und der kleinen Angelika und der Karl waren das letzte traurige Geleit. Der Herr Schindler sprach ein paar ergreifende Worte über den großartigen Erfindergeist des Verstorbenen, und die anderen sprachen ein paar Gebete.

Es war der Tag des Großvaters. Schon ganz in der Frühe war er zum Friedhof hinaufgegangen, wo der Wirts-Hubert eine Grube direkt an der Friedhofsmauer aushob.

»Mach sie nicht so tief, Hubert, die Arbeit ist eh umsonst, weil da bleibt er mir nicht!«
»Versündige dich nicht«, sagte der Hubert.
»Hubert«, sagte der Großvater, »heute Nacht verdienst du dir ein Grab. Seit ich dich kenne, redest du von einem Grab, weil du keins hast. Ich verfüge jetzt testamentarisch, daß du in unser Grab kommst, wenn du stirbst, da hinein, wo wir alle einmal kommen, ich, meine Frau, die Fanni und der Karl und der Franz aber auch. Der Karl ist mein Zeuge, und es ist versprochen unter Männern. Dafür hilfst du mir heute Nacht, weil, da graben wir ihn um.«
Furchtsam, wie wenn der Leibhaftige ihn angerührt hätte, schaute sich der Hubert um.
»Nein, zu einem Selbstmörder will ich nicht ins Grab.«
»Ja bist du noch gescheit? Wo graben sie dich denn als einen ohne Grab einmal hin, wenn nicht zu den Selbstmördern und den Ungetauften? »
»Da ist so gesehen schon was Wahres dran.«
»Und wer weiß denn außer dem Herrgott allein, ob sich der Franz selber aufgehängt hat? Könnte ihn nicht einer hingehängt haben an den Baum, der einen Zeugen für die Vaterschaft beseitigen wollte?«
Der Karl staunte. So kannte er den Großvater nicht. Und der Hubert konnte sich diesen Argumenten überhaupt nicht entziehen, zumal die Verlockung, endlich die Aussicht auf ein Grab zu haben, groß war.
»Also, Bauer, ich geh hinein in euer Grab. Aber vor Mitternacht sollten wir ihn nicht umgraben.«

So machen sie es dann auch. Als der Großvater und der Karl auf den Friedhof kommen, ist der Hubert schon da. Er schlottert etwas, hat Angst in der Nacht hier oben, drückt sich an die Kirchenwand, daß ihn wenigstens von hinten keiner der umgehenden Geister berühren kann. Vorne hat er abwehrbereit seine Schaufel. Er scheint erleichtert, als er die beiden erst hört und dann sieht.
Es regnet, wie schon den ganzen Tag, in Strömen. Der Karl hält eine Laterne, beleuchtet das Tun der beiden, beobachtet die Umgebung und schaut, ob niemand unverhofft kommt. Der Großvater und der Hubert graben das Familiengrab auf, wo sie bald auf die Knochen und den Totenkopf der Maria stoßen. Der Karl dreht sich weg, will das nicht sehen, weiß ganz genau, daß das die Überreste seiner Mutter sind, die der Hubert jetzt auf die Seite an den Rand des Grabes legt.
»In eurem Grab ist aber auch nie Zeit, daß einer zu Staub wird«, sagt der Hubert, »wie soll da eine arme Seele ihre ewige Ruhe finden?«
Der Großvater scheint das nicht zu hören. Heftig keuchend, verbissen arbeitet er weiter. Wieder stoßen sie auf Knochen. Als sie tief genug sind, legen sie alle Knochen zusammen. So, denkt Karl, werden die Mutter und der Vater, den er auch in der Erinnerung nicht als solchen begreifen mag, im Tode doch noch vereint.
Als sie tief genug gegraben haben, steigen sie aus dem Grab. Der Hubert will eine Pause machen, verschnaufen. Doch der Großvater kennt keine Ruhe. Er will es hinter sich bringen, nicht Zeit zum Nachdenken haben, zügig tun, was zu tun ihn irgendeine Kraft treibt.

Sie holen den Franz, der nicht in einem Sarg liegt, sondern in Leinentücher eingewickelt ist, drüben aus dem Selbstmördergrab, zerren ihn über den Kiesweg herüber, legen ihn ins Grab, graben zu, beseitigen sauber alle Spuren und sind erst nach drei Stunden zufrieden.
Der Großvater hat in dieser Zeit nicht aufgehört zu reden. Wie im Fieber hat er geflucht, geschimpft, den Herrgott und alle seine Heiligen und die Pfarrer alle miteinander und den Bischof und alle Päpste, deren Namen ihm einfielen, beschimpft, so daß der Hubert kaum fertig geworden ist damit, sich dauernd zu bekreuzigen. Dann ist es geschafft. Schweigend gehen sie die Staffeln zum Hof hinunter. Der Großvater hustet, hat rot unterlaufene Augen, fiebert. Ohne ein Wort geht er in seine Kammer, die er nur noch als Toter verlassen wird, denn er wird sich von der Anstrengung dieser Nacht nicht mehr erholen.
Der Hubert ist nie in das versprochene Grab gekommen. Er ist so uralt geworden, daß er noch gelebt hat, als es das Grab und den Friedhof und die Kirche und das Dorf schon gar nicht mehr gab.

Der frühere Herr Pfarrer erfährt vom Tod des Franz erst ein paar Wochen nach der lieblosen Beerdigung. Es ist ein wunderschöner Sommertag, und er fährt den altbekannten, so oft gefahrenen Weg aufs Dorf hinaus, um seinen Nachfolger, den alten Herrn Geistlichen Rat zu besuchen. Der fühlt sich wohl hier draußen. Er hat in dem Garten, für den sich der junge Kollege nie interessiert hatte, der ihm tausend Rätsel zu bergen schien, die zu lösen er nicht imstande war, uninteressiert an der Natur, ein Paradies entdeckt und er-

schlossen. Er zeigt seinem Vorgänger Sträucher, Büsche, Stauden, die der gar nicht kennt, deren Verwildern, das auch die Kathi nicht hatte aufhalten können, er gar nicht bemerkt hatte.
Der Geistliche Rat kennt die Menschen hier draußen noch nicht, aber er kennt alles, was gedeiht und reift in seinem Garten, den ihm sein Herr auf seine alten Tage geschenkt hat. Es blüht und duftet, und das Summen von Bienen und Hummeln liegt wie Musik in der Luft, von seinen kundigen Händen dirigiert.
Und noch jemand ist aufgeblüht. Die Kathi trägt ihren üppigen Körper selbstbewußt, mit einem an ihr nie gesehenen wiegenden Gang durch den Garten. Nichts mehr ist da von jenen Leiden, deren Ursachen Verletztheit und Eifersucht gewesen waren. Glockenhell klingt ihre Stimme, prall wie ihr Körper ist auch ihr Lachen. Mit roten Wangen kniet sie in den Beeten und zupft und rupft und gibt an die Pflanzen weiter, was ihr neuer Herr ihr selbst an Liebe angedeihen läßt.
Ist sie jetzt auch Gegenstand solcher Geheimnisse geworden, von denen nur zu wissen sie früher schon nicht hat ertragen können?
Sie, die Kathi, die alles von allen hier im Ort weiß, erzählt ihm die Geschichte von der frühen Schwangerschaft des Reserl, von dem Verdacht und dem tragischen Selbstmord, den der Franz begangen hat. Ach, der Franz, denkt er. Den hat er gemocht. Er kann sich noch gut erinnern, wie er mit der Fanni kurz vor der Hochzeit bei ihm war, und wie er ihn später unter dem Traktor am frühen Morgen gefunden hat. Und er kann sich an noch etwas erinnern, das ihn jetzt, da er

vom Tod des jungen Mannes hört, beschämt. Er hat ihn damals, als er mit ihr und den Kindern im Englischen Garten saß, erkannt. Er war drauf und dran gewesen, ihn an den Tisch zu bitten, ihn mit diesem seinem heimlichen Leben zu konfrontieren. Aber er hatte Angst davor, der könnte es im Dorf herumreden. Er hat sich später darüber geärgert, fand sich dumm und unsouverän. Der hatte ihm damals allein in der Stadt, mitten in der Erntezeit an einem normalen Werktagnachmittag, so einen unglücklichen Eindruck gemacht. Er hätte ihn vielleicht gebraucht.
Zu spät. Jetzt ist er tot.
»Er hat ihn nicht kirchlich beerdigt«, flüstert die Kathi.
Einen Augenblick lang überlegt er, ob er darüber mit dem älteren Kollegen reden soll. Über diesen Unsinn, diese törichte Härte, der er niemals gefolgt ist, die er nie für richtig angesehen hat. Haben denn ausgerechnet sie beide das Recht, über einen wie den Franz zu urteilen und ihm diesen äußeren Schein von einer Ewigen Ruhe zu verweigern? Er sagt nichts von alldem, als er mit dem Herrn Geistlichen Rat in der Laube bei einem Weißbier sitzt, das die Kathi wie eine dieser immer gutgelaunten Kellnerinnen bringt, denen das Bedienen der Männer eine schöne Macht über sie ist.

19

DER GROSSVATER LIEGT in der Kammer und stirbt drei Tage lang. Sie hat es immer gewußt, die Großmutter, daß er nicht der war, für den ihn alle gehalten haben, der ruhige, bedächtige Mann neben ihr. Schon als sie ihn damals geheiratet hat, war er ein Weiberheld, hatte seine Finger unter allen Röcken in allen Dörfern, die man zu Fuß erreichen konnte. Man hat sich regelrechte Legenden über seine Manneskraft erzählt. Sie hat ihn gekannt, als sie ein ganz junges Mädchen war. Sie hat für ihn geschwärmt wie alle Mädchen damals, ihre Freundinnen, ihre Schwestern, verheiratete Frauen. Und sie hatte sich in den Kopf gesetzt, ihn zu kriegen. Wieder und wieder war er zum Tanzen in ihr Dorf gekommen. Nächtelang hat er nur mit ihr getanzt. Ans Kammerfenster ist er gekommen, aber sie hat nicht aufgemacht. Ins Heu hat er sie gezerrt, aber sie hat ihm nicht gewährt, was er wollte. Ihre Unschuld war ihre Waffe. Er mußte sie vor den Altar führen, ehe er sie bekam. Dann hat sie ihm acht Kinder geboren. Den Sebastian, den Jakob und den Josef, die in Rußland geblieben sind. Die Hedwig, die so tragisch umge-

kommen ist. Den Hans, der wenigstens sein Grab nicht im ewigen russischen Eis haben mußte. Ein Mädchen, das sie nicht einmal taufen haben können, so schnell war es tot. Dann den Franz, Gott hab ihn selig. Und immer wieder ist er über die Dörfer gegangen zu den Weiberröcken. Und in etlichen Dörfern gab es Kinder von ihm. Ledige, weil sich die Frauen nicht getraut haben, ihn, den gestandenen Bauern, als Vater anzugeben, andere, die von ihren Vätern als ihre Kinder angesehen wurden. Sie hat das immer gewußt. Aber sie hat nie mit ihm darüber geredet. Sie hat dieses sein anderes Leben neben ihr immer mit Mißachtung gestraft. Das heißt nicht, daß es ihr nicht weh getan hat. Es war nicht leicht, wenn man ihr die Dinge zugetragen hat, wenn die Weibergespräche verstummten im Kramerladen, wenn sie reinkam.
»Das geht mich nichts an und euch nicht«, hat sie immer gesagt. »Schaut nach euren Männern, kümmert euch um euren Dreck.«
Man hat vom Großvater immer gesagt, daß er viele Kinder gezeugt und viele Bäume gepflanzt hat. Nur die Großmutter wußte, daß er oben, hinter dem Friedhof an der Straße zur Autobahn, an die alte Linde beim Transformatorenhaus anschließend, immer dann einen Baum eingesetzt hat, wenn wieder ein Kind von ihm geboren worden war. Eine Allee ist so entstanden über die Jahre. Nach dem Franz war sie noch zweimal schwanger gewesen. Das eine war eine Fehlgeburt, das zweite ein gesundes Mädchen. Eine leichte Geburt, obwohl sie schon nicht mehr die Jüngste war. Eine Woche vor ihr brachte die Magd vom Nachbarn ein Mädchen zur Welt und nannte es Lisa. Ein uneheliches Kind. Vater unbekannt. Die Großmutter wußte, wer der Vater war.

Da war kein Zweifel. Auch die Magd wußte es und die Seidels, die Nachbarn, wußten es auch, es war von ihm. Das gönnte ihm die Großmutter nicht, daß er erleben konnte, wie zwei Töchter von ihm nebeneinander aufwachsen, daß er hätte vergleichen können, daß er gar noch hätte stolz sein können. Nein, da sollte er sich schon mit dem Kind von der Hure zufriedengeben.

»Es ist nicht normal gestorben, hörst du. Ich hab es umgebracht. Ich hab mich draufgelegt in der Nacht. Ja, der Doktor hat gesagt, daß es ein Unglück ist. Das sagt der Doktor in so einem Fall immer. Und da hat er recht, der Doktor, weil das immer ein Unglück ist, wenn sich eine Mutter auf ihr Kind drauflegt, damit es stirbt. Getauft wars eh nicht. Einen Christen hab ich nicht umgebracht. Nur einen Heiden. Hast du das alles gehört?«

Stumm liegt er da, in der Mitte des Ehebettes in der Kammer. Wie aufgebahrt. Drei Tage lang stirbt er. Niemand darf zu ihm. Nur die Großmutter ist bei ihm. Einmal kommt der Doktor. Der Karl muß eine Medizin holen. Der Großvater kann sich nicht mehr bewegen, nicht reden, nichts zu sich nehmen. Sie soll ihm die Medizin einträpfeln. Sie wirft sie weg. Drei Tage geht die Großmutter nicht von seinem Totenbett weg. Man hört sie den ganzen Tag reden und die ganze Nacht. Aber man kann nicht verstehen, was sie sagt. Sie sagt ihm alles das, was sie in sich hineingefressen hat. Sie rechnet mit ihm ab, sie macht klaren Tisch. Es soll nichts ungesagt bleiben zwischen ihnen. Manchmal schreit sie und flucht, dann betet sie wieder endlose Litaneien, Rosenkränze, einen nach dem anderen, von Schreien, Vorwürfen, Flüchen unterbrochen.

Die Lisa sitzt mit dem Karl in der Küche, und ab und zu kommt die Fanni herunter und sitzt bei ihnen. Sie reden nicht, warten nur geduldig das Ende ab. Nach dem dritten Tag kommt die Großmutter aus der Kammer, es ist gerade Zeit, in den Stall zu gehen. »Geh hinein«, sagt sie zur Lisa, »dein Vater ist tot.« Dann nimmt sie den Melkeimer und geht zu den Kühen. Die Fanni und der Karl folgen ihr. Er schaut sich noch einmal zur Lisa um. Sie ist aufgestanden, steht vor der Kammertür, ist sehr ernst, und der Karl sieht zum ersten Mal, daß sie schön ist. Ein Stolz, den die vielen Männer zwischen ihren Schenkeln nicht brechen konnten, macht sie schön. Was die Großmutter da gesagt hat, scheint sie nicht überrascht zu haben. Plötzlich versteht der Karl, was ihn erstaunt hat, warum sie seit drei Tagen geduldig auf der Ofenbank gesessen und gewartet hat. Sie wollte mit ihnen Abschied von ihm nehmen. Sie hat sich auf dieses Da-jetzt-Hineingehen vorbereitet. Eine stolze Frau, die ein halbes Leben lang nicht Tochter sein durfte, nimmt Abschied von dem Mann, der ihr der Vater nie war. Sehr erhoben geht sie wie eine Königin, die vor ihr Volk tritt, in die Kammer. Und sie wird sehen, daß die Großmutter ihrem verstorbenen Mann nicht die Augen geschlossen hat, damit er seine Tochter anschauen kann. Und vielleicht wird sie auch sehen, daß der Tote zwei Eheringe trägt. Der Karl geht nachdenklich in den Stall. Stumm machen sie ihre Arbeit. Um den gestorbenen Großvater kann man sich nachher immer noch kümmern. Dem kann jetzt nichts mehr passieren.
Als der Karl später in die Kammer geht, gar nicht aufgeregt, denn in dieser Familie ist man den Anblick von Toten gewöhnt, schläft der Großvater friedlich. Das Fenster steht of-

fen, damit die Seele nach draußen kann. Der Karl verspürt kein Leid, keine Trauer. Es geht ihm, wie es ihm immer mit Toten ging; die, die sie waren, die er geliebt oder nicht geliebt hat, waren längst aus dem daliegenden, auf die Arbeit des Schreiners wartenden Körper getreten. Erst als er später draußen auf der Bank vor dem Haus sitzt und ihm ist, als würde er den Franz Ziehharmonika spielen und seine Mutter und den Jean-Pierre lachen hören, weint er und nimmt seinen Abschied von dem Menschen, der ihm bis zu dieser Nacht da oben auf dem Friedhof, in der er mehr redete als die ganzen Jahre zuvor, fremd war.
Neben dem Karl sitzt die Fanni. Aber sie ist nicht da. Sie ist nie wirklich da. Sie ist nie überhaupt jemals zu uns gekommen, denkt der Karl. Nicht einmal zum Franz. Aus ihrem noch lebendigen Körper scheint schon vor langer Zeit der Mensch ausgetreten zu sein.

Je näher dem Karl der Großvater gerade nach seinem Tode stand, desto mehr entfernte sich die Großmutter von ihm. »Sie ist von uns gegangen«, hat er später ins Tagblatt schreiben lassen, schwarz eingerahmt. Ihr Fortgehen von ihm und der Fanni, dem Hof und den Tieren, dem Dorf und den Menschen, dem ganzen langen Leben, das sie hier gelebt hat, begann am Tag, als der Großvater starb. Als erstes ist ihre Stimme von ihnen gegangen. Sie sprach nicht mehr. Sie zog einen Vorhang zu, verriegelte Türen, schloß die Wörter und Sätze ein, die in ihr waren. Der Satz, »geh hinein, dein Vater ist tot«, war ihr letzter gewesen. Wollte sie nicht mehr sprechen? konnte sie nicht mehr? War alles gesagt? Hatte sich ihr Sprechvermögen in den Tiraden am Sterbebett ihres Mannes, den sie ein Leben lang mit ihren Reden sprachlos gemacht hat, erschöpft? Hatten die Wellen und Wogen ihrer Sprache nur die eine Mündung gesucht, ihm am Ende sein Leben vor die Füße zu werfen?

Karl konnte in den wenigen Tagen, die die Großmutter noch bei ihnen war, nicht erkennen, ob in ihr noch Gedanken, Sätze, Wörter waren, ob das, was sie wie mechanisch, wie von anderswo gesteuert tat, noch ihr Wille war. Er war sich nicht sicher, ob sie nicht vielleicht verrückt geworden war. Sie hatte in ihrem plötzlichen Schweigen etwas von den zahllosen kreuzangenagelten Herren Jesussen, die ihr mühsames »Herr-es-ist-vollbracht« gesagt hatten, um dann in nicht menschenähnlichen Antlitzen zu erstarren. Nein, verrückt war die Großmutter nicht. Sie war nicht mehr bei ihnen, aber sie war bei sich. Sie ist von ihnen gegangen, und das muß ihr übermenschliche Kräfte verliehen haben. Sie schien ihr irdisches Leben der Seele des Großvaters, die aus dem Kammerfenster geflogen war, mit auf den Weg gegeben zu haben. Sie wollte wohl, nachdem sie sich von den Menschen, den Tieren und den Dingen verabschiedet hatte, nur noch mit sich und ihrem Herrgott, dem sie sich immer mit zerknirschter Wut untergeordnet hatte, ins reine kommen.
Was hätte sie denn noch sagen sollen? Was wäre denn noch zu sagen gewesen? Warum hatte der Friedl eines Tages als Blinder angesehen werden wollen? Der Mensch, sagte sie sich, hat so und so viele Bilder im Leben zu sehen. Wenn er sie gesehen hat, stirbt er oder wird blind. Wenn er aber das eine wie das andere nicht kann, wegen irgendeiner Störung in Gottes unvollkommener Schöpfung, wovon sie Lieder

singen kann und worüber ihr letztes Wort mit ihm noch nicht gesprochen ist, dann hält er die Luft an, bis er tot ist, oder er verweigert die Bilder und stellt sich blind. Mit den Wörtern ist es nicht anders als mit den Bildern. Irgendwann ist alles gesagt.
Sie war verstummt.
Und doch war sie genausowenig stumm wie der Blinde blind war. Was sie noch zu sagen hatte, war für ihre Abrechnung mit ihrem Herrgott bestimmt. Als ihr Mann seinen letzten Herzschlag getan hatte, war ein tiefer Seufzer der Erleichterung durch ihren Körper gefahren, gerade so, als hätte sie den Todeskampf für ihn gekämpft und jetzt die gnädige Erlösung von allen irdischen Schmerzen erfahren. Sie hatte das Fenster geöffnet, ihren Ehering vom Finger gezogen, was jetzt so einfach ging, aber doch ein halbes Jahrhundert lang nicht möglich gewesen war, hatte ihn ihm zu dem seinen an den mageren, nur noch hautummantelten Finger gesteckt und war hinausgegangen. Dann hat sie mit Karl und Fanni die Kühe gemolken, gefüttert, den Stall ausgemistet, die Hühner in den Stall geholt, Dampfkartoffeln für den nächsten Morgen angesetzt, den Herd eingeheizt, das Abendessen gemacht und für sich ein stummes Gebet gesprochen.
Karl hat sie angeschaut, begriffen, daß sie in ihrer tiefen Trauer nicht sprechen hat wollen, ist zum Pfarrer und zum Bürgermeister gegangen und hat den Tod des Bauern gemeldet. In die Kammer zu ihm ist sie nicht mehr gegangen. Sie hat bis zum Tag der Beerdigung auf der Ofenbank gesessen und, wie der Karl später behauptet hat, nicht mehr geschlafen. Als Karl nicht in der Küche war, hat ihr die Fanni gegenübergesessen, sie lange angeschaut und gesagt: »Wie kann

man eine solche Trauer haben um einen Menschen, den man nicht geliebt hat.« Auch dazu hat sie geschwiegen. Und auch die Fanni hat darüber hinaus nichts mehr gesagt.

Nachdem der Hubert und der Karl die widerrechtlich ins Grab gelangte, noch nicht ganz verweste Leiche vom Franz einen halben Meter tiefer gelegt hatten, wo er dann jetzt hoffentlich endlich seinen ewigen Frieden finden würde, war Platz für den schönen Sarg des Großvaters, den ihm sein Enkel hat machen lassen. Die Beerdigung war wieder das, was man eine schöne Leiche nennt, an die man sich gerne erinnert. Die Witwe, der Enkel, die Schwiegertochter, der Rest der Familie, der Fritz, die Angelika, der Herr Schindler und seine magere Frau, das ganze Dorf und alle aus den Nachbardörfern, die den Bauern gekannt haben, waren da. Darunter nicht wenige ältere und jüngere Frauen, die sich mit verhaltenem, verstohlenem Eifer in die Nähe des Grabes drückten, um mit einem stummen Gebet oder einer Blume ihr ganz persönliches Geheimnis ins Grab zu werfen. Die Großmutter nahm stumm die Beileidsbezeugungen entgegen, die nicht abreißen wollten. Eine Kanone schoß dem Teilnehmer des ersten Weltkrieges den ewigen Salut, ein Wind kam auf, fegte durch die Lindenallee hinter dem Transformatorenhäuschen, hielt sich in der großen alten Linde auf, die der Vater des Verstorbenen zu dessen Geburt gepflanzt hatte, kam dann zum Friedhof herüber, wehte Hüte und Mützen von den Köpfen, so daß sich die Trauergemeinde, ehe es dem Herrn Hochwürden recht war, in sozusagen fröhlichem Wohlgefallen auflöste.
Karl lud zum Leichenschmaus in die Wirtschaft ein, was al-

len angemessen und gelegen erschien. In die Wirtschaft ist die Witwe nicht mehr gekommen. Ihr Platz blieb leer. Einige Frauen ergingen sich in allerlei Spekulationen über diese langjährige Ehe, die da nun ihr Ende gefunden hatte. Einig wurden sie sich darüber, daß es eine große Gnade ist, eine so tiefe Trauer über den Verlust des Ehemannes zu empfinden, daß man sprachlos ist. Und es kamen ihnen allen erhebliche Zweifel, ob sie zu einer solchen Trauer in der Lage wären.

Jetzt kniete sie in der Kirche vor dem Altar des Herrn, dort, wo sie einmal das heilige Sakrament der Ehe und viele, viele Male »dies ist mein Fleisch und Blut« empfangen hatte. Sie betete ein Vaterunser, bekreuzigte sich und machte ihrem Herrn, dem Erlöser aus allen irdischen Nebeln, klar, daß sie ihm noch etwas zu sagen hätte. Er allein wüßte, was er sich dabei gedacht hätte, sie, die sie ja nur eine einfache Kreatur wäre, ein ganzes Leben lang zu bestrafen. Die Brüder hätte er ihr zu früh weggenommen, die Söhne auch, und die Hedwig und zuletzt den Franz und die Maria und den Bauern. Gut, über den lasse sich reden. Der sei alt gewesen und habe ihn, den Herrn, den Erlöser von allem Übel, ein Leben lang herausgefordert. Aber sie, die sie ein gottesfürchtiges Leben geführt hätte, die sie stets seine treue Dienerin gewesen wäre, von ein paar Freveln abgesehen, die sie allerdings brav gebeichtet hätte, sie, das müßte er doch einsehen, sei nun genug gestraft. Ob er das einsehe? Oder ob er noch andere Strafen für sie vorgesehen habe? Er solle doch jetzt auf der Stelle einen der Steiniger des heiligen Stephanus da oben auch nur einen einzigen Stein auf sie, die sie

hier im Staube kniee, herabwerfen lassen, wenn er der Meinung sei, daß sie noch irgendeine Strafe verdiene.
Es passierte nichts, so genau sie auch, den zornigen Stein erwartend, nach oben schaute.
Ob er sie gehört und verstanden habe? Ob sie es als ein Zeichen nehmen könne, daß sie sich jetzt auf ihren ihr von ihm vorgezeigten Weg ins Jenseits aufmachen solle? Gut, dann gehe sie jetzt. Dann sei ja jetzt alles klar zwischen ihnen.
Sie betete noch ein paar Litaneien, erbat eine Erlösung vom Geiste der Unlauterkeit für alle, die sie auf Erden nun zurücklasse, und ging leichten Schrittes aus dem Hause des Herrn. Sie spürte keinen Boden mehr unter den Füßen, schien zu schweben. Mit ihrem Herrgott war sie im reinen. Es war alles zwischen ihnen gesagt. Am Kirchenportal begegnete ihr eine Gestalt. Als sie schon draußen war, hörte sie ein Rufen wie von fern. Sie drehte sich um und sah die Gestalt in Flammen stehen. Und die Kirche und das Dorf fingen Feuer, und die Menschen liefen als brennende Fackeln vergeblich davon. Sie aber konnte nicht anhalten, sie mußte weiter, war getrieben, denn da gab es noch etwas zu tun, das zwischen ihrem Pakt mit dem Herrn-ihrem-Gott und dem Mann lag, den sie da heute begraben hatte.
Maria Anna Kreszenzia Fürholzer, geborene Knoll, Ehefrau, Mutter, Großmutter, geboren zu einer unvorstellbaren Zeit, Bäuerin hierselbst, wurde vom Mesner, einem durchaus als normal zu bezeichnenden Mann mittleren Alters, drei Tage nach dem Tode ihres Mannes beim Verlassen der Kirche zum letzten Mal gesehen.
»Sie ist nicht gegangen«, sagte der Mesner später.

»Sie ist geflogen«, sagte er, wenn er betrunken war.
»Ich habe keine Schritte gehört. Nicht auf dem Pflaster vor der Kirche und auch nicht auf dem Kiesweg draußen. Da habe ich mich gewundert und ihren Namen gerufen. Aber sie hat nicht geantwortet. Ich bin hinausgegangen. Sie konnte nicht so weit sein, daß ich sie nicht hätte sehen können. Aber sie war nicht da. Sie war weg. Wie weggeflogen. Wie weggeflogen.«
Das wiederholte er immer wieder, und man sagte irgendwann, er sei an diesem Erlebnis, das er für ein Wunder hielt, verrückt geworden.
Sehr viel später war der Mesner der erste, der dem Drängen der Staatsregierung nachgab und Haus und Hof verkaufte. Aber er gönnte es ihnen nicht, ihn aus seinem Haus zu vertreiben. Er zündete es an und kam in den von der frisch eingefahrenen Ernte gut genährten Flammen um. Die Freiwillige Feuerwehr löschte nicht, denn es gab keinen Befehl des Kommandanten. Der war der Mesner selbst. Und die Feuerwehrleute sahen keinen Grund, einen Brand zu löschen, der ja lediglich ein Eigentum der Staatsregierung zerstörte.

In der Nacht nach der Beerdigung des Großvaters kommt ein großer Sturm auf. Und obwohl er bis in den Abend hinein mit den Übriggebliebenen der Trauerfeier tüchtig auf die ewige Ruhe getrunken hat, die der Herr dem Großvater geben möge, tut der Karl kein Auge zu. Der Wind reißt am Dach, jagt ein paar Dachziegel über den Hof. Die Katzen drücken sich irgendwo wimmernd und weheklagend ins Heu, die Kühe trampeln unruhig im Stall. Dann blitzt und donnert es, und Regen prasselt nieder.

In das Unwetter hinein hört der Karl ein Sägen. Das kann nicht sein. Niemand wird bei diesem Wetter draußen irgend etwas zersägen. Jetzt schläft, wer einen guten Schlaf und ein reines Gewissen hat. Und wer ob seiner Sünden das Jüngste Gericht nahen sieht, der liegt ängstlich im Bett und betet ein paar Vaterunser. Er wird es geträumt haben, denkt der Karl. Als später nur noch ein regelmäßiger, fast freundlicher Regen niedergeht, wird das Sägen deutlicher. Er kümmert sich nicht darum und schläft ein.
Am nächsten Morgen ist die ganze vom Großvater gepflanzte Allee abgesägt. Nur die große Linde am Transformatorenhaus steht noch. Von der Großmutter fehlt jede Spur. Sie ist endgültig von ihnen allen gegangen. Niemand hört mehr etwas von ihr, niemand hat sie mehr gesehen. Ihre Seele, heißt es später, lebt in der großen Linde und kann die ewige Ruhe nicht finden.

»Also, Postlerin, schreib: ›ist für immer von uns gegangen‹.«
»Warum willst du eine Anzeige aufgeben, wo es gar nicht sicher ist, ob sie nicht doch auf einmal wieder da ist. Wo es keine Leiche gibt und keinen Beweis und nichts.«
»Darum will ich ja schreiben, ›ist für immer von uns gegangen‹, und nicht ›ist verstorben‹ oder ›nach schweren Leiden verschieden‹ oder sowas.«
»›Für immer von uns gegangen‹, heißt, daß sie nie mehr wieder kommt.«
»Dann streich ›für immer‹ weg und schreib nur: ›ist von uns gegangen‹. Dann kann sie ja wieder kommen, wenn sie meint.«

20

Jetzt sind der Karl und die Fanni allein auf dem Hof. Wer sie nicht kennt, wird meinen, sie sind Bauer und Bäuerin, wenn er sie bei der Arbeit sieht. Das geht Hand in Hand, da muß nichts geredet werden, da weiß jeder, was er zu tun hat, und tut es. Fanni geht früher vom Feld heim und kocht. Karl kommt zum Elfuhrläuten, und sie essen. Weil sie den Landfunk hören, reden sie nichts. Dann gehen sie wieder aufs Feld. Manchmal schaut er ihr zu, wie sie arbeitet. Sie ist so dürr, daß man meint, sie bricht irgendwann in der Mitte auseinander. Aber sie ist zäh, und es sieht aus, als würde sie immer die Zähne zusammenbeißen. Warum bleibt sie da? denkt er. Warum geht sie nicht? Warum ist sie nicht nach dem Tod vom Franz gegangen?
Am Abend, wenn Karl nicht in die Wirtschaft geht, sitzen sie da und wissen eigentlich nicht, was sie miteinander anfangen sollen. Jeder von ihnen weiß alles, was passiert ist, was soll man da noch reden. Er liest die Kirchenzeitung, sie näht, flickt oder blättert in einem von den Heften, die sie von der Lisa kriegt, und der Karl denkt sich, bei unserem Al-

ter wird das weiß der Teufel noch fünfzig Jahre so gehn. Jeden Abend werden wir ein jeder in seine Kammer gehen, sie wird lange in ihren Heften lesen, und wir werden alt und zahnlos sein und immer noch fremd miteinander.
Ein Tag im Sommer.
Sie haben heute das letzte Heu eingefahren. Am Nachmittag ist Wind aufgekommen und hat blauschwarze Gewitterwolken über den Himmel geschoben. Das Vieh ist unruhig im Stall. Karl geht hinein und beruhigt es. Dann geht er in den Hof, schaut, ob alles fest ist und vom Wind nichts wegfliegen kann, und macht das Hoftor zu. Die Lisa kommt von der Kramerin heimgelaufen, wo sie Fernsehen geschaut hat.
»In Amerika haben sie den Präsidenten erschossen«, sagt sie und eilt beim Seidel ins Haus.
Schwere Tropfen fallen vom Himmel und verwandeln sich, bis der Karl bei der Haustür ist, in einen Wolkenbruch. Er geht hinein und setzt sich auf die Ofenbank. Es war ein heißer Tag, und jetzt fetzt der Sturm den Regen ums Haus. Die Fanni wäscht sich am Spülbecken. Er schaut ihr zu und merkt in dem Moment, daß er das noch nie getan hat. Das merkt auch sie. Ihre Blicke treffen sich für den Moment eines Blitzes, der die Küche taghell macht.
Später geht er in die Kammern hinauf, holt das Bettzeug und trägt es in die Schlafkammer, in der seit dem Verschwinden der Großmutter nie mehr jemand geschlafen hat. Dann nimmt er die Fanni bei der Hand und legt sich mit ihr in das große Bett, wo Maria und Josef und der Herr Jesus Christus und der Papst von der Wand herunter zuschauen müssen, wie sie Bauer und Bäuerin werden. Stumm und widerstands-

los läßt es die Fanni geschehen, als wäre sie nicht von Fleisch und Blut. Als sei das ein Stück der täglichen Arbeit, nimmt sie es hin. Eine Frau kann das, denkt der Karl. Einen Mann überkommen die hitzigen Wallungen der Begierde und schalten ihm die letzten Lichter in seinem Hirn aus. Später hört er ihr leichtes, kleines Schnarchen, sieht in den schwachen Blitzen des abebbenden Gewitters ihr klares bleiches Gesicht und glaubt, daß das der glücklichste Moment seines Lebens ist, das ihn gerade einmal hat erwachsen werden lassen.
Das Wetter macht draußen, was es will. Wind pfeift ums Haus und sucht sich unter dem Dach Löcher, denen er wie Orgelpfeifen seine traurigen Melodien entlocken kann, zu denen Karl die Großmutter jammern hört in ihrem Baum, in dem sie ihren Frieden nicht finden kann.

Am nächsten Tag in der Frühe, als ein frisch gestrichener Himmel nichts mehr von den Klageliedern der Nacht ahnen läßt, nachdem sie ausgemistet und gemolken haben und jetzt in der Küche sitzen und ihr Brot in den Kaffee tauchen, nimmt Karl die schmale rauhe Hand von der Fanni in die seine und sagt:
»Jetzt heiraten wir, und einen Fernseher kaufen wir auch.«
Sie sagt nichts, schaut nur in ihren Kaffee. Da sie nicht nein sagt, ist sie einverstanden. Immer noch hält er ihre Hand. »Und«, sagt er, »den Baum am Transformatorenhaus schneide ich ab.« Noch am selben Tag geht er auf die Gemeinde und bestellt das Aufgebot. Dann geht er zum Pfarrer und danach zum Hochzeitslader, und einen Fernseher bestellt er auch.

Als er heimkommt, ist die Fanni nicht mehr da. Er rennt in die Kammer hinauf, ihre Sachen sind weg. Kein Abschiedsbrief, nichts. Keiner hat sie gehen sehen. Er hat von ihr nie mehr etwas gehört.
Das Aufgebot und den Hochzeitslader und den Pfarrer hat er abbestellt. Den Fernseher haben sie gebracht. Der steht in der Kammer, immer noch in der Schachtel drin.
Er ist wieder in seine Kammer unters Dach gezogen.
Als er beim ersten großen Sturm nicht schlafen kann, nimmt er sich die Ziehharmonika vom Franz und spielt. Er kann nicht spielen. Aber er hört dem Sturm zu, und er spielt, was er hört, was er zu hören glaubt. Es sind klagende Lieder, weinende Melodien, vom Sturm zerfetzt, von den Blitzen der Sommergewitter durchzuckt, vom Donner erschüttert. Er spielt mit all seinen Kräften, bis sie die Treppe heraufkommen, die Hedwig, der Franz, der Hans, den sie seinen Vater nannten, der Großvater, der Jean-Pierre, der in einer fremden Sprache singt, seine Mutter, die Fanni, das Reserl. Dann ebbt das Gewitter ab, und es fällt der befreiende Regen. Er läßt das Instrument sinken und schaut sie alle nacheinander an. Sie sitzen auf seiner Bettdecke, und er spürt sie nicht. Er sieht ihre Gesichter und hört ihre Stimmen, die weheklagen. Er schlüpft unter die Decke, schreit, daß sie gehen sollen. Ferne Blitze durchzucken die Nacht. Der Donner grollt nur noch fern. Die Gesichter huschen mit den Blitzen davon.

Im Stall rufen die Kühe. Der Hahn kräht, die Uhr schlägt vom Kirchturm herüber. Karl steht auf, fällt über die Ziehharmonika vom Franz. Sie liegt am Boden vor dem Bett. Sie

wird vom Schrank gefallen sein. Am Fenster perlen die Reste des großen Regens. Die Hauswiese dampft. Er hebt die Ziehharmonika auf. Der Balg ist zerrissen, kein Ton ist dem Ding mehr zu entlocken. Er geht hinunter, füttert die Schweine mit den gedämpften Kartoffeln und die Kühe mit Gehäckseltem.
Dann trinkt er seinen Kaffee. Die Stimme aus dem Küchenradio hallt. Das Haus tönt leer, niemand ist mehr da, zuzuhören. Er reißt den Stecker aus der Wand und wirft das Radio später zusammen mit der Ziehharmonika vom Franz hinter dem Schuppen auf den Haufen, wo die Brennesseln aus den Überresten der vom Franz gebauten und schließlich zertrümmerten Erfindung eines Stadtorientierungsplanes wachsen.
Den Fernseher bringt der Karl eines Tages zur Lisa hinüber. Da sitzen sie oft, vor den vielen Bildern aus aller Welt, jeder mit seiner Geschichte alleine, und jeder kriecht in sein einsames Bett, wenn sie im Fernsehen nur noch Schneegestöber zeigen.

Manchmal, an den Samstagen, fährt der Karl mit den anderen ledigen Männern noch auf die Dörfer zum Tanz. Da schauen sie neidisch den jungen Leuten zu, wie sie umeinander herumgockeln, wie sie von der Liebe alles und nichts wissen, irgendeine Vorstellung von einem besseren Leben im Kopf.
Karl und die anderen sind vollgeladen mit der Kraft, die sie sich bei ihrer schweren Arbeit holen. Sie wissen alles, und sie kennen das Spiel, das keiner mehr mit ihnen spielen will. Sie sind noch zu jung, um ihre Suche aufzugeben, und

schon zu alt, um sich noch ein anderes Leben als das, das sie leben, vorstellen zu können. Irgendwann bleibt ihnen nur noch der Hochzeitslader, der ihnen irgendeine Sitzengebliebene mit oder ohne Hof, mit oder ohne Geld, das ist alles eine Frage des Preises und der Ansprüche, vermittelt. Noch lehnen sie dankend ab. Noch gelingt es ihnen, für einen Abend, ein paar Stunden, Zuversicht vorzutäuschen. Noch fühlen sie sich stark, gemeinsam sowieso.
Sie zetteln Schlägereien an, lecken sich danach gegenseitig ihre Wunden und feiern die Siege. Und wenn sie nach Hause fahren, betrunken und enttäuscht, dann fassen sie sich manchmal verstohlen zwischen die Beine, damit sie wenigstens wieder einmal das warme Fleisch eines anderen Menschen spüren, für einen Augenblick.
So vergehen die Jahre.

21

»ICH HÄTTE DICH wahrlich nicht angerufen, wenn es nicht um Vater schlecht stünde«, hat Frau Schindler am Telefon gesagt. So hat sie ihn nun doch in ihrer unnachahmlichen Art, die sie für Mutterliebe hält, gezwungen, nach mehreren Jahren Abwesenheit wieder einmal aufs Dorf hinauszufahren. Es hatte damals heftige Streitigkeiten zwischen Fritz und der Mutter gegeben, da er nicht bereit gewesen war, so zu leben, wie sie sich das vorgestellt hatte. Daß er sich von Inge, der guten Partie aus der Kreisstadt, getrennt hat, daß er nicht Jura oder Medizin, sondern alles und nichts und dieses und jenes eher nutz- und lustlos studiert, und daß er mit wechselnden Mädchen in einer Wohngemeinschaft lebt, alles das mißfällt seiner Mutter. Von den politischen Differenzen zwischen ihm und ihrer Familie ganz zu schweigen. Vergeblich hat sie versucht, Angelika, die eine kaufmännische Lehre in der Stadt macht, auf Fritz anzusetzen, doch der nahm die Schwester überhaupt nicht ernst. Und auch Herr Schindler, einmal von seiner Frau geschickt, vermochte den Sohn nicht heimzuholen, zumal er Fritz bei ein paar ge-

meinsamen Bieren zu verstehen gab, daß die Mutter leicht hysterisch wäre und nun einmal immer mehr nach der Art ihrer reaktionären Verwandtschaft gerate, gegen die ohnehin kein Kraut gewachsen wäre.
Nun hat sie es doch einmal geschafft. Fritz steht in der viel zu niedrigen Haustür und scheint heimgekehrt.
»Mein Junge, mein Sohn!«
Er macht sich ganz steif, als sie ihre Arme um ihn legt, und er spürt, daß sie ihn am liebsten auf der Stelle dafür ohrfeigen würde. Herr Schindler läßt nichts von dem Schlaganfall erkennen, von dem die Mutter am Telefon gesprochen hat. Beim nächtlichen Gang vom Nachbardorf herüber ist er in einer Schneewehe gestolpert und einige Zeit im Schnee gelegen. Ein Schwächeanfall, eine leichte Unterkühlung, mehr nicht. Wieder einmal hat sie alles dramatisiert, um ihn herbeizuzwingen. Wut kommt in Fritz auf, und er würde am liebsten auf der Stelle das Haus verlassen, würde ihn nicht gerade jetzt der Vater mit Beschlag belegen, froh, jemanden zu haben, dem er all seine Entrüstung entgegenschleudern kann.
Ohne daß es schon eine Entscheidung für den Bau eines Großflughafens hier in der Gegend gebe, kaufe die Landesregierung bereits Grund und Boden und Bauernhöfe und Häuser auf.
»Sie haben ihn sich in den Kopf gesetzt, also werden sie ihn bauen«, sagt die Mutter.
»Nicht, solange ich lebe«, schreit er wütend, als sei sie die Schuldige.
Nein, er werde kämpfen, man werde dem Freistaat zeigen, was Bürgerwille sei. Und jeder Bauer, der den Grund und

Boden seiner Vorfahren einfach so verkaufe, sei sein erklärter Feind. Er wird laut und energisch und ist überhaupt nicht krank, nicht einmal schwach.
Als Fritz zwischen Angelika und der Mutter einen hinterhältigen, spöttischen Blick beobachtet, beginnt er augenblicklich, den Vater mit dessen unsachlicher Wut und seiner aussichtslosen Entrüstung zu lieben, und er hört ihm geduldig und neugierig zu.

Der morastige Boden des Hofes, vom Vieh zertrampelt und von Reifenspuren zerfurcht, ist zu einer kraterartigen Landschaft gefroren. Aus den kaputten Fenstern des Stalles dampft der Atem der Tiere, nur das verrät Leben. Selbst die Katzen drücken sich wie tot vor dem Haus an die Wand, als könnte die Wärme abgeben. Als sich Fritz ihnen nähert, huschen sie weg, als fürchteten sie den gewohnten Fußtritt. Die Haustür ist nicht verschlossen. Fritz geht hinein. Der Flur wird vom Küchenfenster her spärlich von düsterem Tageslicht beleuchtet. Fritz klopft an die Küchentür, erinnert sich dann doch an die alte Gewohnheit und tritt einfach ein.
Da sitzt der Karl wie ein alter schwerer Bauer am Tisch, trinkt Bier, schneidet mit einem scharfen Taschenmesser kleine Scheiben von einem Stück Geselchtem herunter und ißt sie.
»Grüß dich Gott, Karl, ich bins, der Fritz!«
»Meinst du, ich kenne dich nicht?«
Karl steht nicht auf, macht keine Anstalten, Fritz zu begrüßen, zeigt nur stumm auf die Bank. Fritz setzt sich. Karl schiebt ihm eine Flasche Bier rüber, holt aus der Tischschub-

lade noch ein Messer, legt es Fritz hin. Der versteht und säbelt sich ebenfalls Scheiben vom Geselchten. Sie essen, trinken, prosten sich zu und schweigen lange. Fritz schaut sich um. Es hat sich kaum etwas verändert. Im Herd brennt ein Feuer. Sie sitzen im Dunkel, denn draußen verabschiedet sich der Tag. Hier ist die Zeit stehengeblieben, so wie die Uhr an der Wand, die nie mehr jemand aufzieht. Es ist, denkt Fritz, als wenn hier gar niemand mehr wohnte.

»Bist du mal wieder da?«

»Ja.«

»Warst lange nicht da.«

»Ja.«

»Was sollst du auch hier draußen.«

Sie schweigen. Und soweit es das trübe Licht gestattet, beobachten sie sich. Sie könnten von der Vergangenheit reden, aber das wissen sie ja alles. Eine gemeinsame Gegenwart, über die zu reden sich lohnte, haben sie nicht. Da schweigt es sich gut miteinander.

Karl steht auf, geht hinaus in die Speisekammer und kommt mit ein paar Flaschen Bier zurück. Er ist schwerfällig geworden. Er ist keine dreißig, denkt Fritz, und wirkt wie ein alter Mann. Ächzend setzt er sich wieder und trinkt.

»Hast dus gesehen, sie verkaufen alle?«

»Und du?«

Er lächelt und schüttelt lange den Kopf.

»Und wenn alle anderen verkaufen?«

Er antwortet nicht, schaut ins Leere, scheint mit seinen Gedanken ganz woanders, nicht mehr hier zu sein.

Ein Mensch, der zu Stein geworden ist, unverrückbar für immer, denkt Fritz, und er steht leise auf und geht hinaus.

Da geht er, der Student, denkt Karl, der Schindlerbub, lang und dürr, immer noch nichts dran an ihm und schon bald dreißig Jahre alt, und studiert und lebt in der Stadt und hat auch nichts zu erzählen.
Kalter Wind kommt draußen auf, und es schneit. Dem Karl aber ist, als komme das Wasser vom Moos die Straße zum Oberdorf herauf, in den Hof, ins Haus, zur Küchentür herein. Schon umspült es seine Beine. Es steigt und steigt.

Uwe Timm
Die Entdeckung der Currywurst
Novelle

Leinen

Wie schmeckt die Erinnerung? Und wie kommt es zu großen und kleinen Entdeckungen? Der Erzähler will es wissen und besucht im Altersheim eine Frau, von der er glaubt, sie habe die Currywurst entdeckt. Aber zunächst erzählt sie eine ganz andere Geschichte: von ihrem Liebesverhältnis zu einem Marinesoldaten, den sie im April '45 in ihrer Wohnung versteckte. Und dann erweist sich die so alltäglich beginnende Geschichte doch als eine unerhörte Begebenheit...

Lilian Faschinger
Frau mit drei Flugzeugen

Erzählungen

Leinen

Äußerlich scheint in diesen Geschichten alles normal. Von Singles und Paaren ist die Rede, wie sie leben, arbeiten, sich vergnügen. Aber unter der Oberfläche spielen sich kleine Dramen ab – die Welt der Lilian Faschinger ist nicht geheuer ...

Jens Sparschuh
Der Schneemensch
Roman

Leinen

Mitten im Krieg bricht die Expedition auf. Ihr Ziel: die Suche nach den Vorfahren der Deutschen im Hochland von Tibet. Ihr Auftraggeber: die Abteilung »Ahnenerbe« der Himmlerschen SS. Aus Originaldokumenten entwickelt Jens Sparschuh die Fiktion einer Entdeckungsreise ins Innere des Himalaya und ins Innere eines deutschen Wissenschaftlers. Wahn und Wirklichkeit eines totalitären Staates verdichten sich zu dem absurden Abenteuer einer Forschung, die mit unerwartetem Ergebnis endet...

J. M. G. Le Clézio
Onitsha

Roman

Titel der Originalausgabe: *Onitsha*
Aus dem Französischen von Uli Wittmann

Leinen

Die zauberhafte Geschichte einer Kindheit in Afrika in der kleinen Stadt Onitsha am Niger und die kunstvolle Verknüpfung von persönlichen Schicksalen mit den uralten Mythen des schwarzen Kontinents machen diesen Roman des großen französischen Erzählers J. M. G. Le Clézio zu einer faszinierenden, unvergeßlichen Lektüre.

Kiepenheuer & Witsch

Domenico Campana
Das Leuchten der Sirene

Ein Roman aus dem alten Sizilien

Titel der Originalausgabe: *L'Isola delle Femmine*
Aus dem Italienischen von Peter Klöss
Leinen

Domenico Campanas Roman ist ein politischer Thriller und eine flimmernde Liebesgeschichte, vor allem aber ein historischer Roman über das alte Italien, der uns die Augen für die Gegenwart öffnet.

»Mit einem Stil und einer Inspiration, die man mit Sciascia oder mehr noch mit Lampedusa im *Leoparden* gleichstellen würde, liefert uns Domenico Campana mit diesem Roman auch eine Analyse der sizilianischen Metapher, die uns noch heute, ein Jahrhundert danach, beschäftigt.« *La Repubblica*

Kiepenheuer & Witsch